차례

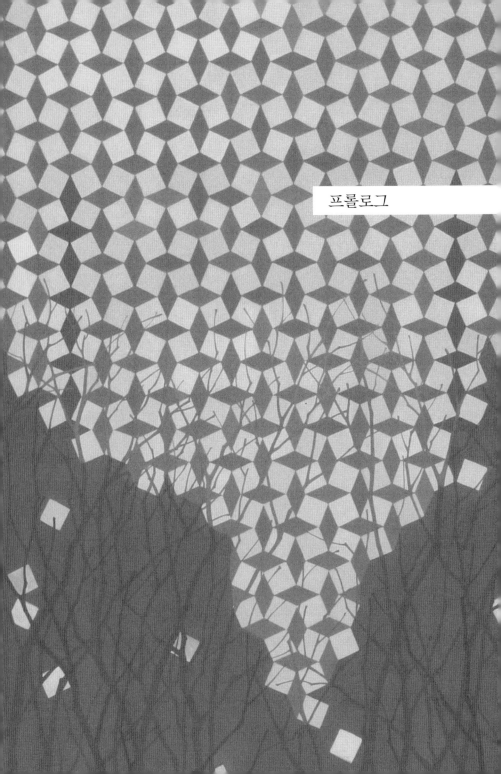

프롤로그

2011년 6월 22일

이 이야기는 처음부터 차근차근 시작하는 게 좋겠다.

정원 선배의 전화를 받은 것은 토요일 오전 무렵이다. 장마철은 지났지만 외국 여자 이름을 가진 태풍이 일본 쪽으로 다가오던 시기여서 날이 흐렸고 바람이 심하게 불었던 것으로 기억한다. 나는 전날 마신 술 때문에 몸 상태가 엉망이어서 정확한 시간을 가늠하지 못했다. 집요하게 울리는 벨 소리에 눈을 뜨고 전화를 받았더니 곧바로 꺼져버렸다. 누가 꼭두새벽에 전화했을까, 중얼거리며 번호를 확인하니 정원 선배였다.

"상진아, 잠깐 나올래?"

"이 새벽에⋯⋯."

"암막커튼을 걷고 밖을 내다봐. 훤한 대낮이야."

오 마이 갓…… 얼마나 잔 거지?

선배는 세종문화회관 중앙계단에서 보자고 했다. 고색창연하게 세종문화회관이 웬 말이냐며 인근 카페에서 만나자고 했더니 자기는 사방이 트인 장소가 좋다며 고집을 부렸다. 부랴부랴 일어나 세수를 한 뒤 약속 장소로 나갔다. 정원 선배는 중앙계단 꼭대기에 되똥하게 앉아 있었는데 파산한 사람처럼 초췌한 모습이었다. 단발머리가 자라 어깨까지 내려왔고 얼굴에는 수분기가 빠져 파운데이션이 들떠 있었다.

"얼굴이 상했네."

"그럴 만한 일이 있었어."

웃는 듯 말했지만, 선배의 입가는 어색하게 일그러졌고 눈동자는 불안정하게 흔들렸다. 여기는 바람이 심하니 다른 곳으로 옮기자고 제안했으나 지붕 밑에서 할 말은 아니라고 했다. 그러고는 종잡을 수 없는 표정으로 횡설수설하더니 사람을 죽였다고 말했다. 나는 간밤의 숙취 탓에 머리가 무지근해 사려 깊게 행동하지 못했다. 전과 다른 선배의 행동을 생리 직전 여자들이 보이는 변덕스러운 심리 정도로 단순하게 규정지어버렸고, 흐리멍덩한 눈길로 광장을 지나가는 행인을 쳐다보느라 그녀의 말을 주의 깊게 듣지 않았다.

선배가 키우던 강아지가 죽었다 착각하곤 "에이, 그 귀여운 걸

어쩌다 그랬어. 동물병원에 빨리 데려가지 않고." 하며 혀를 찼더니 "내가 사람을 죽였다고." 거듭 말했다. 그때까지도 사태를 짐작하지 못한 채 멀뚱히 쳐다보기만 했다. 선배는 깔고 앉아 있던 검은 노트를 건네며 "이거 읽어봐. 모든 진실이 적혀 있어. 그리고 난 여기 오래 있으면 안 돼." 빠르게 말하고는 일어섰다. 그제야 정신이 들어 광화문역을 향해 걸어가는 선배의 뒷모습과 손에 쥐고 있던 검은 노트를 번갈아 바라봤다. 나는 선배가 사라진 뒤에도 한동안 중앙계단에 앉아 있다가 길 건너 커피 전문점으로 자리를 옮겼다. 매장에서 산 샌드위치와 커피를 탁자에 올려둔 채 선배가 남긴 노트를 황급히 펼쳤다.

2010년 8월 2일

동동섬에 가게 된 경위를 자세하게 설명하고 싶지는 않지만 여기선 밝힐 필요가 있겠다. 우리 동네, 구질구질하고 덜떨어진 인간들이 득시글거리는 (정제되지 않은 표현, 용서하길 바란다) 허접한 동네에서 느닷없이 고향 친구를 만난 계기로 동동섬에 가게 됐다고 하면 적절한 답변이 될까? 내가 머리카락을 쥐어뜯으며 동동섬엔 왜 갔을까, 아무리 후회한들 동동섬에서 일어난 일이 지워지진 않을 것이다.

메모 형식의 짧은 단상과 동동섬에서 일어난 사건이 노트에 날짜별로 적혀 있었다. 글은 자기 검열을 거치지 않은 듯 듬성듬성, 때로는 소상하게 기록되어 있었는데 식사를 하면서도 본인이 식사 중이라는 걸 까먹기도 한다는 둥, 강박증이 덮쳐올 때면 자해와 같은 극단적인 방법을 선택할까 봐 불안하다는 둥 이해할 수 없는 글이 적혀 있기도 했다.

2010년 8월 29일

잠에서 깨어날 때마다 떠오르는 건 동동섬뿐이다. 꿈속에서도 나는 어김없이 동동섬에 가 있다. 동동섬은 늘 축축하게 아가리를 벌리고 있다. 방 안에서의 나는 점점 나약해지고 동동섬은 점점 더 강해진다. 벽이, 의자가, 책상이 조금씩 조여오고 샤워를 하다가 목이 샤워 호스에 졸리는 환각에 빠질 때면 나도 모르게 밖으로 뛰쳐나간다. 그럴 때마다 '제거'라는 말이 떠올라 발길을 돌리긴 하지만.

이런 증상에 대해 전문의와 상담하고 싶은데 그건 안 된다. 사건에 관한 말은 한마디도 발설하지 않겠다고 저들과 약속했으니까. 그게 단순한 치료 목적이라 할지라도 말이다. 동동섬에 관해 입을 열면 나를 제거할지도 모른다. 동동섬에 가기 전에는 제거나 위험한 임무 따위의 말은 나와 무관한 단어인 줄 알았다. 나는 인간 본연의 선한 의지를 믿지만 지금은 그 의지마저 꺾일까 봐 불안하다.

선배의 노트를 읽으며 샌드위치와 커피를 남김없이 먹었다. 나는 큰일을 앞두고 있거나 긴장하면 폭식하는 타입이다. 몸속에 다량의 칼로리가 축적되어야 마음의 평안을 얻는다. 그날 집으로 돌아온 뒤 곧장 뻗어버렸다. 이튿날 전화를 넣었으나 연결이 되지 않아 메시지를 남겼다. 그 후 선배에게 간간이 전화가 걸려왔는데 매번 번호가 달랐다. 공중전화에서 걸 때도 있고 대포폰으로 짐작되는 생소한 번호가 찍힐 때도 있었다.

나는 누가 뭐래도 글의 힘을 믿는다. 자고로 글을 쓰는 족속들이란 자질구레한 일조차 글로 남기는 습관이 있다. 정원 선배가 위험을 무릅쓴 채 동동섬의 일을 노트에 남긴 것도 그 이유 때문이 아니겠는가. 나는 여러 날 고민 끝에 노트에 적힌 글을 가다듬어 소설로 발표하면 어떻겠느냐고 의중을 떠봤다. 묵묵히 듣고 있던 선배는 그건 안 된다며 너는 물론 친구들까지 위험해진다고 도리질했다. 그러고는 쫓기듯이 자리를 떴다.

같은 매체를 통해 등단한 계기로 정원 선배와 친해졌다. 내가 첫 소설로 장쾌하게 홈런을 친 뒤 8년간 원고를 쓰지 못할 때도 곁에서 따뜻하게 챙겨준 고마운 사람이다. 한번은 메추리알 장조림과 장아찌를 보내주었는데 귀퉁이가 짜부라진 택배 상자를 열어보니 포스트잇이 한 장 껴 있었다.

이것 먹고 힘내. 속이 든든해야 글을 쓰지.

장물에 젖어 글자가 번진 포스트잇을 읽고 있으려니 내 마음도

상자 속 내용물처럼 선배한테 쏠려 눅지근하게 젖어드는 기분이었다. 우리는 문자와 카톡으로 시시콜콜 얘기를 나누던 사이여서 서로를 환하게 꿰뚫어 본다고 자부했다. 그런데 소원했던 몇 달 사이에 선배 혼자 물속에 가라앉고 있었다. 선배가 발버둥을 치며 물속에서 필사적으로 버티던 때에 나는 무얼 하고 있었나?

나는 여러 가지 방법을 동원해 선배를 설득했다. 이 소설이 정원 선배와 친구들에게 산소탱크가 될 수 있다며. 책이 출간되면 선배가 동동섬에서 겪은 일이 세상에 까발려진다. 그렇게 돼도 우리 쪽에선 손해 볼 게 없었다. 출판사에서는 기민하게 행동했다. 내게 북 에디터 두 명을 붙여줘 일이 순조롭게 진행됐고 선배와 아이들은 책이 발간되는 날짜에 맞춰 출판사에서 주선한 모처의 장소에 은신해 있기로 했다. 아이들 때문에 방학 때 책을 펴낼 거라는 출판사의 얘기를 듣고서 선배도 계획에 합의했다.

책이 나오는 즉시 동동섬 사건을 언론에 알리기로 했다. 나 역시 그 사건이 널리 알려져 세간의 주목을 끌게 되면 저들이 선배를 건드리지 못할 것이라는, 어쩌면 저들의 손아귀에서 벗어나는 계기가 될 것이라는 믿음 때문에 소설을 출간하기로 결심했다.

물론 내가 소설 쓰는 인간인지라 중간에 허구를 끼워 넣고 싶은 강렬한 욕망에 사로잡히기도 했다. 또 발표 형식이 소설이므로 적절한 윤색과 가공을 거쳤는데 그때마다 상상력을 동원하려는 마음과 그래서는 안 된다는 마음이 충돌하곤 했다. 이런 고민의 과정을 거친 뒤 노트에 적힌 내용에 되도록 충실하려고 노력했다. 소설에 나오는 한정원과 고향 친구들은 가명으로 표기했다. 지명조차 동동섬으로 바꿨지만 당신들은 얼마 전에 일어난 이 사건을 기억하고 있을 줄 믿는다. 혹시 모르는 이가 있다면 당장 인터넷 검색창에 '라론 증후군(Laron syndrome)'이라는 단어를 입력하면 알게 될 것이다. 소설 속 내용이 모두 사실이라는 것을.

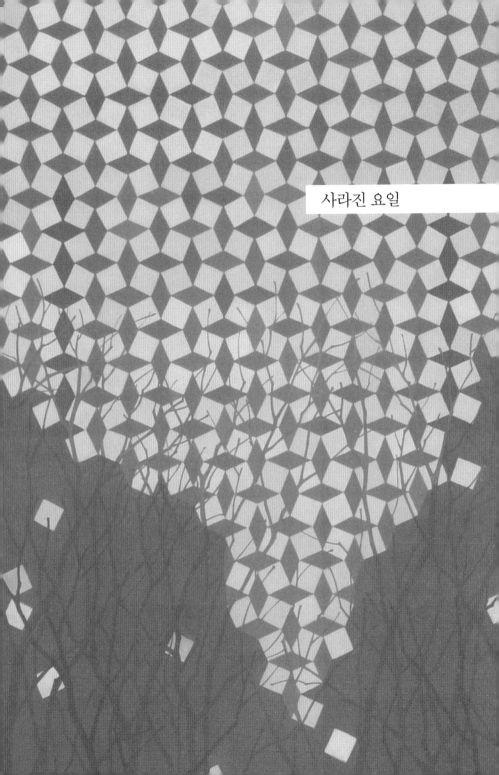

사라진 요일

1

"어? 이게 뭐지."

정원은 무심히 펼친 A4 복사용지를 눈 가까이 가져갔다. 누군가 컴퓨터로 쓴 편지를 복사용지에 출력해 정원에게 보냈다. 불특정 다수에게 보내는 행운의 편지처럼 편지 쓴 날짜와 보낸 사람의 이름조차 없다. 요즘 들어 허리 사이즈에 예민해진 정원은 하루가 다르게 도도록해지는 아랫배를 쓸며 눈으로 훑듯이 편지를 읽었다. 때마침 햇볕이 쏟아져 들어왔고 복사용지 뒷면에 적힌 낙서가 어른어른 비쳤다. 뒤집어보니 용지 뒷면에 커피 얼룩이 번져 있고 그 밑에 '20일 남산 예술극장 공연, 오전 9:30~12:30'이라고 사인펜으로 휘갈긴 낙서가 남아 있었다. 길쭉길쭉 옆으로 뉘여 쓴 필체는 자신의 것이 분명한데 언제 쓴 것인지 생각나지 않았다.

정원은 중요한 용건이나 전화로 잡담한 내용을 무의식중에 낙서하는 버릇이 있다. 남산 예술극장 공연이 누구의 공연인지, 왜 복사용지 뒷면에 적혀 있는지 기억이 흐릿했다. 포털 사이트에 연재를 시작하면서 받은 우편물은 현관 앞 신발장 위에 쌓아두었다. 세금 고지서조차 뜯어보지 않아서 독촉장이 날아들기도 했다. 이 편지도 봉투를 뜯어놓곤 경황이 없어서 읽지 못했을 것이다.

나는 기억한다, 오래전 어느 겨울을.

그해 겨울밤에도 어김없이 삭풍이 몰아쳤다. 화톳불을 지핀 마당. 사내들이 눈을 빛내며 밀주를 마신다. 화톳불 위에선 쇠꼬챙이에 일렬로 꿰인 참새가 익어가고 있다. 엇 춰! 한 사내가 곱은 손을 비비며 불땀이 가라앉은 화톳불로 다가든 순간, 또 다른 사내가 참새 다리를 어금니로 물어뜯던 그때 갓난아기의 성마른 울음소리가 들린다. "뉘 집이여?" "저기, 골목 안 집. 그 집 며느리가 오늘 낼 한다는 소릴 들었구먼." 한 사내가 턱으로 우리 집을 가리킨다. "하이구야, 이거 부정 탄 거 아니여." 텁석부리가 먹던 참새구이를 화톳불 가장자리에 내려놓으며 탄식한다.

나는 기억한다.

유년 시절 밤마다 꾸었던 꿈속에서도, 고열로 몇 날 며칠 앓기 일쑤였던 사춘기 시절에도, 주기적으로 괴롭히던 염증 세포가 사라진 날에도, 방이 빙그르르 도는 것 같아 몇 발자국 떼지 못하고 주저앉는 날이 많았던 때도 나는 그 겨울밤 화톳불의 일렁임을 보았고 달아오른 불에 오그라들며 노릇 노릇 구워지던 참새의 고소한 냄새를 기억했다.

텁석부리의 말처럼 그날 내가 참새 새끼처럼 엄마의 자궁을 밀고 나와 부정 탄 게 아닐까. 그날 밤엔 싸락눈이 섞인 북풍이었고 지금은 비바람이 불고 있다. 이마 위로 흐르는 빗물 때문에 눈을 뜨기 어렵다. 앞이 보이지 않는다.

잘못 온 편지일까?

친하게 지내면 수시로 드나들까 봐 앞집과도 눈인사만 하고 지낸다. 두 아이를 키우며 글을 쓸 시간을 확보하기 위해서는 이웃에게 곁을 줘선 안 된다. 한 사람, 집배원은 예외였다. 집으로 오는 책과 우편물이 많은 탓이다. 크리스마스가 다가오면 수면 양말과 핸드크림 같은 소소한 선물을 준비해 우편함에 넣어둔다. 그래서인지 우편물을 특별히 신경 써서 배달해준다. 잘못 온 편지일 리가 없다. 봉투를 찾으면 보낸 사람의 주소와 이름, 날짜를 확인할 수 있을 텐데……. 집 안을 모조리 뒤졌지만 편지봉투가 보이지 않았다. 발코니에 둔 쓰레기함도 비워져 있었다.

정원은 쥐고 있던 볼펜을 돌리며 골똘한 얼굴이 되었다가 베란다로 나가 화분에 물을 주고 걷어온 빨래를 설렁설렁 개켰다. 빨래를 개키다 말고 부엌으로 들어가 찬물을 마셨다. 물 잔을 엎어두고 나가려는데 천장에 걸린 와인 잔에 먼지가 부옇게 묻은 것이 보였다. 와인 잔 걸이와 와인 테이블은 남편의 작품이다. 남편은 손재주가 좋았다. 공사현장에서 심심풀이 삼아 만든 거라고 했다. 처음엔 와인 바처럼 그럴듯했는데 지금은 천덕꾸러기가 되었다.

"혼자 있어도 기분 좀 내며 지내."

남편은 선심 쓰듯 말했지만 정원이 집에서 와인을 마신 것은 손으로 꼽을 정도다. 누리는 건 언감생심, 소파를 고를 때도 청소하기 쉬운지, 소파 밑으로 진공청소기 흡입구가 쑥 들어가는지부터 살피기 때문에 소파의 기능인 안락함은 두번째 조건으로 밀려나고 디자인은 포기해야 된다. 집이 작업실인 여자가 실내를 오밀조밀 꾸미고 사는 건 한낱 꿈에 불과할 뿐. 가정과 일, 두 마리 토끼를 잡으려 설치다간 골병만 든다는 사실을 뼈저리게 체득한 정원은 먼지 묻은 와인 잔을 노려보곤 거실로 돌아왔다.

끓는 물에 파스타를 넣자 열기가 훅 끼쳤다. 파스타가 알맞게 삶아졌는지 확인한 뒤 채 썬 마늘과 양파, 토마토를 프라이팬에 볶다가 마지막에 홍합을 넣었다. 이마가 땀으로 흥건하게 젖었다. 정원은 땀을 닦을 틈도 없이 스파게티를 맛봤다. 첫맛은 들큼하고 뒷맛이 싱겁다. 포털 사이트에 연재 중인 자신의 스릴러처럼. 2퍼센트가 부족한데 그게 뭔지 도통 모르겠다.

토마토와 채소가 너무 많이 들어갔나?

파스타에 피처럼 붉은 토마토 퓌레를 뿌렸다. 스파게티의 들큼함은 퓌레의 신맛이 감해줄 것이다. 자신이 쓰는 스릴러에도 피가 튀는 장면을 한두 페이지 넣어야 하는 건 아닌지 머리를 굴리느라 바빴다. 책상으로 달려가고 싶은 마음이 굴뚝같았으나 꾹 참고 완성된 스파게티를 접시에 담았다. 화실에서 돌아온 딸은 시간이 지나서 붇거나 굳은 파스타도 맛있게 먹어줄 것이다. 딸은 노랑과 분홍, 연두색을 즐겨 쓴다고 했다. 그게 아이의 눈에 비친 세상의 색깔일 것이다.

"어머니, 다인이 걱정은 하지 마세요. 그림이 아주 고와요. 제 피부만큼이나 고운 노랑과 분홍, 연두를 즐겨 쓴답니다. 아하하하."

화실의 원장은 쉰 살을 훌쩍 넘긴 것 같았다. 그 나이에 날건달처럼 꽁지머리에 개량한복을 입고 있었다. 기가 찼다. 이런 행색이 치기라면 오래전에 버려야 마땅한 나이가 아닌가. 명함을 보니 무슨 미술가협회 회원이라고 큼지막하게 박혀 있어서 더욱 의심스러웠다. 자세히 알아보지도 않고 생날라리 건달한테 어린 딸을 맡긴 건 아닌지 후회가 밀물처럼 덮쳤다.

화실은 재래시장 입구에 있었다. 딸은 제발 찾아오지 말라고 했다. 뭐든 수줍어하는 아이였다. 학부모가 되어 얼굴을 비치지 않을 수는 없었다. 난간도 없는 철제계단을 오르자 생선 썩는 냄새가 심하게 풍겼다. 그때부터 모든 것이 불길했다. 화실의 원장실에는 싸구려 모노륨이 깔려 있었는데 흑연 가루와 물감 자국으로 바닥이 얼룩덜룩했다. 정원이 소파에 앉자 꽁지머리가 부속실에서 접시를 내왔다. 도톰한 도자 접시에는 모시 냅킨이 깔려 있고, 그 위에 새파란 자두가 세 개 정도 담겨져 있었다. 어디서 본 건 있어서…… 대략 이런 마음이었다. 꽁지머리가 접시를 탁자에 내려놓는데 보니 손톱에 물감 때가 시커멓게 끼어 있었다. 더러웠지만 예의상 자두 하나를 집어 깨물었다. 설익은 자두는 시고 떫었다.

"다인 어머니께서는 글을 쓰시는 작가라고 들었습니다만."

정원의 얼굴이 시뻘게졌다.

"아…… 예."

주책바가지 딸. 쥐구멍이 있으면 들어가고 싶었다. 영악한 아들 녀석은 정원이 작가라는 말을 좀체 하지 않는다. 너희 엄마 삼류 작가 맞지? 대표작 뭐 있어? 어디 한번 대봐, 대봐! 녀석은 자꾸 따지고 드는 자기 반 여자아이를 흠씬 두들겨 코뼈를 부러뜨렸다. 정원은 8일 밤낮을 가리지 않고 학교와 병원을 찾아다니며 두 손이 발이 되도록 싹싹 빌었다. 그 후 여자아이의 치료비로 들어간 돈을 갚기 위해 장장 1년 동안 뼛골이 빠지게 원고를 썼다. 그 뒤부터 녀석은 정원의 직업란에 무직 또는 전업주부, 기분이 내키면 가사 종사라고 적었다. 이런 녀석에 비하면 꼭 한 곳이 모자란 딸은 정원이 세계적인 대문호라도 되는 양 아무 데서나 자랑하고 다녔다.

"저어…… 어떤 걸 쓰시는지 여쭤봐도 될까요?"

올 게 왔다. 이럴 땐 솔직한 게 최고다.

"장르소설을 씁니다. 저 아래 대여점에 가면 제가 쓴 책이 더러 꽂혀 있을 겁니다."

꽁지머리의 검은자위에 반짝, 하고 빛기둥이 생겼다.

"혹시 무협소설을 쓰시나요? 이거 완전 반갑습니다. 제가 무협 마니아거든요. 계보도 쫙 꿰고 있는데, 필명이 어떻게 되시는지?"

"저는 무협 빼고 로맨스, 공포, 판타지 이것저것 다 씁니다."

"그쪽도 쉽지만은 않지요?"

"그럼요. 부익부 빈익빈 현상이 아주 심한 곳이지요."

"예술은 어느 분야나 비슷한 것 같습니다. 허허허."

개량한복을 입은 꽁지머리가 허풍선이처럼 웃는데 기웃하게 열린 문 너머로 "원장님, 데생용 자두 주세요." 하는 소리가 날아들었다. "어?" 당황한 꽁지머리와 눈이 마주쳤고, 정원이 얼떨결에 자두 접시를 집는데 "아, 어머니 됐어요." 하고 꽁지머리가 두 손을 활짝 펴서 미는 시늉을 했다. 그러니까 정원이 먹은 것은 데생용 자두였다. 이 화실은 손님한테 음료수 한 병도 대접할 수 없을 만큼 가난하거나 준비성이 전혀 없거나 둘 중 하나였다. 원장실 벽에는 크고 작은 캔버스가 세워져 있었다. 그 가운데 한 점이 정면으로 놓여 있었는데 그림 시장에 내놔봐야 팔리지도 않을 산수화였다. 정원은 한물간 산수화를 흘끔거리다가 원장실을 나왔다.

"벌써 가시게요?"

헤어밴드를 한 여자의 등 뒤에서 그림을 봐주던 꽁지머리가 열 없는 소리로 물었다. 헤어밴드는 막 그림에 입문한 듯 선 긋기를 하고 있었는데 직선, 둥근 선, 점선 등 여러 개의 선이 8절지 스케치북에 그려져 있었다. 사회인으로 보이는 헤어밴드 한 명, 형광등을 환하게 밝힌 안쪽 칸막이 방에는 미대 입시를 준비하는 고교생 두엇이 이젤 앞에 앉아 있었다. 계산이 딱 나왔다. 꽁지머리를 자르고 개량한복을 벗으면 수강생이 늘 텐데. 정원은 생선 썩는 냄새가 진동하는 철제계단을 내려오며 딸을 그 화실에 계속 보내기로 결심했다.

꽁지머리의 말처럼 딸은 아직 세상에 오염되지 않았다. 제 손으로 샤워를 하다가도 등을 밀어달라며 응석을 부린다. 정원은 딸의 등에 상처가 생길까 봐 가제수건으로 살살 씻긴다. 뻣뻣한 때수건 따위는 쓰지 않는다. 그러면 아이는 몸을 동그랗게 말고는 혀 짧은 소리로 간지럽다고 말하며 재갈재갈 웃었다. 그런 딸도 내년이면 제 오빠처럼 중학생이 된다. 어떻게 변할지 아무도 모른다. 엉덩이 부분이 터질 정도로 스커트를 줄여 입고 존나 씨발, 거친 욕을 거품처럼 내뿜으며 삼선 슬리퍼를 찍찍 끌고 다닐지도 모른다. 그러면 정원은 복수하듯 초록색 때수건으로 딸의 등을 피가 나게 문지를 것이다.

지방의 공사현장으로 내려간 남편의 나이, 올해 마흔여섯. 서울엔 언제 올라오는 거야? 정원이 물으면 남편은 금세 의기소침해진다. 본사 발령은커녕 4년 후에는 회사에서 잘릴지도 모른다. 그맘때면 아들은 대학에 입학할 테고 딸은 고등학교에 다닐 것이다. 목돈이 줄줄이 들어갈 시점인데 남편은 하루아침에 실업자가 된다. 은행에서 빌린 아파트 대출금은 갚지도 못했다.

머지않아 정원이 가족을 부양해야 된다. 아이들은 수천만 원대의 등록금을 빚진 채 대학을 졸업하고도 취업하지 못할 것이다. 빠르면 이삼 년 길면 사오 년, 취업 준비를 하기 위해 신림동과 노량진 언덕배기를 서성거릴지도 모른다. 포장마차에서 파는 컵밥과 편의점 삼각김밥으로 끼니를 때우고 동전이 모자라 커피 자판기 앞에서 쓸쓸히 돌아설 수도 있다. 사철 햇빛을 받지 못해 누레진 얼굴로 하늘만 멀거니 올려다볼 것이다. 나이가 들어서 알아야 할 것을 십대 후반에 몽땅 알아버린 아이들은 힘이 없어서 씨발 씨발, 욕도 못할 것이다. 그러니 지금 삐딱선을 타는 것쯤 거뜬히 참아줘야 한다. 뭐하러 결혼을 덜컥 해버렸나. 그것도 여섯 살이나 많은 남자와. 겁도 없이 어쩌다 애를 둘이나 낳았는지.

2

유치원생 수준의 입맛을 가진 딸은 스파게티를 새가 모이 먹듯

깨작거렸다. 저 아이에게 무얼 먹여야 또래처럼 몸피가 실해질까?
장바구니를 들고 나오자 주름치마가 허벅다리에 척 감겼다. 엘리
베이터는 찬기가 돌아서 견딜 만했는데 그곳을 벗어나니 찌는 듯
이 더웠다.

웬 사내아이가 아파트 현관으로 뛰어드는 바람에 장바구니를
떨어뜨릴 뻔했다. 사내아이는 정원의 우편함에 편지를 구겨 넣고
는 획 돌아서서 자동문으로 달려 나갔다. 아이와 편지를 번갈아
보던 정원은 우편함에 꽂힌 편지부터 집었다. 정원의 주소가 인쇄
된 채 수취인란에 붙어 있고 보낸 사람의 주소가 없다. 입구가 열
린 봉투 속에는 전처럼 A4 복사용지가 가로로 두 번 접힌 채 들어
있었다.

널 한시도 잊지 않고 있다. 복수할 그날을 위해 난 또 오늘을 산다.

며칠 전에 온 편지와 같은 바탕체에 글자 크기도 같았다. 정원
은 포탄을 맞은 것 같은 얼굴로 편지를 우편함에 구겨 넣은 뒤 밖
으로 뛰쳐나갔다.

"방금 여기서 나온 사내아이 보셨나요?"

현관 앞을 지나가던 경비의 눈이 휘둥그레졌다.

"저는 앞 동 지하에서 전구를 갈고 나오던 길이라……."

"열두 살쯤 되어 보이는 애고요, 키가 이만한데."

"왜요? 무슨 일이라도?"

"아뇨, 그런 거 아니에요."

헐레벌떡 놀이터로 뛰어가봤지만 사내아이의 종적이 묘연했다. 정원은 아파트 단지를 벗어나 사거리 쪽으로 달렸다. 사내아이가 갈 만한 피시방과 문구점부터 뒤졌다. 마트와 시장을 뒤진 후 후미진 골목과 서너 개의 아파트 놀이터까지 훑었으나 보이지 않았다. 실망한 정원이 땀을 닦으며 사거리 신호등 앞에 있는데 길 건너 편의점 유리벽으로 회갈색 티셔츠를 입은 사내아이의 모습이 비쳤다. 주먹을 쥔 손에 땀이 차고 혀가 바싹 타들어갔다. 신호가 바뀌자 전속력으로 내달렸다. 건널목을 건넌 정원은 숨을 몰아쉬며 편의점에 있는 사내아이의 움직임을 주시했다.

편의점 문은 두 개다. 앞문과 뒷문. 편의점은 가로로 기다란 형태여서 계산대를 지나쳐 한참을 가야 뒷문이 나왔다. 정원이 소리치면 직원이 잡을 수도 있는 구조였다. 정원은 사내아이가 쉽게 도망치지 못하도록 앞문으로 들어갔다. 아이는 컵라면 용기에서 건져 올린 라면 가닥을 입으로 불고 있었다. 주위에는 토마토 케첩이 묻은 핫도그 껍질, 에너지 음료수, 삼각김밥 껍질이 어지럽게 널려 있었다. 등 뒤로 조용히 다가간 정원은 아이의 팔을 단단히 붙들었다.

"에이, 뭐예요?"

사내아이가 돌아보며 인상을 썼다.

"나 기억하지? 아파트 현관에서 부딪칠 뻔했잖아."

"왜 이래요? 놔요!"

"네가 편지를 넣은 우편함 주인이 나야. 그 편지 어디서 났어? 바른대로 말해!"

정원의 서슬에 놀란 사내아이가 입을 비쭉거렸다.

"저는 단지 심부름을 했을 뿐이란 말예요."

그러고는 주머니에서 꺼낸 손바닥을 활짝 펴 보였다. 사내아이의 손바닥에는 반으로 접힌 천 원짜리 지폐 넉 장과 동전 몇 개가 얹혀 있었다.

"만 원 받았는데 다 쓰고 요것 남았어요."

"심부름을 시킨 사람이 누구니? 말하지 않으면 경찰서로 끌고 갈 거야."

"아줌마 제발요. 잔돈도 드리고…… 사실대로 말할게요. 처음 보는 사람이었어요. 아파트 동 호수를 알려주며 편지를 우편함에 넣기만 하면 된다고 했어요. 그리고…… 이거요."

사내아이가 울먹이며 잔돈을 내밀었다.

"그건 너 가져. 대신 묻는 말에 대답해. 어떻게 생긴 사람이니? 여자야, 남자야?"

"남자였어요. 등산 모자를 써서 얼굴은 못 봤어요."

"돈까지 받았으면서 얼굴을 못 봤다는 게 말이 되니? 얼굴이 길어, 넓적해? 특징이 있을 거 아냐."

"그냥 평범한 얼굴이었어요. 안경을 끼거나 특이하게 생기지 않아서 기억이 안 나요."

"몇 살로 보였어? 아저씨니!"

정원은 자신이 사내아이를 너무 몰아댄다는 생각이 들었다. 그러나 협박 편지가 벌써 두 통째 왔다.

"형 같았어요. 아니, 아저씨요……."

말을 하고도 확신이 서지 않는 눈치였다.

"남자의 배가 이만큼 나왔니? 얼굴에 주름은?"

"아이씨! 그렇게 늙어 보이진 않았어요."

"내 또래 같아 보이든?"

"모르겠어요."

"내 또랜지 아닌지도 모르면서 늙은 사람이 아니란 건 어떻게 알았니?"

"말하는 걸로 봐선 그렇게 늙은 사람은 아니에요. 또 모르죠. 잘못 봤을 수도……."

아이는 자신 없는 표정이었다.

"그 남자를 어디서 만났어?"

"우리은행 앞에서요."

"어떤 옷을 입고 있었는데?"

계산대 앞에서 아이스크림을 먹던 여학생들의 시선이 쏠리자 아이가 불안한지 눈동자를 굴리며 청바지요…… 하고는 말을 얼버무렸다. 그러고는 정원을 확 밀치더니 날다람쥐처럼 뒷문으로 내뺐다. 갑자기 일어난 일이어서 손쓸 틈이 없었다. 정원은 사내아이를 쫓는 대신 편의점 직원에게 다가갔다.

"방금 나간 아이 본 적 있으세요?"

"처음 보는 아이 같은데요."

이 편의점은 회사 직영이어서 직원이 자주 바뀌지 않는다. 안경 낀 남자 직원은 이곳에 근무한 지 4년 정도 된다. 편의점 직원도 모른다면 동네 아이가 아닐 수도 있다. 다리에 힘이 풀린 정원은 터덜터덜 아파트 입구로 들어섰다. 우편함에 비뚜름하게 꽂힌 편지를 빼들고 엘리베이터에 오르자 속에 뜨거운 철사가 얽혀 있는 듯이 머리가 쑤셨다.

아이들이 빠져나간 집은 횅뎅그렁했다. 전과 다르게 암울한 적의가 도처에 도사리고 있는 것 같았다. 평온한 일상의 이면에는 얼마나 기괴한 일들이 숨어 있는 것인지. 사내아이가 말했다. 형 같은 아저씨라고. 추위를 느낀 정원은 정수기에서 물을 받아 전기 주전자에 부었다. 이내 물이 쉿쉿, 소리를 내며 끓었고 뜨거운 김이 입구로 솟구쳤다.

범인은 우리 집을 알고 있다. 숨어서 지켜보고 있을지도 모른다. 커튼이 흔들리자 가슴이 철렁 내려앉았다. 정원은 창문을 닫고 에어컨을 켰다. 이럴 땐 물이 끓는 소리나 에어컨 소리 같은 생활의 소음이 위로가 된다. 생각해보니 편지봉투가 열려 있었다. 범인은 가까운 곳에 있는 것처럼 보이기 위해 의도적으로 봉투를 붙이지 않았을 수도 있다. 사내아이는 우리은행 앞에서 범인을 만났다고 했다.

거긴 딸의 화실이 있는 곳이다!

머릿속이 하얘지면서 숨이 가빠졌다. 왜 그 생각을 못 했을까. 젖비린내도 가시지 않은 딸아이. 만약 딸을 건드린다면 지구 끝까지 따라가서 내가 할 수 있는 모든 방법을 동원해 처절하게 응징할 것이다. 아냐, 그럴 리 없어. 범인의 표적은 나야!

정원은 책상 앞에 앉아 허브차를 마시며 떨리는 마음을 진정시켰다. 경찰에 신고부터 할까? 편지 두 통만으로 경찰에 신고하기엔 미흡한 구석이 있었다. 편지에는 발신인의 주소조차 없어서 행운의 편지와 흡사하다. 시중에 떠도는 행운의 편지도 진화를 거듭해 자녀를 협박하는 내용이 담겨져 있다는 말을 들었다. 무턱대고 신고했다간 행운의 편지 같은 싱거운 사건으로 분류될 확률이 높다. 아이들을 단속하는 한편 결정적인 단서가 잡히면 그때 신고해도 늦지 않을 것이다. 정원은 증거를 확보할 생각에 여념이 없는 자신에게 환멸을 느꼈다. 이런 심리 이면에 직업병이 숨어 있다면, 아이들을 염려하는 엄마이기 전에 작가가 먼저였다면 넌 진작 대작을 썼어야 해.

왜 이러니? 침착하자, 한정원.

사내아이는 우리은행 앞에서 편지를 받았고 근처엔 딸의 화실
이 있다. 원장이 머릿속에서 떠나질 않자 정원은 고개를 흔들었다.
범인은 평범한 용모라고 했다. 꽁지머리에 개량한복을 입은 원장
은 누구한테든 강렬한 인상을 남기는 사람이다. 또한 원장이 정원
에게 원한을 가질 이유는 없다. 딸을 남루한 화실에 보내주는 것
만으로도 고마워해야 하지 않나. 어쩌면 그 남자가 범인이 아닐
수도 있지. 남자도 누군가의 사주를 받았다면? 정원의 추리는 점
점 미궁 속으로 빠져들었다.

원점에서 다시 시작해보자.

이웃의 원한을 사기에 가장 좋은 것이 뭘까? 층간소음? 아래층
이야말로 그것을 논할 처지가 못 된다. 그 집 아이들은 극성스럽
기로 유명하다. 아래층에서 쿵쿵거리는 소리에 정원이 우산 꼭지
로 거실 바닥을 두어 번 두드린 적이 있다. 아이를 키우는 사람이
라면 소극적인 항의쯤은 받아들여야 하지 않겠는가.

위층 거주자는 육십대 노부부다. 바깥분이 목사님이라 교회에
서 살다시피 한다. 그 외에 이웃이라곤 없다. 집에서 일하는 관계
로 아파트 주민과 왕래하지 않는다. 아이 친구의 엄마도 마찬가지
다. 서로 부딪쳐야 틀어질 일도 생긴다. 아들 녀석이 코뼈를 부러
뜨린 여자아이의 부모에게 90도로 허리를 굽혀 사과했고 일의 매
듭도 단단히 지었다.

그럼 대체 누구란 말인가?

정원은 남편과 아이들과 관련된 사람들을 차례로 떠올렸으나 딱히 짚이는 곳이 없었다. 분명 놓친 것이 있을 거야. 작은 실마리라도 찾아낼 생각에 이번에는 딸, 아들, 남편, 자신순으로 훑어나갔다. 역시 범인일 것 같은 사람은 떠오르지 않았다.

한정원, 넌 스릴러 작가야. 사건에 관련된 인물을 설정하고 사건이 발생한 시점의 앞뒤 정황을 살핀 뒤 빼도 박도 못하는 증거를 제시하는 게 네 일이잖아. 정원은 자신의 무능을 탓하며 연재 중인 사이트로 들어갔다. 오전에 올린 소설에 댓글이 여러 개 달려 있었다.

좆을 까세요. 내가 발로 써도 이보다는 잘 쓰겠다.

장르문학 사이트엔 이런 종류의 악성댓글이 달리지 않는다. 정치, 사회, 연예 면의 기사에 붙는, 감정을 날것 그대로 분출하는 글은 극히 적다. 읽기 불편할 정도라고 해봐야 서사의 맥락이 이해되지 않는다는 글뿐, 그 밖엔 잘 읽었다는 인사조의 유순한 댓글이 대부분이다. 혹시? 저 댓글의 IP를 추적하고 싶은 유혹을 느꼈다. 아니야. 독자의 입장에선 그럴 수 있지. 요즘 들어 얼개가 느슨한 감이 없지 않아. 이젠 별걸 다 의심하는군. 결연한 얼굴로 노트북을 덮은 정원은 탁상용 달력 앞에 놓인 편지를 펼쳤다.

널 한시도 잊지 않고 있다. 복수할 그날을 위해 난 또 오늘을 산다.

펜 통에서 붉은 펜을 빼든 정원은 편지에 쓰인 '널'과 '난'이라는 단어에 밑줄을 쳤다. 보통은 '널'이나 '난'으로 쓰지 않고 '너를' 혹은 '나는'이라고 쓰기 마련이다. '너는'을 '널'로 쓴 것으로 봐선 범인은 정원과 가까운 사이거나 지근거리에 있다는 얘기다. 자기보다 나이가 적은 아랫사람을 지칭할 때도 '너를'이라는 인칭대명사를 가벼운 느낌의 '널'로 줄여 쓴다. 범인이 정원을 오래 관찰해왔다면 친근하게 느꼈을 수도 있고, 인칭대명사를 줄여 쓰는 습관을 가진 사람일 수도 있다.

정원은 '널'과 '난' 사이에서 한참 헤매다가 범인이 보낸 첫번째 편지를 찾았다. 쌓인 책들 틈에 꽂힌 편지를 꺼내어 펼친 정원은 붉은 펜으로 '화톳불'과 '밀주' '참새구이' 같은 단어에 밑줄을 쳤다. 그러고는 '눈을 뜨기 어렵다. 앞이 보이지 않는다.'라는 마지막 문장에 밑줄을 친 뒤 두 통의 편지를 대조하며 꼼꼼히 살폈다. 범인은 나이를 속이기 위해 인칭대명사를 줄여 쓴 것인지도 모른다. 혼란을 가중시키려고 첫번째 편지에 화톳불과 밀주 같은 어휘를 동원했을 수도 있지 않은가. 두 통의 편지를 보면 범인은 자신에 대해 부정적이고 무척 흥분한 상태다. 그러나 글만 봐서는 모른다. 흥분된 상태로 보이도록 교묘하게 조작한 것일 수도 있다. 시간이 지날수록 정원의 머릿속은 뒤죽박죽되었고 창밖엔 어둠이 내리고 있었다.

　화톳불, 밀주, 참새구이…… 이런 추억을 가진 사람이라면 적어
도 정원보다 열 살가량 많고 농촌 출신이어야 한다. 우리나라 오
십대 이상의 나이 든 사람 대부분은 농촌이 고향이다. 정원은 자
신의 유년 시절을, 기억의 골짜기와 협곡 속에 흔적처럼 남아 있
는 고향을 떠올려보았다. 정원의 고향도 농촌 마을이다.

3

　눈에 띌 만한 풍경 하나 없는 척박한 산세 탓에 초가을부터 늦
봄까지 춥고 건조한 바람이 불던 곳. 장사와 농사일로 한 주일을
보낸 사내들은 휴일 밤이면 몰려나와 교회나 성당을 가는 대신 술
을 마시거나 노름을 했다. 그러고는 정해진 수순처럼 집으로 돌아
가 제 아내를 마구잡이로 팼다. 여자들은 덤빌 생각도 못 하고 술
취한 남편의 손찌검을 고스란히 받아냈다. 맺힌 데가 있으면 어디
엔가 풀기 마련, 일주일 간격으로 얻어맞고 살면 성격이 그악스럽
거나 화풀이하듯 냄비 같은 걸 북북 문질러서 부엌살림이라도 빛
이 나야 한다.

　그러나 고향 여자들은 하나같이 온순했고 살림 솜씨가 형편없
었다. 같은 재료로 요리를 해도 음식이 맵거나 짜고 볼품이 없어

서 정원은 아프고 외로울 적마다 간절하게 생각나는 고향 음식이 없다. 일찍이 성공했거나 야망을 가진 사람조차 없는 땅. 그래서 교육열마저 낮았다. 인간은 나이가 들면 자신의 태가 묻힌 곳이 그리워진다던데 정원은 꿈속에서도 고향을 좋아한 적이 없다.

다만 여자 대머리로 불리던 정수리 부분의 머리가 동그랗게 빠진 분순이네, 고소한 들기름 냄새를 풍기며 통통한 몸을 산지사방 흔들고 다니던 남해식당 아줌마(그녀의 입가엔 쥐눈이콩처럼 반질거리는 점이 있었다), 코티 분을 두껍게 발라서 가부키 화장을 한 듯 보이던 이발소집 떠버리 아줌마는 가끔 생각난다. 떠버리 아줌마의 이름은 이용해였다. 천성이 사나운 데다 가난하고 무지했던 고향 사내들은 이용해 아줌마를 보면 입가에 야릇한 미소를 머금었다. 이발소의 수상쩍은 영업 행위와 아줌마의 이름을 떠올리며 이용해? 이용할 것이 뭣이 있다냐, 은근슬쩍 놀려먹기도 했다.

정원의 부모는 고향에 서너 개의 상점을 가지고 있었다. 그곳에서 얻는 수입으로 오빠와 정원을 교육시켰다. 당시엔 상점의 월세가 터무니없이 낮아서 가정 형편이 넉넉하지는 않았다. 지금 기억하기로는 다달이 받는 월세가 아니라 보증금 얼마에 열 달치의 셋돈을 한꺼번에 받았던 것 같다. 계산하기 복잡하게 한 달도 1년도 아닌 열 달치의 세를 받았을까 의문이지만 그 지방 상점주들은 다들 열 달치의 세를 미리 받았다. 그걸 연세나 깔세라 하지 않고 달세라고 불렀다.

자칭 로맨스 가이인 아버지는 대폿집을 순례하거나 새로 바뀐 다방 마담의 꽁무니를 따라다니느라 하루가 몹시 분주하기 때문에 달세를 받으러 다니는 건 엄마의 일이었다. 엄마는 그 일을 제대로 하지 못했다. "남해식당 달세는 받아왔는감?" 아버지가 물으면 "그게 그러니께, 아직이네유." 능청을 부리며 꾸물꾸물 대답했다. 열통이 터진 아버지가 "그놈의 아직은 여직도 아직인겨? 워째 번번이 그래싸." 닦달을 하면 엄마가 "야야, 네가 좀 받아와야 쓰겠다." 하고 학교에서 돌아온 정원의 등을 밀었다.

재미있는 것은 파리만 날리는 철공소와 야채가게 분순이네는 달세가 하루도 밀리는 법이 없고, 그만저만하게 돈을 버는 이발소집이 중간, 사람들의 발길로 미어터지는 남해식당이 가장 늦게 들어왔다. 철공소와 야채가게 분순이네는 달세를 제날짜에 내는 것이 생의 중요한 목표였고 남해식당은 언제든 마련할 수 있기 때문에 게으름을 한껏 피웠을 것이다.

정원은 엄마의 성화에 빈속으로 집을 나섰다. 달세를 받으러 가는 일은 죽을 만큼 싫었다. 하지만 달세를 받지 못한 적이 없기 때문에 제날짜에 주지 않는 상점에는 반드시 정원이 갔다. 바람 부는 거리를 지나 남해식당에 도착해도 곧장 안으로 들어가지 않았다. 남해식당 주변을 빙빙 돌며 운동화 앞부리로 땅을 비비적거리며 파다가 마음을 다잡고 들어섰다. 식당에 들어가서도 붉어진 얼굴로 고개를 숙인 채 가만히 있을 뿐, 돈 달라는 말을 하지 못했다.

"아이고, 내 정신 좀 봐라. 아가, 쪼매만 기달려라이."

엄마의 표현에 의하면 소힘줄처럼 질긴 남해식당 아줌마가 정원을 발견하고는 부리나케 방으로 들어가 착착 쟁여진 이불 틈에 손을 넣어 노란 고무줄에 묶인 돈다발을 끄집어냈다. 가끔 앞집과 옆집에서 부족한 돈을 채워 손에 쥐어주기도 했다. 남해식당 아줌마는 문밖으로 나서려는 정원에게 "아직 식전이지야." 묻고는 그 집의 별미인 붕어찜을 내오기도 했는데, 평소 붕어라면 환장을 하면서도 번번이 그것을 사양했다. 정원은 젓가락으로 여기저기 찔러 붕어 살만 파먹었는데, 쥐가 쏠은 것처럼 갉작거리며 붕어찜을 먹을 때마다 엄마는 복이 나간다며 머리를 된통 쥐어박았다. 어른이 받지 못한 달세를 받으러 간다거나 식당에 혼자 앉아서 젓가락으로 붕어 살을 파먹는 행동이 청순한 여중생에겐 어울리지 않는다는 고리탑탑한 생각 때문이었다.

여자 못지않게 술을 사랑한 아버지는 정성을 잔뜩 들인 다방 마담과 로맨스를 꽃피우지도 못한 채 간경화증으로 죽고 말았다. 그때 고등학교 2학년이던 정원은 오빠가 있는 서울로 전학을 갔고 엄마는 집과 상점을 처분하려고 고향에 남았다. 이태 뒤인가 초등학교 옆 좁고 움푹한 골목에 있던, 마지막까지 속을 썩이던 철공소가 드디어 팔렸다는 소식이 들려왔다.

오빠와 함께 내려갔더니 엄마가 방바닥에 널브러져 있었다. 이삿짐을 싸는 내내 팔다리가 쑤신다며 끙끙 앓았다. 엄마는 고향에 깔아둔 돈을 돌려받을 속셈으로 친목계원들이 돌아가며 주최한 송별회에 참석해 며칠 동안 관광버스 춤을 추며 놀았던 것이다. 관광버스 춤은 두 주먹을 불끈 쥔 채 검지를 쳐들고 하늘을 찌르 듯 추는 춤이다. 입으로는 휘이휘이, 새를 쫓는 소리를 내며 몸을 좌우로 방정맞게 흔들면 관광버스 춤이 되었다. 휘어이, 휘이. 엄마는 검지를 하늘로 쳐들고 몇 날 며칠 새를 쫓듯 어지럽게 춤을 추며 고향 마을과 작별했다.

이삿짐을 트럭에 실은 우리는 다방에서 철공소 아저씨와 매매 계약서를 쓰기로 했다. 오빠가 매매 계약서를 쓰는 동안 엄마는 계산대 앞에서 다방 마담과 도란도란 얘기를 나눴다. 고향에서 엄마와 작별인사를 나누는 마지막 사람이었다. 마담의 성이 하씨인가 그랬다. 하 마담이 계산대에 덮인 새하얀 레이스 탁자보를 만지작거리며 나긋나긋 말했다.

"여길 뜨신다니 무척 아쉽네요. 그분이 돌아가신 뒤로는 마을이 텅 빈 것 같아요. 해 질 녘이면 하 마담, 하고 부르며 그분이 문을 열고 들어올 것 같기도 하고요."

하 마담은 사장님이라는 호칭을 쓰지 않고 아버지를 그분이라고 지칭했다. 그것만으로도 그녀가 아버지한테 특별한 감정을 품고 있는 게 느껴졌다. 하 마담은 눈을 살포시 내리뜬 채 레이스 탁자보를 꼬집듯 배배 말아 비틀며 아버지에 관한 추억을 회고했다. 새빨간 손톱과 새하얀 레이스 탁자보. 정원은 그 선명한 색상에 눈이 시어서 얼른 창 쪽으로 고개를 돌렸다. 어쩐지 하 마담이 아버지의 허벅지 안쪽 살을 만지작거리는 것 같아서 보기 민망했다.

아니나 다를까. 아버지가 얼마나 좋은 사람인지 장황하게 설명한 하 마담은 "그분이 같이 자자는 말을 딱 한 번만 했어도 제가 자줬을 텐데 그 말을 끝내 하지 않으셨어요."라고 아쉬운 듯 말했다. 엄마는 폭포 같은 눈물을 쏟아내며 코맹맹이 소리로 "하이고 월매나 속상했을까. 글씨, 그 양반이 그런 사람이유." 하고 훌쩍거리며 그녀의 손을 폭 감싸 쥐었다. 그날 정원은 자신의 엄마가 다시 보였다. 속이 없는 사람이라는 건 알고 있었지만 그렇게까지 속이 없을 줄은 몰랐다.

그로부터 15년이 흐른 후 아버지의 산소를 이장하려고 고향에 들렀다. 선영(先塋)을 돌보던 재종숙 어른이 고령인 탓에 아버지의 유골을 서울 근교의 공원묘지로 모실 예정이었다. 윤달이 든 해여서 이장하는 산소가 많아 인부를 구하기 어려웠다. 길일을 택해 이장 날짜를 정하고 인부를 구하느라 엄마와 오빠는 재종숙 어른 댁에서 며칠 묵기로 했고 아이들 때문에 하루도 집을 비울 수 없었던 정원만 서울로 올라가는 길이었다.

삼거리에서 우회전을 하자 길모퉁이에 걸린 다방 간판이 보였다. 문득 하 마담이 그리워졌다. 갓길에 차를 주차한 뒤 다방으로 올라가니 다방 문이 닫혀 있었다. 다행히 아래층 약국 여자가 하 마담을 기억하고 있었는데, 자기가 약국을 연 이듬해 적자운영을

견디지 못한 그녀가 어디론가 떠났다고 했다. 신문을 본다는 핑계로 다방에서 온종일 죽치던 아버지 같은 사람이 마을에 더 이상 없나 보았다. 남편의 바람이라면 이골이 난 본처 앞에서 정인의 허벅지인 양 새하얀 레이스 탁자보를 꼬집듯 배배 말아 비틀며 서 있던 어리칙칙한 여자. 홀랑 까먹은 빠꿈이인지 어리보기인지 헷갈리게 만들던 그 여자.

"하 마담은 어디로 갔을까요?"

정원이 지나가는 말처럼 묻자 약국 여자가 왜관에 갔을지도 모르겠다며 말끝을 흐렸다.

"왜관이라니요?"

"고향이 왜관이라는 말을 얼핏 들은 것 같아서요."

"설마 하 마담이…… 고향엘……."

"그렇겠죠. 떠도는 여자가 고향을 찾을 리 없겠지요."

약국 여자가 무심한 얼굴로 대꾸했다. 정원은 약국에서 산 박카스 뚜껑을 비틀며 왜관, 이라고 중얼거렸다. 왜관이라는 단어의 어감 때문인지 모르겠으나 메마른 벌판에 외다리로 서 있는 새 한 마리를 본 것 같은 환영에 사로잡혔다. 딸깍, 하고 박카스 뚜껑이 열릴 때 정원은 하 마담의 길고 새하얀 목을 자신이 비튼 것 같았다. 그리고 왠지 그녀가 살아낸 모든 날들을 알 것 같은 기분이 되었다. 이사를 하던 날 하 마담의 손을 부여잡고 "하이고 월매나 속상했을까." 하고 진심으로 위로하던 엄마. 그날 푼수처럼 보이던 두 사람의 별난 말과 행동이 삽시간에 이해가 되었다.

정원은 승용차가 주차된 갓길로 걸어가며 간판이 걸린 다방 건물을 흘깃거렸다. 하 마담이 금방이라도 문을 열고 나올 것 같았다. 그녀는 엉덩이를 잔뜩 부풀린 폭 좁은 치마를 입고 다녔는데 다들 그걸 항아리 스커트라고 불렀다. 항아리 스커트는 일종의 트레이드 마크 같은 것이어서, 하 마담을 생각하면 자연스레 항아리 스커트가 떠올랐다.

정원은 서울로 올라가는 길에 고속도로 휴게소에 들렀다. 주유소에서 기름을 넣은 뒤 따가운 햇볕을 피할 겸 나무 그늘에 앉아서 커피를 마시는데 노랫소리가 들려왔다. 행상 트럭의 상인이 트로트를 틀어놓고 물건을 팔고 있었다. 흘러간 트로트 메들리를 듣고 있으려니 찌르르하며 뭔가 목으로 치받고 올라왔다. 정원은 남은 커피를 버리고 승용차로 돌아와 생수 병을 땄다. 이상하게 생수조차 목으로 넘어가지 않았다.

정원은 그날 자신의 시대가 뭉텅 잘려 나갔다는 걸 알았다. 정원에게 고향은 지명이나 풍경, 장소가 아니라 사람이었다는 것도. 오랜 시간이 흐른 뒤에야 행상 트럭에서 흘러나오는 트로트 메들리를 들으며 로맨스 가이인 아버지와 하 마담, 남해식당 아줌마, 야채가게 분순이네, 이발소집 떠버리, 그 모든 고향 사람을 차례차례 떠나보냈다.

하 마담이라면 나이가 얼추 맞는다. 그녀는 편지에 적힌 초가지

붕과 호롱불, 흙담의 정취를 알 것이다. 그렇다면 하 마담이? 고향 마을은 손바닥만 한 곳이어서 집집마다 안팎 사정을 환히 꿰고 산다. 그런 탓에 궁금한 것이 없었고 기필코 알아낼 것도 없었다. 간혹 뜨내기가 흘러들면 입이 심심한 사람들은 눈을 빛내기 마련이다. 뜨내기들은 마을에 안착한 뒤에도 수년 동안 각종 풍문과 구설에 오르내릴 각오를 해야만 한다. 정원이 하 마담을 친근하게 느끼는 것도 귀동냥으로 전해 들은 무성한 소문 탓이다. 정원이 하 마담을 실제로 본 건 몇 번 되지 않는다. 오가다 들른 만화방에서 철 지난 잡지를 보고 있거나, 미장원에서 머리를 롯드로 만 채 여성지에 코를 박고 있는 걸 본 게 전부였다.

이 편지를 하 마담이 쓰지는 않았을 것이다. 이런 문장을 쓰기엔 그녀의 역량이 부족할 듯싶었다. 또 그녀는 정원을 모를 확률이 높다. 소문의 근원지인 하 마담이 정원에겐 특별한 존재지만, 그녀한테 정원은 마을 아이들 중 한 명에 불과할 테니까. 설령 하 마담이 정원을 안다고 해도 이제 와서 왜? 무엇 때문에?

아들 녀석이 친구를 떼로 몰고 왔다. 밥 지을 기운이 없어서 라면을 끓였더니 넉살 좋은 한 녀석이 자기네 집은 친구가 오면 칠첩반상은 기본이라는 둥 씨알도 먹히지 않을 신소리를 늘어놓았다. 그러고는 라면 국물에 밥을 말더니 파김치를 세 접시나 가져다 먹었다. 파김치는 담그기도 힘든데 많이 먹는다고 잔소리를 하자 요새 아줌마가 치사해지신 것 같아요, 하며 정원을 놀려먹었다. 식성이 한창 좋을 때여서 라면 국물에 밥을 말고도 모자라 냉장고에 든 음식을 거덜 냈다. 아들과 친구들이 머물렀던 식탁엔 빈 그릇과 과일 껍질, 음료수 병이 수북하게 쌓였다. 메뚜기 떼가 가을 들판을 휩쓸고 지나간 것 같았다.

아들 녀석은 혼자 다니지 않고 친구들과 몰려다닌다. 멀리서 보면 벌판을 어슬렁거리는 한 무리의 시커먼 들개 같다. 저런 녀석들에게 걸리면 뼈도 추리지 못한다. 요즘은 중학생이 가장 무섭고 힘도 세다. 아무리 범인이라도 아들은 쉽게 건드리지 못할 것이다.

그날부터 정원은 신경을 바짝 곤두세웠다. 딸을 화실에 데려다주고 데려왔으며 아들도 밤에는 나가지 못하게 다잡았다. 장마가 시작되자 구석구석 곰팡이가 피면서 모든 것이 무르고 시어터졌다. 정원은 연재 소설을 간신히 쓰며 풀 죽어 지냈다. 일주일이 지나도록 아무 일도 일어나지 않자 근육무력증에 걸린 것처럼 무기력해졌다.

남편한테는 편지 사건에 관해 말하지 않았다. 범인의 윤곽이 드러나면 그때 전해도 늦지 않을 것이다. 지금껏 아무 일이 없는 걸 보면 단순 스토커일 가능성도 있다. 정원이 경찰에 신고하는 걸 망설인 것도 그 때문이다. 하지만 자신은 스토커가 붙을 만큼 유명 작가가 아니다. 그 점이 마음에 걸렸으나 어쨌든 평소와 다름없는 일상을 유지하며 지냈다.

4

김은 팔짱을 낀 채 창밖을 내다봤다. 할아범이 동동섬 펜션으로 올라오고 있었다. 경사가 가파른 언덕인데도 할아범은 고른 보폭을 유지했다. 어깨가 약간 구부정해졌을 뿐 기운은 전과 다름없어 보였다.

"여긴 모든 것이 그대로군. 달라진 게 없어."

새처럼 앵앵거리는 김의 특이한 목소리가 실내에 공명을 일으킬 때쯤 열린 창문으로 바람이 불어왔다. 김은 펄럭이는 커튼을 묶으며 병풍처럼 늘어선 바위산과 바람골이라고 불리는 협곡에 심긴, 한 방향으로 일제히 흔들리는 소나무를 훑어봤다. 동동섬으로 돌아오기 위해 자신이 지불한 것들을 복기라도 하듯 실눈을 뜬 채.

불빛이 찬란하게 드리워진 산루이스 성당. 미사 중간에 빠져나와 볼리바르 광장 모퉁이에서 트리파(Tripa) 한 접시로 허기를 끈 뒤 숨이 가쁘게 에콰도르 국경을 넘었던 그 길들. 콜롬비아로 가는 내내 고릿한 소곱창 냄새가 김의 콧속에 맴돌았다. 에콰도르에 머무는 동안 수없이 먹었던 트리파. 게걸스럽게 먹은 뒤 빈 접시에 고름처럼 찐득하게 엉겨 붙은 쇠기름을 쳐다볼 때의 눅눅한 심사라니.

감회 어린 얼굴로 돌아선 김은 송진 향이 밴 책상 앞에 앉아서 모서리를 손으로 살살 어루만졌다. 딱히 할 일이 있어서가 아니라

새 책상을 길들이기 위해. 뭐든 익숙해지려면 지불해야 하는 것들이 있다. 그게 돈이든 시간이든 정성이든 간에.

펜션 현관으로 들어선 할아범은 유리벽 너머로 보이는 김에게 고개를 조아리는 시늉을 하고는 프런트 데스크 쪽으로 내쳐 걸었다. 프런트 데스크 뒤에 위치한 펜션 사무실은 전면이 통유리여서 로비를 한눈에 볼 수 있는 한편 로비에서도 사무실이 환히 들여다보인다.

"데, 데련님……."

사무실로 들어선 할아범이 책상 모서리를 쓰다듬는 김의 손을 홀린 듯이 쳐다봤다. 할아범은 김의 손이 웬만한 처녀 손보다 곱다고 여긴다. 그도 그럴 것이, 그가 어떤 삶을 살았건 그 손에는 삶의 흔적이 보이지 않는다. 닭살처럼 오톨도톨한 돌기가 도드라졌지만 크기가 작은 탓에 눈에 띄지 않았고, 푸른 정맥이 얼비치는 손등에선 배릿한 풋내가 묻어날 것만 같다. 할아범은 속으로 다짐했다. 새순처럼 여린 저 손으로 절대 흉한 일을 못 하시게 해야지, 아암.

"할아범, 편지는 보냈는가?"

"야. 여, 여축없이 부, 부쳤구만이라."

할아범은 툭 불거진 눈을 홉뜨며 더듬더듬 대답했다. 레버를 조절해 의자의 높이를 낮췄는데도 키가 작은 탓에 김의 발이 바닥에 닿지 않는 걸 본 할아범이 물었다.

"쩌그, 쩌…… 책상 밑에 바, 발디딤대를 놓을깝쇼?"

할아범은 김이 불편해하는 것들을 귀신같이 찾아내는 눈썰미를 가졌다.

"바, 발디딤대를 이래 놓으면, 채, 책상에서 일하시기가 수, 수월할 거구만요."

"그래주겠소. 나 때문에 할아범의 일거리만 느는 거 아닌가?"

"까짓 그게 무, 무슨 일, 일축에도 아, 안 들어라. 쩌, 쩌기 숲에서 사, 삼나무를 쪄다 만들면 상긋하니 햐, 향내가 좋고 발에도 나쁘진 않을 거유."

"기왕 만들 거면 판판하게 하지 말고 발이 비스듬히 놓이게⋯⋯ 그래야 편하니까."

김은 건덩거리던 자신의 발을 들어 보이며 할아범에게 발디딤대를 기울어지게 만들어달라고 주문했다.

"그럼 바, 발디딤대에 송판을 ㄱ자로 더, 덧대서 발이 바닥에 아, 안 미끄러지게 하면 좋겠네유."

누가 저 사람을 모자라다고 하는가. 김은 느꺼운 시선으로 할아범을 올려다봤다. 유일하게 내 편인 사람. 김이 마태오 신부를 따라 에콰도르로 떠날 때 할아범은 자기도 데려가달라고 사정사정했었다.

"그럼 여기는 누가 지키고?"

"그 말씀은 도, 동동섬으로 다, 다시 돌아온단 말이어라?"

"수금할 외상값이 남았잖아. 받아내야지. 이자를 듬뿍 쳐서."

할아범은 김의 속내를 헤아리지도 못한 채 하마하마 기다렸다. 동동섬 건너편 허물어진 농막에서 붙박인 돌처럼 살았다. 할아범이 태권도 같은 무술을 연마한 것도 아닌데 그의 장딴지는 여태 딴딴하다. 마주 보이는 바위산을 하루 두 번씩 오르내린 결과였다.

"글씨, 저 영감이 몸에 좋은 것이라면 눈에 쌍불을 켜고 덤비잖유. 굼벵이고 지네고 뱀이고 땅바닥에 기어댕기는 건 목구멍으로 모조리 쑤셔 넣고 본당게요. 저놈의 조동아리엔 숨 탄 것이라면 오만 잡것이 죄 들어간당게요. 하여튼 지 몸뚱이 위하는 건 세상에서 일등 가라. 조선 천지 저 영감을 따라갈 인사가 없당게요."

할아범과 붙어살던 돌안 할멈이 흉보듯 지껄인 말에 김이 푸시시 웃었다.

"돌안 할멈은 나만큼 할아범을 모르오. 내가 동동섬을 떠날 때 할아범은 자기 몸이 자신의 것이 아니라 생각한 게요. 그때부터 할아범의 몸은 내 몸과 매한가지였으니."

말을 마치자 돌안 할멈이 얼레, 무신 남자 목소리가 저렇댜, 궁싯거리며 김을 멀뚱멀뚱 올려다봤다. 김이 동동섬으로 돌아온 건 4년 전이다. 할아범의 등 뒤로 실패처럼 도르르 딸려 나온 돌안 할멈을 봤을 때 세상에 저런 추물도 있나 싶었다. 천하 박색에다 키라곤 땅바닥에 붙은 것처럼 땅딸막한 것이, 김이 본 할아범의 여자 중 최악이었다. 돌안 할멈이 일곱번째 여자인지 여덟번째 여자인지 속으로 셈하고 있는데 할아범이 열한번째 여자여라, 심상하게 말했다.

할아범은 여자가 잘 붙는 타입이다. 번듯한 집안의 음전한 과수
댁을 시작으로 얼굴이 해사한 처녀도 서넛 거친 이력이 있다. 덩
치는 여느 장정 못지않게 옹골차지만 남의 집 일꾼에다 반편 취급
당하던 할아범에게 여자가 꾀는 게 김은 신기했다. 할아범의 심성
상 여자를 함부로 대하진 않을 테지만, 쓰다가 마음에 안 들면 언
제든 갈아 끼울 수 있는 기계부품처럼 생각하는 눈치였다. 그래선
안 된다고, 여자를 자주 갈면 안 된다 말하고 싶었지만 할아범의
여자 문제까지 관여할 권한이 없는 것 같아서 김은 그 말을 꺼내
지 않았다.

나 없는 동안 어찌 살았나, 물을 것도 없었다. 쓰러져가는 농막
과 주름이 깊어진 할아범의 얼굴을 가만히 바라본 뒤 황무지로 변
한 동동섬을 둘러봤다. 잡풀이 돋은 땅에 할아범이 가꾼 시들부들
한 농작물을 본 김은 저것으로 어렵사리 생계를 유지했거니 짐작
했다.

"할아범, 굶지 않고 살아준 것만도 고맙소. 탄광 부지여서 토질
이 좋지 않을 것인데."

"데, 데련님이 여길 뜨, 뜨신 지 16년 가까이 됐지라? 여, 여전히
오, 옥골선풍이구만요."

조금도 변하지 않은 김의 얼굴을 할아범이 눈이 부신 듯 쳐다
봤다.

"이참에 아주 오신 것 마, 맞지라. 저는 데, 데런님이 돌아오실 줄 아, 알았당게요."

벙싯벙싯 웃는 할아범의 뒤쪽에 찹쌀떡처럼 들러붙은 돌안 할멈을 본 김은 그사이 할아범의 여자 보는 눈이 낮아진 게 자신의 황무지 탓인 것만 같아 괜히 미안해졌다. 동동섬으로 돌아온 김은 군청에 들락거리며 토지 형질 변경 신청서를 냈다. 그런 뒤 폐광에 가득 찬 물을 빼고 터를 다지는 작업에 들어갔다. 잡풀과 야생동물이 우글거리던 폐광 터에 포클레인 소리가 끊이지 않자 할아범은 신바람이 났다. 동동섬에 건축자재가 쌓이고 인부들의 숫자가 늘기 시작하면서 새로 지은 가건물에 상주하다시피 했다. 그럭저럭 펜션을 앉힌 후 조경작업을 하던 중 돌안 할멈이 독사에게 물렸다. 할아범이 달려들어 할멈의 다리에 입을 대고 독을 빨아냈다. 병원으로 옮겨 치료를 받았는데도 할멈의 다리엔 종창이 끊이지 않았다.

결국 펜션의 조경작업이 끝나기도 전에 돌안 할멈이 내뺐다. 비 온 뒤끝이어서 곳곳에 물웅덩이가 생긴 어느 화요일이었다. 건축자재가 널린 질퍽한 땅에 돌안 할멈의 발자국이 움푹움푹 찍혀 있었다. 발자국의 간격이 고르지 않은 것으로 보아 할멈은 도망갈 때 경황이 없었거나 황망했을 것으로 추측됐다.

"여자는 또 드, 들이면 돼, 돼유."

히쭉 웃는 할아범에게 김은 눈을 흘겼다. 할아범이 정말 반편 같았기 때문이다. 돌안 할멈이 내뺀 게 다리 종창 탓이라고 할아범이 얼버무렸으나 꼭 그 때문만은 아닌 것 같았다. 김이 할아범에게 말했다.

"편지는 내가 부탁한 대로……."

"야…… 이 지방 우, 우체국의 소인이 아, 안 찍히게 했구만요."

"그럼 됐네. 나가보게."

5

저녁 시간이면 대형마트에선 한두 품목을 지정해 반값으로 파는 이벤트를 벌였다. 더운 날씨 탓에 열무가 금값이라는 말이 돌고 있었다. 자, 열무 한 단에 무려…… 판매원의 열띤 목소리가 들리자 사람들이 우르르 몰렸다. 이곳저곳에서 밀고 들어온 카트가 엉키면서 판매대 앞이 아수라장으로 변했고 몇 대의 카트는 줄 바깥으로 튕겨 나갔다. 그 틈바구니에서 어? 넌 로맨스 가이, 하는 소리가 들렸다. 고개를 돌리니 웬 여자가 함박웃음을 지은 채 손을 흔들고 있었다.

"나 모르겠니?"

카트를 끌고 다가온 여자가 말했다. 아버지 별명을 들먹이는 걸 보면 분명 고향 사람일 텐데…… 정원은 퍼즐을 맞추듯 여자의 얼굴을 요모조모 뜯어봤다. 선명한 일자 눈썹과 눈두덩에 살이 소복

해서 웃으면 눈꼬리가 아래로 밀리는 것이 남해식당 아줌마와 판
박이였다.

"남해식당…… 김주희?"

정원의 말이 끝나자 여자가 대뜸 눈을 흘겼다.

"계집애, 난 단박에 알아보겠던데."

그제야 정원의 얼굴이 활짝 폈다. 이응을 혀로 누르듯 발음하
는 저 습관. 달세를 받으러 갈 때마다 남해식당 안방에 모로 누워
라디오를 듣던 어린 주희가 떠올랐다. 주희는 몰라보게 키가 컸고
앞머리가 흘러내려 넓은 미간을 가렸다. 코는 손을 봤는지 전보다
오뚝해진 것 같았다.

"김주희, 엄마를 많이 닮았구나."

"그래? 넌 조금도 변하지 않았어."

"고마워. 칭찬으로 들을게."

"남의 말을 넙죽넙죽 받는 건 여전하네. 이 동네 사나 봐?"

주희가 흘러내린 앞머리를 쓸어 올리며 물었다.

"여기 산 지 오래됐어. 같은 동네에 사는데 왜 한 번도 마주치지
않았을까?"

"내가 이리로 이사 온 지 얼마 안 됐으니까."

"아, 그랬구나."

헤어지기 아쉬운지 주희가 손을 끌어당겼다.

"애, 우리 집에 가서 차나 마시자."

정원은 장바구니를 든 채로 끌려갔다. 마트를 지나 골목으로 접어들어 새로 아스팔트가 깔린 끈끈한 길을 5분가량 걷자 사거리가 보였다. 정원은 저녁을 차릴 시간이 지났다는 것도 염두에 두지 않았다. 두 녀석은 각자 방에 틀어박혔을 테고 점심때 만든 간식은 식탁 위에서 점차 말라가고 있을 것이다. 알아서 찾아 먹겠지. 그날은 모든 것이 귀찮게 여겨졌다. 의문의 편지마저도.

두 통의 편지가 온 뒤 지금껏 소식이 없다.

누가 심심풀이 삼아 보낸 건지도 모른다. 정원은 편지 사건을 대수롭지 않게 생각하려고 노력했다. 코앞에 닥친 원고 마감을 위해서라도 예민한 신경을 다독일 필요가 있었다. 숨 막히게 긴장된 몇 주를 보낸 터라 기운이 달린 탓도 있을 것이다. 아직 위험이 사라진 것은 아니어서 그때까지도 정원은 아이들을 단속했고 딸의 외출도 허락하지 않았다.

주희네 집은 이면도로에 면한, 옆구리에 작은 골목을 낀 4층짜리 상가건물이었다. 새 건물이었으나 변두리 동네여서 빛이 나지는 않았다. 1층엔 제과점과 미장원이 들어와 있고 2층은 중국집인데 '와서 먹으면 짜장이 단돈 3000원'이라는, 손글씨로 쓴 종이가 유리창에 조잡하게 붙어 있었다. 주희는 간판도 없는 3층과 4층을 가리키며 자신의 일터가 저기, 라고 말했다.

4층은 얼핏 보면 부동산 사무실 같았다. 주희의 명패가 놓인 테이블이 사무실 중앙을 차지했고 ㄱ자로 꺾인 곳에 책상 두 개가 마주 보고 있었다. 그 옆으로는 유리 칸막이가 설치되어 있어서 흘긋 넘겨다봤더니 주희가 개발실이라고 가르쳐주었다. 그곳에서 소스를 개발하는 중이라며, 시중에 닭요리가 많아서 소스가 생명이고 관건이라고 했다.

"소스의 맛에 따라 판매량이 달라져."

주희네 회사는 통닭과 닭갈비, 닭내장탕, 찜닭, 닭발편육, 개발 중인 무뼈닭발까지 합하면 메뉴가 총 여섯 가지였다. 그래도 스물여덟 개 가맹점을 거느린 어엿한 중소기업이다. 주희는 그 여섯 개의 메뉴에 자기 인생을 걸었노라고 했다. 달세를 받으러 갈 적마다 통통한 몸을 흔들며 다가오던 남해식당 아줌마. 아직 식전이냐고 물을 때 입가에 붙은 검은 점이 좌우로 흔들리던 것이며 여러 가지 추억이 아련하게 떠올랐다. 남해식당을 넘긴 뒤 고향에 발을 끊은 터라 궁금해서 안부를 물었다. 주희의 포도 알 같은 눈동자가 흔들리더니 허공에 고정되었다.

"엄마는 돌아가셨어. 먹고살만 하니까 고아가 되더라."

주희는 엄마에게 물려받은 남해식당으로 사업 기반을 잡았노라고 했다. 닭의 뼈를 바르고 포를 뜨는 솜씨는 자기를 따라올 사람이 드물 거라고도 했다. 주희의 거친 손이 그 말을 증명해주었다.

"우리 회사 닭 맛이 어떠니?"

정원은 먹던 닭갈비를 내려놓고 휴지로 입가를 닦았다.

"육질이 쫀득쫀득한 게 고생한 보람이 있네. 닭도 너희 회사에서 직접 키워?"

"닭까지 키우려면 가맹점이 몇백 개는 돼야 해. 우리는 받아서 써. 우리 회사에 닭을 납품하는 업자가 누구게?"

"내가 아는 사람이야?"

"물론."

"누군데?"

"김대호."

"뭐? 방앗간집 그 뚱뚱이?"

"대호가 고향에서 양계장을 크게 하고 있어. 제 딴에는 친구라고 우리 회사에 납품하는 닭은 제일 좋은 걸로 보내줘. 내가 요새 은근 개 덕을 본다."

정원의 입가로 웃음이 비어져 나왔다. 대호는 몸이 통통한 데다 느물거리는 성격이었다. 공부를 지지리도 못했는데, 특히 산수는 항상 5점을 받곤 해서 대놓고 반평균을 깎아먹던 아이였다. 그때문인지 책가방에 '고생 보따리'라고 매직펜으로 크게 써 붙이고 다녔다. 어느 날 담임이 대호의 책가방을 봤다. 우리 반 담임은 청소 당번이 도망가면 이튿날 불러서 교실 바닥을 혀로 핥게 만들던 독종이었다. 책가방에 적힌 글을 보고 화가 치민 담임은 커다란 몽둥이를 찾아 들고 오더니 대호를 인정사정없이 때리기 시작했다. 첫 매에 코피가 터졌고 등이며 머리 할 것 없이 먼지가 나도록 얻어맞았다. 요즘이면 스마트폰에 골백번은 찍히고 인터넷에 동영상까지 나돌았을 것이다. 이렇듯 대호는 매를 버는 아이였지만 덜렁대고 엉뚱한 구석이 많아서 여자아이들과도 곧잘 어울렸다.

"그 얼렁뚱땅 대호가……."

"걔가 지금도 앤 줄 아니? 그간 흐른 세월이 얼만데."

앉은 자리가 불편해서 일어나려는데 주희가 집에 올라가서 차를 마시자고 했다. 상가건물에 웬 집? 하고 물었더니 자기는 옥상 방에 거주한다고 말했다. 주희가 생각보다 옹색하게 사는 듯해 적이 안심이 되었다. 주희와 사무실을 나와 복도를 따라 걸었다. 복도 끝에 이르자 회색 철문이 계단 입구를 가로막고 있었다. 철문의 빗장을 푼 주희가 계단참으로 들어서며 말했다.

"내 집에 온 걸 환영한다, 한정원."

등 뒤로 철문이 닫히자 묵직한 금속음이 인적 없는 계단으로 메아리쳤다. 옥상으로 올라가는 계단은 좁고 가팔랐다. 회색 페인트가 칠해진 문을 여니 눈앞에 푸른 휘장이 드리워진 것 같았고, 뒤이어 크고 작은 나무와 아름다운 꽃으로 꾸며진 옥상이 펼쳐졌다.

"와아, 이건 옥상이 아니라 아방궁일세. 바쁠 텐데 옥상정원을 가꿀 틈이 있니."

"시간이야 내면 되지. 내가 정원 손질에 취미가 있거든."

"이걸 혼자 가꿔?"

"말도 안 돼. 이 정도 정원을 유지하려면 전문가의 손을 빌려야 해."

옥상에는 남천과 치자나무 등 키 큰 나무들이 있는가 하면 해피
트리와 재스민, 사랑초, 로즈메리 같은 작은 식물들이 다보록하게
자랐고 거대한 석상이 군데군데 근엄한 얼굴로 서 있었다.

"저 석상들 굉장하네. 앙코르와트가 떠오르기도 하고. 어디서
산 거야?"

"중국에서 배로 들여오느라 고생했어."

"어쩐지 그래 보이더라. 무거운 석상을 옥상에 두면 건물이 무
너지지 않나?"

"네 말대로 옥상정원은 무리인가 봐. 바닥이 새는 것 같아. 4층
유리창으로 물이 방울방울 떨어져. 이름난 곳에 맡겼어도 이 모양
이야."

아기자기하게 조성된 꽃밭 옆으로 검은 잔돌이 깔린 길이 나 있
고, 길의 끄트머리에 옥상 방이 있었다.

"정원아, 여기 앉을래?"

방으로 들어가던 주희가 야외 테이블을 가리켰다. 테이블과 붙
은 나무의자에 앉자 정원등에 불이 켜졌고 옥상을 에워싼 나뭇잎
들이 물결치듯 바람에 나부꼈다. 사방에 꽃향기가 은은하게 감돌
았다. 이게 얼마 만의 휴식인가. 정원은 흘러내린 머리카락을 귀
뒤로 넘기며 눈을 가느스름하게 떴다. 주택가의 낮은 지붕들 위로
저녁놀이 지고 있었다. 눈앞의 풍경이 금방 새빨갛게 물들었고 그
것이 일시에 무너지면서 불타오르는 것처럼 보였다. 얼굴이 붉게

상기될 무렵 차 쟁반을 든 주희가 옥상 방의 문을 열고 나왔다.

"여긴 뭐랄까…… 식물원에 딸린 고급 카페의 테라스 같아."

"옥상은 늦봄부터 여름 한철만 좋아. 겨울을 나려면 나무들을 전부 뽁뽁이 비닐로 싸줘야 해. 그래서 한순간에 폐가처럼 변하지. 옥상 방은 방한제를 넣어서 지었는데도 겨울이면 손과 귀가 발갛게 얼어. 한 해에 천국과 지옥을 두루 겪는다고 보면 돼."

"어떤 일에든 반대급부가 있게 마련이니까. 이런 천국이 주어지는데 지옥 한철쯤은 견딜 만하지 않니?"

"이곳이 마음에 드나 보네. 정원아, 언제든 놀러 와. 참, 너희 오빠는 잘 지내지?"

"한기원, 그 인간이 얼마나 좀생이처럼 변했는지 알면 넌 아마 기절할걸."

고급 레스토랑에서 가족끼리 저녁을 먹자고 큰소리를 쳐서 나가면 오빠는 밥값을 정원에게 몽땅 뒤집어씌웠다. 바람을 피우다가 새언니한테 걸릴 뻔한 걸 미리 알고 자신이 나가서 오빠와 같이 있는 여자의 팔짱을 꼈다고, 오빠를 만나기로 한 날에 친구도 불러낸 것처럼 어머 내가 늦었지, 하며 모르는 여자의 팔짱을 끼고 생글거렸던 일을 정원은 고자질하듯 주르르 털어놨다.

"호텔 로비에서 낯선 여자의 팔짱을 끼고는 새언니한테 여긴 웬일이에요? 언니도 오빠 만나러 왔어? 하고 묻는데 어찌나 얼굴이 화끈거리던지."

"기원 오빠 여전히 여자들한테 인기가 많은가 봐."

"인기 좋아하네. 아무 데나 발을 뻗는 통에 나만 죽어난다. 한기원 그 인간 때문에 고생한 걸 생각하면……."

고향에서 볼 꼴 못 볼 꼴 보며 함께 자란 주희였기에 이런 말도 할 수 있었다. 그간 느꼈던 불편한 감정은 사라지고 주희를 와락 껴안고 싶을 만큼 친밀감이 생겨났다. 그건 순전히 한기원, 그 인간 때문일 것이다. 오빠는 누구든 10분 만에 친구로 만들었고 친구의 친구도 모조리 친구가 되게끔 하는 희한한 능력이 있었다.

"너무 그러지 마라. 기원 오빠 내 첫사랑이었어."

주희는 정원이 그녀의 사무실에 발을 들이던 순간 지었던 표정, 자신에 비해 성취한 게 많아 보여서 쓸쓸해졌던 그 얼굴을 하고 있었다.

"너희 오빠가 얼마나 멋졌는데. 간지가 후들들, 아니 스타일이 죽여줬지."

"무슨 스타일씩이나…… 까놓고 말하면 한기원은 순 건달에다 양아치였어."

하 마담이나 주희나 여자들은 왜 하나같이 나쁜 남자한테 끌리는 것인지. 정원의 생각을 읽었는지 주희가 새초롬한 얼굴로 눈을 흘겼다.

"하나뿐인 동생이 오빠를 그렇게 함부로 말해도 되는 거니?"

"나는 사실을 말했을 뿐이야. 한기원, 그 인간의 적나라한 이면을 몰라서 그래."

"이면이고 전면이고 간에, 기원 오빠는 좋은 사람이야."

주희는 기원 오빠…… 하며, 마른침을 삼키더니 본래 모습과는 아주 다른 한기원의 일화를 들려주었다.

6

주희는 중학생 때 읍내에 나갔다가 불량학생한테 붙잡힌 적이 있었다. 모자를 삐딱하게 눌러쓴 남학생 셋이 주희를 에워싸고 집적거리기 시작했다. 집적거리는 데도 서열이 정해져 있었다. 그들 중 시멘트 바닥에 일부러 두드려서 나달나달해진 모자를 눌러쓴 남학생이 학교 짱인 듯싶었다. 그들은 눈짓을 주고받더니 주희를 어두운 역사의 화장실로 끌고 가려고 했다. 역사엔 사람 그림자도 비치지 않았다. 주희는 고함조차 지르지 못했는데 어깨에 각목을 걸친 오빠가 구세주처럼, 우리가 생각하는 구세주와는 동떨어진 폼으로 껌을 짝짝 씹으며 나타났다.

"거참, 왜들 이러실까?"

그들은 오빠와 안면이 있는 눈치였고, 완력 있게 생긴 학교 짱이 눈을 부라리며 나섰다.

"뭐냐!"

"나? 이 앞을 지나던 사람."

"그럼, 그냥 지나가라."

"그냥은 못 가겠는데. 눈꼴이 시어서 말이야."

"한판 붙자는 얘기냐! 3대 1로?"

"두말하면 잔소리지."

껌을 뱉은 오빠가 몸 한번 풀어볼까, 하며 목을 좌우로 비틀어 관절 꺾는 소리를 냈다.

"어쭈! 한기원, 살아 있네."

오빠는 실실 쪼개며 서 있던 남학생들에게 선빵을 날렸다. 오빠의 어깨에 걸쳐진 각목이 눈 깜짝할 사이 나선형을 그리며 허공을 갈랐다. 오빠가 맞는 걸 차마 볼 수가 없어서 주희는 눈을 감고 무너지듯 땅바닥에 주저앉았다. 궁금해 다시 눈을 떴을 땐 남학생 두 명이 바닥에 뻗어 있었고 오빠는 각목을 지렛대 삼아 허공으로 붕 솟구쳐 오르는 중이었다. 허공에서 몸을 반 바퀴 돌린 오빠가 덤벼드는 학교 짱의 옆구리를 이단옆차기로 걷어찼을 때 주희는 자리에서 일어나 팔딱팔딱 뛰었다. 갈지자로 뒷걸음질 치면서도 째려보던, 마지막 투혼을 아낌없이 불사른 학교 짱의 어깨에 각목이 촤악, 소리를 내며 무서운 기세로 내리꽂혔다. 그렇게 세 명의 남학생은 이마가 깨지고 어깨관절이 탈골된 채 줄행랑을 쳤고, 주희는 오빠와 막차를 타고 마을로 돌아왔다.

"너, 우리 정원이 친구지? 앞으로는 발발거리며 싸돌아다니지 좀 마라."

이것이 오빠가 주희에게 남긴 유일한 말이었다. 집 앞까지 데려다주고 저만치 걸어가는 오빠에게 주희는 손나팔을 만들어 애절하게 외쳤다.

"오빠…… 저는 주희예요…… 김주희!"

"야, 시꺼!"

오빠가 돌아보며 오만상을 찡그렸지만 주희는 몇 번이나 크게 외쳤다. 그 대목에서 말을 끊은 뒤 아우 쪽팔려, 하며 손으로 제 얼굴을 감쌌다. 그다음은 정원도 안다. 오빠는 그 일로 인생에 망조가 제대로 들었다고 걸핏하면 이를 갈고는 했으니까. 손나팔을 만들어 외쳤다지만 오빠는 주희의 이름을 기억하지 못했다. 늘 '그 쌍년'이라고 했다. 오빠가 입에 거품을 물고 욕하던 여자애가 주희인 줄은 꿈에도 몰랐다. 오빠는 그 일로 읍내 고등학교 일진들의 모임인 '삽다리 연합파'와 패싸움을 벌이는 바람에 학교에서 퇴학당할 위기에 놓였다. 그래서 서울로 전학을 갔다.

"그 일만 아니었으면 기원 오빠의 인생이 순탄하게 풀렸을 텐데."

주희의 목소리가 파르르 떨렸다.

"물 찬 제비처럼 허공으로 솟구치던 기원 오빠를, 3대 1로 붙은 뒤 어깨를 툭툭 털던 모습을 네가 봤어야만 해."

주희의 눈이 게슴츠레하게 변할 즈음 정원이 판을 깨듯 불퉁거렸다.

"한기원, 그 인간은 어차피 학교 제대로 못 다녔을 거야. 서울에서도 사고를 쳐서 두 번이나 학교를 옮겼거든. 그러니 너무 자책하지 마."

기원 오빠는 로맨스 가이인 아버지를 빼닮았다.

그래서 엄마는 오빠에게 올인하지 않았다. 아버지가 돌아가신 뒤 몇 날 며칠 관광버스 춤을 추며 고향에 깔린 돈을 악착같이 회수했다. 물론 오빠는 기기묘묘한 방법을 동원해 어떻게든 돈을 알겨먹을 궁리를 했지만 엄마는 그 수법을 환히 꿰고 있었다. 아버지에게 당할 만큼 충분히 당했기 때문이다. 엄마는 오빠의 학원비도 정원의 손에 쥐어주었다. 어린 정원이 버스를 타고 시내에 나가 오빠의 학원비를 계산하고 온 게 한두 번이 아니었다.

이 직장에서 잘리고 저 직장으로 옮기기 일쑤인 오빠가 잘한 게 있다면 심지가 굳은 새언니를 만난 거였다. 잦은 실수도 새언니 덕분에 그럭저럭 묻혔다. 오빠가 하는 일마다 되지 않자 새언니가 소매를 걷어붙이고 나섰다. 결혼 전에 유치원 교사였던 새언니는 엄마가 투자한 돈으로 유치원을 열었다. 마지막 직장에서 털려난 오빠는 새언니가 운영하는 유치원의 버스기사 노릇을 몇 달간 하더니 그마저도 못 하겠다며 두 손을 들고 말았다. 그러고는 자신의 진가를 알아주지 않는 옹졸한 세상을 향해 욕을 퍼붓고 동해로 내려갔다. 물빛이 새파란 바닷가에서 싱싱한 회를 곁들여 술을 진탕 마신 후 숙소로 돌아가는 길에 가드레일을 와지끈 들이받았다.

다음 날 낚시하던 사람들이 언덕 밑으로 굴러떨어진 오빠의 승용차를 발견했다.

소식을 들은 엄마는 바싹 마른 눈으로 내가 못 산다 못 살아, 그 말만 되풀이했다. 아들을 잃은 여느 어머니처럼 가슴을 쥐어뜯거나 소리쳐 울지 않았다. 엄마의 속이 어떤지는 모르지만 새언니와 정원은 눈물 한 방울도 흘리지 않았다. 내리막길도, 급경사가 진 길도 아닌 곳에서 어떻게 가드레일을 들이박을 수가 있지, 하는 의문이 없지는 않았지만.

오빠는 자기 방식대로 쿨하게 죽었다. 장남의 의무를 이행하며 가정에 뼈 빠지게 봉사한 사람이 아니어서 고마웠다. 오빠는 있으나 없으나 빈자리가 느껴지지 않던 사람이다. 보탬은 되지 않고 늘 부재중인 사람이어서 그랬을 것이다. 오빠가 죽은 뒤에도 엄마와 새언니는 사이가 좋았다. 새언니는 유치원에 투자한 돈을 돌려달라고 할까 봐 고분고분했고 엄마는 이 상황을 무기로 내세워 여전히 그 집에 눌러산다. 엄마는 지금 아들이 없는 집에서 손자와 손녀를 돌보며 뻔뻔하게 늙어가는 중이다.

오빠가 사라진 뒤 생긴 변화라면 누구도 정원을 웃게 만들지 못했고 성가시게 굴지도 않았다. 그래서 홀가분했고 때로는 심심하기도 했다. 정원은 오빠가 어딘가에 살아 있는 것처럼 느꼈고, 그에 관한 뒷담화를 시시콜콜해대며 나름 평온하게 지냈다. 사고를 치러 잠깐 저승으로 간 것 같은, 저승이 심심하면 뒤축이 접힌 운동화를 찍찍 끌며 돌아올 것 같은 기분이라고 말하면 정확하려나?

한기원은 요단강이나 삼도천 같은 깊고 넓고 거룩한 강을 건널 위인이 아니다. 동네 어귀에 졸졸 흐르는 도랑을 건너면 건넜지. 혹여 그 물에 발을 담갔다고 해도 강을 건너는 중간에 깐족거리며 뱃사공의 화를 북돋워서 다시 쫓겨 돌아올 것만 같았다. 그런 마음이어서 오빠가 이 세상 사람이 아니라는 말을 주희에게 하지 않았다.

7

집으로 돌아온 정원은 쌓인 피로와 스트레스 때문에 홑이불을 쓰고 앓아누웠다. 끝난 줄 알았던 장마가 이어지고 있었다. 비가 줄기차게 내렸고 혀에 백태가 꼈다. 까무룩 잠에 빠져들던 정원은 태풍이 지나간 뒤에야 몸을 추슬렀다. 식탁 위에는 짜장면 그릇과 피자, 치킨 상자가 어지러이 널려 있었다. 애들이 굶지는 않았구나. 냉장고를 열어보니 먹을 게 없었다. 식탁을 치우던 정원은 갑자기 어지럼증을 느꼈고 식탁 모서리에 이마를 들이박고 말았다. 눈앞에서 별이 반짝거렸다. 이럴 땐 만만한 게 엄마였다. 밑반찬 좀 가져다달라고 전화했더니 대답이 퉁명스러웠다.

"네가 먹을 건, 와서 가져가."

뭔가 서운한 모양이다. 친정 동네까지 갈 생각을 하니 앞이 까마득했다. 정원은 입은 옷 그대로 택시를 잡아타고 뒷좌석에 등을 깊숙이 묻었다. 차 안에는 비트가 강한 음악이 흘렀다. 볼륨을 줄여달라고 말했더니 기사가 군말 없이 음악을 꺼주었다. 열린 창으로 한강이 내다보였다. 태풍이 휩쓸고 간 한강은 고요했고 창문으로 들이친 바람이 머리카락을 쑤석거렸다. 머리를 매만지며 강변을 비추는 꼼꼼한 햇빛을 보고 있자니 묘한 안도감이 느껴졌다. 현관으로 들어서니 엄마는 녹아들 듯 소파에 붙어 앉아서 엉덩이를 좀처럼 떼려고 하지 않았다.

"딸이 왔는데 밥 좀 차려주지."

"얼굴을 보니 다섯 끼는 굶은 상이네."

"그렇게 보여?"

"꼴이 그게 뭐냐? 서울역 비렁뱅이도 너 같지는 않겠다."

"골치 아픈 일이 있었어."

대답이 끝나기도 전에 엄마가 도끼눈을 뜨고 째려봤다.

"쓰잘머리 없는 그놈의 일. 무슨 영광을 얻겠다고…… 얼레, 얼굴 좀 쳐들어봐라. 네 마빡에 퍼런 그것, 멍 자국 맞지? 이젠 하다 하다 안 되니까 글을 손으로 안 쓰고 마빡으로 쓰냐? 글이 안 풀리니까 책상 모퉁이를 콱 들이받은 모양이네."

엄마는 책상 '모티'로 발음하려다가 얼른 모퉁이로 수정했다. 서울살이 25년. 자신은 표준말을 구사한다고 자부하지만 천만의 말쏨이다.

"무슨…… 그럴 일이 있었다니까."

"설마 용해터진 박 서방이 마빡을 쥐어박았을 리는 없고. 그럴 배짱이 있는 위인이면 그 꼴로는 안 살지, 아암."

"보자마자 사위 험담을 하고 그래."

"속이 터져 그런다."

"잘 살고 있는 사람한테 자꾸 그러면 돼?"

"하이고…… 잘 사는 게 그 꼴이냐. 요새는 도우미 아줌마도 너보다 잘 먹고 잘 입고 다닌다. 참말로 네가 이래 살 줄은 몰랐다. 나는 너한테 속아도 폭 속았다."

별로 새로울 것 없는 한탄이 시작됐다. 엄마는 상대의 속을 뒤집는 데 천부적인 소질을 타고났다. 맞장구를 치거나 화를 내면 정원만 손해다. 못 들은 척 부엌으로 들어가니 곰탕이 짤짤 끓고 있었다. 전화로 불퉁거릴 때는 언제고, 엄마는 곰탕을 가스레인지에 올리고 불을 켜두었다. 뚜껑을 열어보니 아침에 먹던 곰탕이어서 정원은 실망했다. 새로 끓여주면 얼마나 좋아. 곰탕을 한 그릇 퍼먹었더니 뿌연 필터로 가린 듯한 시야가 맑아졌다. 원기도 보충을 했겠다, 보송보송 마른 베개를 베고 마루에 누우니 천국이 따로 없다.

이럴 땐 쉬라고 가만히 내버려두면 좀 좋은가. 그새를 못 참고 다가온 엄마가 정원을 빤히 내려다봤다. 엄마는 살이 피둥피둥 오르고 얼굴이 뽀얗게 폈다. 새언니는 정부에서 지급하는 유치원 보조금을 빼돌리다가 들켰다. 상부에 원생 수를 지나치게 부풀려서 보고한 모양이다. 유치원 운영이 어려운 것도 아닌데 왜 그런 비리를 저질렀느냐고 정원이 따졌다.

"고모가 몰라서 그렇지, 원래 사업은 그렇게 하는 거예요."

정원은 기가 막혀 입을 다물고 말았다. 그 일을 수습하느라 새언니는 몸이 배배 말라 비틀어졌다. 새언니도 문제지만 이런 경황에도 살이 찐 엄마를 보니 한숨이 나왔다.

"엄마는 속이 편해 좋겠수."

"내 속을 누가 알까. 버선목처럼 뒤집어 보일 수가 있나."

엄마가 뭐라든 한숨 자둘 생각이었다.

"가시나, 걸리적거리지 말고 저리 쫌 돌아누워라!"

눈을 독사처럼 흘기던 엄마가 허벅지를 툭툭 쳤다.

"너를 키울 땐 꿈이 겁나게 컸다."

또 저 소리! 정원은 얼굴을 베개에 묻은 채 비벼댔다.

"천날만날 네가 텔레비에 나올 줄 알았다. 나오라는 너는 안 나오고, 상협이라는 아 있지? 어제는 갸가 떡하니 텔레비에 나왔대. 갸가 뭐 볼 게 있었나? 얼굴도 새카만 기, 키라고는 짜라 빠져갖고는……. 그런 아가 참말로 용 됐데. 아따, 말도 천양시리 잘하더라."

"상협이가 누군데?"

정원이 묻자 엄마가 할끔 쳐다봤다.

"야 쫌 보래이? 기억력이 이래 투미해서 무신 글을 쓸 끼고. 그러니 쓰는 책마다 소리 소문 없이 사라지제."

끌탕을 하더니 빠르게 말을 이었다.

"고향 마을 삼거리에 있던 자전거포 둘째 아들 말이다. 초등학교와 중학교를 같이 다녔잖아. 만날 네 뒤를 졸졸 따라와서 여러 번 혼내기도 했는데."

"아……"

"갸가 성형외과 의사가 떡 됐더라. 요새는 온 천지 가시나들이 얼굴을 죄다 뜯어고치잖냐. 돈을 삼태기로 쓸어 담겠더라."

"잘된 일이네."

"갸가 어려서는 너보다 공부도 못했지? 내가 똑똑히 기억한다. 저희 엄마는 이발소집 남자랑 붙어먹고. 온 동네가 시끄러웠다."

"엄마, 아버지 생각은 안 해?"

"가시나, 똑 요럴 때 초를 친다. 보나 마나 대학은 시원찮아빠진 델 나왔을 거야. 갸가 뭔가 딴걸로 밀어서 텔레비에 나왔지, 지 실력으론 절대 못 나온다. 실력이 달려도 한참 달릴 건데……"

"웬 악담을 그렇게 해?"

"천불이 나서 안 그러냐. 널 낳고 사타구니를 까보니 가시나였어. 나는 하나도 서운하지 않았다. 눈이 말똥말똥한 기, 얼굴에서 맑은 빛이 쪼르르 흐르더라. 자라면서 말도 똑 떨어지게 하는 품이 잘 키우면 장관 한자리쯤은 우습겠더라고. 바람둥이 서방도 그

71

때야 쫌 예뻐 보이데. 너 같은 딸을 나한테 안겨줘서."

"그래서 다달이 달세 받아오라며 거리로 내몰았어? 어린애한테 그게 할 짓이야? 무슨 앵벌이도 아니고."

"네가 가면 달세를 재깍재깍 주니까 그 재미에 보냈지. 넌 오빠처럼 달세로 받은 돈도 안 떼먹고. 그런데 시방은 이게 뭐냐? 그 따님은 뭐 하십니까, 고향 사람들이 물으면 엄청나게 쪽팔린다. 대서방에 대고 물어보세요, 이럴 수도 없고. 참말로 남부끄러워서……."

엄마는 책 대여점을 대서방이라고 했다. 화가 난 정원이 조카 방에 있는 국어사전을 가져와 펴 보였다. 두 말의 뜻이 전혀 다르다며 대여점이라고 가르쳐줘도 엄마는 번번이 대서방이라고 했다. 말이 좋아 작가지 좀처럼 알아봐주지도 않고, 대여점에 꽂혔다가 쥐도 새도 모르게 사라지는 책을 쓰는 정원이 부끄러워 일부러 대서방이라고 발음하는 것 같았다. 그러니까, 엄마는 지금 정원의 염장을 제대로 지르는 중이다. 기어이 퉁퉁한 다리를 쭉 뻗어 돌아앉은 정원의 등을 찼다.

"내가 공이야? 왜 자꾸 차!"

바락 성질을 내자 엄마가 입을 삐쭉 내밀었다.

"꼴 보기 싫어서 그런다. 그렇게 퍼질러 앉아 있지 말고 커피 좀 타오라고."

쟁반에 커피를 받쳐 들고 갔더니 또 어깃장을 부렸다.

"왜 두 잔뿐이냐. 너희 오빠는 입이 없다니?"

"죽은 사람한테 무슨 입이 있어!"

"가시나가 쌀쌀맞아서는."

끙, 하고 힘겹게 엉덩이를 뗀 엄마가 손수 끓인 커피를 안방으로 가져갔다. 새언니 화장대 위에는 오빠의 영정사진이 걸려 있었다. 엄마는 화장대에 커피를 내려놓은 뒤 사진을 멀거니 올려다봤다. 그러고는 넋 빠진 사람처럼 중얼거렸다.

"썩을 놈의 새끼! 아나, 마셔라. 생전에 좋아하던 커피다. 허구한 날 처웃기는, 뭐가 좋아서 웃고 자빠졌냐? 네가 사는 거기가 좋으냐? 아이고…… 저 인물 좀 봐. 저희 아버지를 닮아서 생긴 건 어쩜 저리 잘생겼냐. 생각할수록 영 아깝다. 천하에 헐랭이 같은 놈! 진작 속 차리고 남들처럼 살았으면 얼마나 좋아."

이 말을 새언니가 들었으면 또 질색할 것이다. 엄마가 조석으로 커피를 올리며 오빠의 험담을 어찌나 해대는지 애들이 들을까 봐 겁난다며 종종 울상을 지었다. 고모, 어머님 좀 말려주세요. 도움을 청하는 새언니에게 엄마의 성화가 10년은 가겠거니 생각하라며 등을 다독여주었다. 정원은 가족 사진첩을 뒤져 오빠의 얼굴이 밉게 나온, 머리를 빡빡 깎은 고등학생 때 사진을 꺼냈다. 고개를 위로 쳐든 채 웃고 있어 콧구멍만 보이는 사진을 영정사진과 바꿔 걸었다.

"가시나, 그런다고 내 아들 얼굴이 못나 보일까."

바뀐 사진을 본 엄마는 코웃음을 쳤다. 엄마가 오빠를 잊는 시간이 10년이면 족할까? 어쩌면 더 걸릴지도 모른다. 정원은 우연히 오빠의 일기를 훔쳐보게 되었다. 겉면엔 일기장이라고 적혀 있었는데 펼쳐보니 낙서장이다. 노트의 낱장이 일부분 뜯겨졌고 글씨를 쓰다가 볼펜으로 까맣게 떡칠하거나 빗금을 북북 그어서 구멍이 뚫린 곳도 있었다. 그래도 신통하게 하루치의 일기가 적혀 있었다.

오빠는 푸른 청춘답게 장래계획과 꿈을 수줍게 적어놓았다. 그의 장래계획은 부귀영화를 위해 일로매진(一路邁進)하는 것이고 꿈은 일확천금이었다. 본래 먼 데 있는 사람은 정확히 파악해도 가까운 사람의 본성은 모르고 사는 경우가 많은데 정원은 그 한 장의 일기로 오빠의 모든 것을 알아버렸다. 정원이 오빠를 한기원 그 인간이라고 부른 것도 그때부터였다. 한편으로는 한기원 그 인간이 일로매진이라는 사자성어를 어떻게 알았을까, 키가 작은 어느 장군의 자서전을 읽은 게 아닐까, 궁금해지기도 했다.

오빠 생각을 하면 자연스레 새언니가 생각난다. 엄마 등쌀에 시달리지 말고 새 인생을 시작하라고 말해줘야 하는 건 아닐까. 친정에 오면 몸은 편한데 마음이 불편하다. 정원이 집으로 돌아가려고 일어서자 엄마가 잠깐 기다리라고 했다. 그러고는 부엌으로 들어가 양문형 냉장고를 열었다. 냉장고가 금방이라도 터질 것 같았다.

"네 식구 살림인데 뭐가 이렇게 많아?"

"이게 뭐가 많으냐? 전부 우리 애들이 먹을 건데."

우리 애들, 이라는 말에 정원의 비위가 확 상했다.

"새언니가 빼돌린 정부 보조금은 이 집 부식값으로 쓰이나 봐."

기어코, 이 말을 뱉고 말았다. 엄마는 오빠네 아이들은 우리 애들이고 정원의 아이들은 너희 애들이라고 늘 편을 갈라 말하곤 했다.

"시방 그게 무슨 말이냐?"

"엄마는 몰라도 돼."

시침을 뗀 정원이 투덜거리기 시작했다.

"내가 아파서 우리 애들은 피자나 치킨 같은 배달음식만 먹었는데……."

"그거야 네 사정이지."

그 말이 얄미워서 정원은 엄마가 싸준 것 외에도 냉장고를 뒤져 각종 음식을 플라스틱 통에 종류별로 담았다. 딸이 아니라 도둑을 키웠구나. 엄마한테 등짝을 맞고서 친정을 빠져나왔다.

다음 날 정원은 연재 중인 포털 사이트 담당자로부터 이메일을 받았다. 안부를 묻는 평범한 인사조의 글인 줄 알고 메일을 열었다가 기절초풍하고 말았다.

한정원 선생님께

그동안 깊은 관심을 가지고 선생님의 소설을 읽었습니다. 유려한 문체, 가슴 뭉클한 장면들, 플롯의 치밀함은 높이 살 만합니다. 특히 저는 선생님이 쓴 고전적인 스릴러를 좋아합니다. 어디서 많이 본 것 같은 표현, 상투적인 몇몇 문단은 빼고요. 하지만 우리 사이트는 지난달 재벌 그룹 소속의 회사와 합병되었습니다. 그로 인해 콘텐츠의 지향성이 달라졌습니다. 선생님이 쓰는 스릴러는 우리 사이트가 추구하는 가치와 부합되지 않는다는 사실을 알려드립니다. 그러니 우리를 상대하느라 시간을 헛되이 쓰지 마시고 하루빨리 다른 곳을 알아보시기 바랍니다. 틀림없이 선생님의 소설에 흥미를 보이는 사이트가 있을 겁니다.

담당자가 더위를 먹었나? 이건 연재 중인 소설을 자르겠다는 말이 아닌가. 작가 스스로 연재를 그만두는 일은 있어도 사이트에서 중단 제의를 해오는 경우는 드물다. 사이트 담당자도 그걸 아는지 정원에게 잘라 말했다. 독자들에겐 작가가 일신상의 이유로 연재를 그만둔 걸로 하겠다고. 며칠 후 포털 사이트에 정원의 연재 소설 중단을 알리는 공지사항이 떴다.

드디어 내가 새로운 역사를 쓰는구나.

정원은 몸져누운 상태에서도 원고를 꼬박꼬박 올린 게 가장 억울했다. 이럴 줄 알았으면 건너뛰기라도 할걸. 그래도 담당자의 정성이 기특했다. 당신의 소설은 지리멸렬하다, 그 말을 전달하기 위해 이처럼 많은 단어를 동원하다니.

글이란 삶의 한가운데 좌판을 벌여놓고 악다구니 상태로 쓰기도 하고, 자극이라곤 없는 섬에 혼자 엎드려 고상하게 쓰기도 한다. 아내가 없는 여자 작가는 전자의 상태로 쓰고, 아내가 있는 남자 작가는 후자의 방법을 택한다. 어떤 방법이 좋다고 말할 수는 없다. 전자처럼 쓸 글감이 있고 후자처럼 쓸 글감이 있을 뿐이다. 나는 후자처럼 고요하게 쓸 글감을 전자의 상황에 놓인 채로 썼다. 그런 나머지 사이트에서 잘렸다. 이런 식으로 기운을 북돋웠지만 순 억지라는 걸 정원도 안다. 열패감과 혐오감에 빠져 딱 죽고 싶은 심정인데 후배가 전화해 어디가 아프냐고 물었다. 그렇다고 했더니 후배는 그 연재 그만두길 잘했다고 심드렁하게 말하며 전화를 끊었다.

최상진, 남의 속도 모르면서 그걸 위로라고 하냐.

후배의 전화가 불난 집에 기름을 부은 격이 되어버렸다. 그 바람에 의문의 편지는 뒷전으로 저만치 밀려났다. 까짓 편지쯤이야. 지금 범인이 나타난다면 이마로 냅다 들이받을 것 같았다. 엄마의 말처럼 글을 손으로 못 쓰면 마빡으로는 못 쓸까. 다른 일로 분노가 치솟으니까 편지 사건이 매우 하찮게 느껴졌다.

8

할아범이 나간 뒤에도 김은 여전히 책상 앞에 앉아 있었다. 검은 장막을 친 것처럼 사무실이 컴컴해지자 통유리 너머로 펼쳐진 거대한 구름 더미를, 산봉우리와 구릉을 둘러싼 구름을 올려다봤다. 골짜기에서 속도를 늦춘 구름은 높은 곳으로 올라갈수록 이동이 빨라졌다. 바람을 타고 움직이는 듯 구릉 한가운데에서 천천히 선회하는 구름도 있었다. 산봉우리를 감싼 구름의 변덕스러운 움직임을 바라보던 김이 별안간 허리를 숙였다. 날카로운 발톱을 가진 짐승이 심장을 할퀴는 듯한 통증이 밀려왔기 때문이다. 앞이 어두워지면서 사지에 경련이 일었다. 긴장하거나 불안할 때면 어김없이 나타나는 증상이다. 김은 바람 불고 구름 낀 날을 무서워한다.

꼭 오늘 같은 날에 아버지의 사무실로 숨어든 적이 있었다. 광업소 건물은 동동섬 초입에 있었다. 광업소로 들어선 김은 아무런 장식이 없는 삭막한 복도를 따라 걸었다. 회랑처럼 좁은 복도의 왼쪽 끝 방이 아버지의 사무실이었다. 탄가루와 먼지로 얼룩진 복도 유리창으로 희미한 햇살이 비쳐들고, 흰 원피스를 입은 여동생이 광업소 앞마당을 나풀거리며 뛰어다니는 게 보였다. 둥근 손잡이가 달린 문이 저만치 보일 무렵 복도가 컴컴해졌고 사나운 바람이 유리창을 흔들었다. 김은 아버지가 안 계실까 봐 조바심을 내며 두꺼운 나무문을 밀었다. 아버지는 탄가루가 날리는 저탄장을 둘러보거나 갱도에 내려가느라 사무실을 비울 때가 많았기 때문이다. 다행히 아버지는 소파에 앉아 있었다. 기다란 형광등이 이따금 깜박거리는 사무실에서 할아범의 아비와 무슨 말을 나누다 질린 낯으로 들어오는 김을 보고는 와락 끌어안았다.

"아버지, 무서워요……."

"무섭긴 뭐가 무서워. 네 뒤엔 항상 이 아버지가 있잖니."

아버지는 김을 훌쩍 안아 올려 목마를 태워주었다.

"넌 아름다워. 너희들은 아름다운 몸을 가진 채 태어났지. 더할 나위 없는 완벽한 비율이야."

아버지는 김이 울먹이는 이유가 날씨 탓이 아닌 아이들에게 따돌림을 당했기 때문이라고 오해한 것 같았다. 평소에도 아버지는 여느 아이들과 조금도 다르지 않다고, 너희가 가진 몸을 신의 선물로 생각하라며 김을 어르고 달랬다. 그런 탓에 아버지는 휴일도 없이 일했다. 아버지에 의해 허공 높이 올라간 김은 석탄이 묻어 검게 변한 아버지의 장화를 내려다보았다. 그 순간 모든 위험으로부터 안전하다고 생각했고 자신의 몸이 완전해졌다는 계시를 받은 기분이 들었다. 김을 무릎에 앉힌 아버지는 할아범의 아비와 나누던 말을 이어갔다.

"굴진부 김 씨랬나? 듣자 하니 주사가 있다며."

"남쪽에서 올라온 치인데 술을 과하게 좋아하는 데다 주사가 좀 있는뎁쇼. 험한 일에 비해 노임이 적다는 말을 동료들에게 공공연히 흘리고 다니기도 하굽쇼."

"그런 치라면 자르지 그래."

"광부 구하기가 어디 쉬워야지요. 김 씨가 주사는 심해도 후산부로 일할 적엔 동발용 통나무를 세 개씩이나 등에 지고 다닌걸요.

광부 두 몫은 거뜬히 하는 터라 자르기가 좀 거시기 하구만요."

김은 아버지와 할아범의 아비가 나누는 대화를 들으며 매사에 신중하면서도 때론 성난 황소처럼 돌진하는 아버지를 둔 탓에 뒷배가 든든하다고 생각했다. 김을 돌보던 할아범은 당시 새파란 청년이었다.

"울 아버지가 그, 그러시는디…… 데, 데련님은 뒷배가 여간 드, 든든하지 않다는디요. 사장님이 겁나게 후, 훌륭하시서……."

"뒷배가 뭐야?"

"그것은…… 앞배 뒤, 뒷배가 이렇게 빵빵하니 터, 터지게…… 그러니까 새, 새참을 하루에 두, 두 번씩 먹는 걸 마, 말하는 게 아닐깝쇼."

어느 날 할아범이 면 소재지에 있는 사택으로 헐레벌떡 뛰어 들어왔다. 할아범이 아비를 따라 석탄을 캐기 시작한 무렵이어서 서로 얼굴 보는 일이 드물 때였다. 나무 대문 앞에는 연분홍과 보라색 수국꽃이 소담스레 피어 있었는데 할아범이 함부로 뛰어드는 바람에 가지가 꺾이고 꽃잎이 땅바닥에 점점이 흩뿌려졌다. 수국은 어머니의 지시로 할아범이 사다 심은 거였다.

"사, 사모님!"

창백한 얼굴로 나온 어머니는 할아범을 데리고 방으로 들어가더니 오랫동안 수군거렸다. 어머니가 며칠 집을 비웠으며 어제도 밤이 이슥해진 후에야 무거운 걸음으로 돌아왔다는 걸 기억해냈다. 김은 지난 신문을 뒤적이다가 지방신문에 실린 아버지의 사진을 봤다. 대형 참사를 빚은 탄광 사진도 함께.

할아범을 다그쳐 알아낸 사실은 이러했다. 굴진부 김 씨가 맹성 화약으로 암반층을 뚫다가 폭발 사고를 일으켰다. 그가 일하던 갱도가 탄가루와 가스에 덮인 채 잿더미가 되었다. 굴진부 김 씨가 있던 갱도보다 옆 갱도에서 사상자가 더 많이 나왔다고 했다. 폭발하던 순간 옆 갱도의 동발이 무너지는 바람에 많은 수의 광부가 현장에 매몰되었다. 아버지와 할아범의 아비도 광부들과 함께 매몰된 모양이었다. 매몰현장을 이 잡듯 뒤졌지만 아버지와 할아범의 아비가 발견되지 않고 있었다. 매몰자 대부분이 사체로 발견되었듯 아버지와 할아범의 아비의 생존 가망성도 낮다고 말했다.

"우리 뒤, 뒷배가 사라졌슈. 울 아버지도 사, 사장님처럼 이놈의 뒤, 뒷배를 불룩하게 만들어준다고 혀, 혔는디……."

김은 어머니 몰래 할아범을 따라 동동섬으로 들어갔다. 저탄장을 지나자 곳곳에 켜진 알전구의 불빛에 시커먼 광업소 건물이 드러났다. 구조작업을 벌이던 갑반이 조금 전에 돌아갔고, 30분 후에는 교대조인 을반이 올 거라고 할아범이 쉰 목소리로 말했다. 밤이어서 구조작업이 어려울 거라며 할아범이 어헝어헝 울었다.

광업소 앞에는 각종 기계와 통나무, 10미터 둘레의 강철 케이블, 부서진 돌 더미가 흩어져 있었다. 교대조가 오기 전에 지하갱도로 들어가야만 했다. 2차 붕괴의 위험 때문에 구조대원 외에는 갱도로 들어가는 걸 금하고 있었다. 다행히 지하갱도가 완파되진 않았다. 갱구는 무사했고 반파된 통기갱도와 배기갱도 시설이 미미하게나마 제 역할을 해주는 덕분에 최소한의 사람이 드나들며 마지막 구조작업을 진행하고 있는 모양이었다.

탄광은 동동섬 건너 바위산에 있었다. 김과 할아범은 안전모와 방진마스크를 쓴 채 바위산으로 연결된 다리를 건넜다. 레일이 두 줄로 깔린 다리를 건너자 멀리 바위산의 탄광 입구가 보였다. 탄광 입구에는 양철로 지은 기울어진 오두막처럼 보이는 광부 대기실이 따개비처럼 붙어 있었다.

갱도로 내려가는 갱구엔 승강기가 설치되어 있었는데 할아범은 그걸 케이지라고 불렀다. 뜻밖에 내부가 넓었다. 할아범을 따라 들어서자 케이지가 천천히 움직이기 시작했다. 처음엔 괴로울 만큼 속도가 느렸다. 기계가 통로의 공기를 밀어내기 시작하면서 휘파람 소리 같은 것이 들렸고 지면에서도 웅웅, 하는 엔진 소리가 들려왔다. 둔탁하게 쿵쿵거리는 소리가 귀에 들린다기보다는 진동으로 전해졌다. 수직으로 파내려간 갱이어서 그런지 김은 귓속에 압력이 전해지는 걸 느꼈다.

"데, 데련님, 수, 숨을 참으셔유."

할아범이 옆에서 말했지만 김은 숨을 참는 척할 뿐이었다. 눈동자가 안으로 말려들어가는 느낌이 들었을 때 덜컹거리며 기계가 멈춰 섰다. 케이지를 벗어난 김은 할아범을 따라 지하갱도를 걸었다. 발을 뗄 때마다 발밑의 널빤지가 부서졌다. 막장 중의 막장이라는 지하갱도는 터널식이어서 여느 갱도와 다를 바가 없었다. 널빤지 길이 끝나자 석탄 묻은 자갈길이 나왔다.

할아범은 동발용 통나무를 지고 나르는 후산부 일을 할 적에 '노보리'라고 불리는 한 사람이 겨우 들어갈 정도의 작은 사갱이 여러 개 뚫린 걸 봤는데, 거길 찾아볼 거라고 말했다. 너구리굴처럼 작은 사갱이라 미처 수색하지 못했을 수도 있다는 거였다. '노보리'는 탄광에서 일하는 사람들이 쓰는 은어 같았는데 할아범의 발음이 시원찮았기 때문에 '너부리'인지 '노보리'인지 명확하게 들리지는 않았다. 김은 '노보리'가 '노가다'나 '시다'처럼 일본에서 들여온 말일 거라고 막연하게 짐작했을 따름이다. 갱도를 따라 조금 더 걷자 할아범이 김을 막아섰다.

"데, 데련님은 여기서 기, 기다리셔유."

"싫어. 나도 갈래. 아버지가 기다리고 계실지도 몰라."

"더 이상 드, 들어가면 아, 안 되는구만요."

붕괴 조짐이 있기 때문에 안으로 데려갈 수 없다며 할아범이 완강하게 맞섰다.

"걱정 말고 기, 기다리고 계셔유. 사, 사장님과 이놈의 아비는 분명히 사, 살아계실 거구만요."

시커먼 갱도 안으로 멀어져가는 할아범을 김은 불안한 눈으로 지켜봤다. 동발을 친 천장에서 조금씩 흘러내린 모래와 탄가루가 할아범이 쓴 안전모 위로 떨어졌다.

"조심해."

"야……."

영겁처럼 느껴지는 시간이 흐른 뒤 할아범이 부엌강아지처럼 새카만 몰골로 나타났다. 그는 끅끅, 속울음을 삼키고 있었다. 그 소리로 할아범이 아버지와 자신의 아비를 발견했다는 것, 그들을 구하기엔 이미 때가 늦었다는 것도 알아챘다.

"나도 따라갈걸. 노보리에 들어가볼 것을……."

할아범은 사장님과 아비를 발견한 곳이 '노보리'가 아니라고 했다.

"어디야, 그곳이?"

김이 울먹이며 물었다.

"……거시기 토, 통기갱도였구만이라."

사갱을 뒤졌지만 아버지와 할아범의 아비가 보이지 않았다고, 혹시나 하고 반파된 통기갱도를 들여다봤는데 짜부라진 환풍기 틈에 아버지의 절단된 발이 껴 있었다고, 환풍기에 낀 아버지의 발을 잡아당기다가 사고를 당했는지 할아범의 아비는 환풍기 밑 벌쭉하게 열린 공간에서 아버지의 잘린 발목을 두 손으로 움켜쥔 채 경직되어 있더라고 말했다. 그 사달이 났는데도 짜부라진 환풍기가 미미하게나마 돌아가는 것이 신기하다며 할아범이 더듬거렸다. 그때 할아범이 청년이었다고는 하나 사체 두 구를 통기갱도에서 꺼낼

수는 없었다. 사체를 잘못 건드렸다간 통기갱도가 무너질 위험이 있었다. 사체 두 구가 환풍기를 떠받치고 있어서 짜부라진 상태로도 환풍기가 돌아가는 것 같다며 할아범이 눈시울을 붉혔다.

지하갱도를 빠져나온 김은 힘없이 다리 위에 주저앉았다. 휴일마다 어머니가 싸준 도시락을 가지고 광업소에 가면 아버지는 다리 위로 분주히 오가는 탄차를 가리키며 저것이 우리 광업소의 최첨단 시설이라고 자랑하곤 했다. 동동섬과 바위산을 연결하는 다리 위에 레일이 깔려 있었다. 바위산에서 캔 석탄 덩어리를 실은 탄차가 레일을 타고 동동섬의 저탄장까지 실어 날랐다. 저탄장에서는 탄차에서 받은 덩어리 형태의 석탄을 바수는 작업을 했다. 바위산과 동동섬을 연결하는 다리를 놓기 전에는 석탄 덩어리가 실린 캐리어를 양쪽에 연결된 메인로프에 매달아 운반했다. 바위산에서 캔 석탄을 강 건너 동동섬의 저탄장까지 운송할 수단이 그것밖에 없었던 것이다.

스키장의 리프트를 처음 타던 날, 김은 바위산에 있던 아버지의 탄광을 떠올렸다. 김은 리프트를 고안해낸 사람이 광산 관계자일 거라고 확신했다. 한 개의 와이어로프를 고리 모양으로 하여 운반기를 그곳에 고정시키고 와이어로프를 순환 왕복시키는 스키장의 리프트가 바위산의 탄광에서 캔 석탄을 캐리어에 매달아 동동섬으로 실어 나르던 옛날 방식과 같았기 때문이다.

김은 신발 끈을 묶는 척하며 레일 밑에 깔린 석탄을 할아범 모르게 채취했다. 교대조를 부르러 가는 할아범의 뜀박질 소리를 들으며 김은 자신의 뺨 위로 눈물이 흐른다는 걸 깨달았다. 아버지는 사력을 다해 살고자 했을 것이다. 지킬 것이 있기에 마지막까지 살아야 했다. 지하갱도의 아비규환 속에서도, 환풍기에 낀 발목을 스스로 자르며 아버지가 그토록 살고자 한 것은 김과 여동생을 지키기 위해서였다. 김과 여동생에게 주어진 신의 선물을 지키는 것이 아버지의 최종 목표였다. 김은 책상 위에 얹힌 유리병을 집어 들었다.

길쭉한 유리병 속에는 그날 레일 밑에서 채취한 검은 석탄이 담겨져 있었다. 김은 오랜 세월이 흐른 뒤에도 그 일을 잊지 않았다. 자신의 뒷배가 되어주겠다던 아버지, 환풍기에 낀 발목을 스스로 자른 후 지독한 고통 속에서 돌아가신 아버지를 김은 언제나 기억했다. 아버지는 석탄산업이 영원토록 번성할 거라고 믿었을 것이다. 석탄에서 석유로, 도시가스로 국민들이 사용하는 연료가 이처럼 빠르게 변화하리라고는 꿈에도 몰랐을 것이다.

유리병을 흔들자 석탄이 자그락자그락 소리를 내며 이리저리 쏠렸다. 광업소 사무실이 아마 저기 저쯤일 거라며, 김은 붉어진 눈으로 식당에 딸린 바비큐장을 훑었다. 미경이 흰 원피스 자락을 휘날리며 뛰어놀던 곳. 미경이…… 조팝꽃처럼 여리디여린 그 아이를……. 광업소를 떠날 때의 그 얼굴 그대로인 김은 낮고 빠르게 중얼거렸다.

"더 늦기 전에 그들이 와야 할 텐데."

때가 되었다. 시간의 풍화작용마저도 김에겐 적용되지 않는다. 김은 방금 들어온 할아범에게 초조하게 물었다.

"준비는 마쳤는가?"

할아범은 김의 눈에서 순수한 절망의 빛을 봤다.

"야? ……야."

할 말이 남은 것처럼 할아범이 한참 미적거리다가 사무실을 나갔다.

9

어제도 편지 한 통이 도착했다. 역시 보낸 사람의 주소가 없고 내용은 두번째 편지와 같았다. 가슴 밑바닥에서 커다란 불덩어리가 치밀어 오르더니 얼굴이 홧홧해졌다. 손은 얼음장처럼 차가워졌고 팔뚝에 소름이 돋았다. 이불을 덮었다 끌어 내리기를 반복하다가 남편한테 전화를 걸었다. 신호음이 몇 번 들린 뒤 나야, 하는 목소리가 흘러나왔다.

"자기야, 정말이지 못 살겠어……."

남편은 공사장에서 전화를 받는 듯했다. 쇠를 두드리는 망치 소리와 고함 소리가 희미하게 들렸다.

"어떻게든 견뎌보려고 했는데…… 한계치를 넘어버렸어. 한쪽 문이 닫히면 다른 문이 열려야…… 숨을 쉴 수 있을 텐데."

억눌린 감정이 폭발하자 정원은 횡설수설하며 눈물을 쏟아냈다. 남편은 전화기 너머에서 고집스레 침묵하고 있었다.

"왜 말이 없어?"

"비참한 기분이 들어서 그래. 노력해도 상황이 좋아지지 않으니."

체념에 가까운 남편의 말투에서 찐득한 피로가 묻어났다.

"내 말은 그게 아니라……."

정원은 연재하던 지면이 없어졌다고 실토했다. 그 와중에도 편지 사건은 숨겼다. 털어놔도 뾰족한 수가 생길 리 없거니와 남편의 심기만 어지럽힐 게 분명했기 때문이다.

"힘들면 방학 동안 내가 애들을 데리고 있을까?"

한참 만에 남편이 입을 뗐다.

"혼자 어떡하려고?"

"공사장 옆에 청소년 수련원이 있거든. 시설이 좋고 프로그램도 괜찮은 모양이야. 김 부장네 애들도 내려와 있어."

"그 집 애들은 왜?"

"와이프가 친정 갔대. 김 부장 장모님이 오늘내일하시나 봐."

"그럼 애들과 의논해보고 전화할게."

어쩌면 아이들은 남편 곁에 있는 것이 안전할지도 모른다. 지방에 있는 수련원이 아닌가. 설마 범인이 거기까지 손을 뻗치랴 싶었다. 아이들한테 아빠가 일하는 공사현장 옆에 청소년 수련원이 있는데 남은 방학 기간을 그곳에서 지내면 어떻겠느냐고 물었다. 수련원이 인기가 있다는 말도 덧붙였다. 의견을 구하는 것처럼 말했지만 정원의 얼굴에는 이런 표정이 서려 있었다.

너희들 거기 안 가면 내 손에 죽어.

아이들이 어렸을 때 김 부장네 가족과 휴가를 떠난 적이 많았다. 그래선지 딸은 대찬성이다. 김 부장의 딸 지민이가 보고 싶다며 서둘러 짐을 꾸렸다. 아들 녀석은 친구들과 떨어지는 게 섭섭한지 얼굴이 금방 어두워졌다.

이른 아침에 출발했는데 점심때가 지나서 도착했다. 안전모를 쓴 남편이 마중 나왔다. 못 본 사이 얼굴이 까맣게 탔다. 의문의 편지가 세 통째 왔다는 걸 남편한테 숨기기 잘한 것 같았다. 강원도에 짓는 골프장은 골조공사를 끝내고 한창 마감작업 중이었다. 공사현장을 둘러본 뒤 근처 식당에서 늦은 점심을 먹고 아이들을 수련원에 입소시켰다. 남편이 수속해둔 덕분이었다. 숙소는 현장 가까운 곳에 있었다. 깔끔한 성격이라 손댈 게 없었다. 정원은 숙소에 쓰러져 죽은 듯이 자고 이튿날 서울로 올라왔다.

냉동실에 저장된 재료를 꺼내 조리해 먹으며 살풍경하게 살았다. 상진 후배가 밖에서 저녁을 먹자고 했다. 그러다 보면 중단된 소설에 관해 얘기가 나올 것 같았다. 의문의 편지 때문에 골머리를 앓는 지금 그 얘기를 꺼내고 싶지 않았다. 후배의 위로 어린 시선을 받으며 밥을 먹는 것도 괴롭고, 자신은 연재가 잘리는 불행을 겪지 않아서 다행이라는 예의 바른 시선 속에 감춰진 안도하는 눈빛 따위는 더욱 보기 싫었다. 정원이 어색한 핑계를 대며 몇 번 거절했더니 그 후 후배는 전화하지 않았다. 아이들이 없으니 일상이 정지된 것 같았다. 이럴 땐 단순노동으로 잡념을 없애는 게 상책이다. 정원은 느릿느릿 베란다를 청소하기 시작했다. 구석에 쌓인 잡동사니를 버리려고 분류하다가 전화를 받았다.

"한정원, 이런 날 집에 틀어박혀 있는 건 정신건강에 무지 안 좋아."

주희였다. 고향에 내려가는데 같이 가자고 했다.

"초대는 고마운데 고향에 내려갈 만큼 한가하지 않아."

"나도 한가해서 가는 거 아니다. 시간을 쪼개 가는 거지."

"내려갈 형편이 아니라니깐."

"형편이 어때서? 애들도 없고 진짜 편한 신세 같은데."

"골치 아픈 일이 생겼어."

"그럴수록 신선한 공기를 마시며 에너지를 보충해야지. 고향은 이럴 때 쓰라고 있는 거야."

주희는 일수 도장을 찍듯 날마다 전화로 졸랐다. 쟤는 나를 왜 고향에 데려가지 못해 저 안달일까. 첫번째 편지와 두번째 편지가 눈앞에 어른거렸다. 꺼진 전구에 불이 들어오듯 정원의 머릿속이 환하게 밝아지는 느낌이었다.

"주희야, 고향엔 왜 자꾸 가자고 그러는 건데?"

"그곳에 예쁜 펜션이 들어섰대. 친구들과 하룻밤 묵으며 회포를 푸는 것도 좋잖아."

"순전히 그 이유 때문이니?"

"대호네 양계장에 투자를 했거든. 지분이 많은 편이야. 이번에 양계장의 위생시설을 점검하고 닭의 영양 상태도 살피려고 겸사 겸사 가는 거야. 너도 고향에 내려간 지 오래됐잖아."

바짝 긴장했던 정원은 손끝에 힘이 풀리는 걸 느꼈다.

"그렇긴 하지만……."

"상협이도 온다더라."

"안상협? 성형외과 의사라며."

"집에서 살림만 하는 줄 알았더니 소식은 빠르네."

"엄마한테 들었어."

"상협이가 그렇게 될 줄 누가 알았겠니? 자식 자랑은 애가 마흔 이 된 후부터 하는 거라더니 그 말이 맞나 봐. 너를 만났다고 했더 니 되게 반가워하더라. 너희, 완전 친했잖아."

"친하긴 누가 친해?"

"다 아는데 뭘……. 대호도 보고 싶대. 이참에 내려가자. 상협이 를 만나면 얼마 정도 나오나, 얼굴 견적도 뽑아보고."

정원은 썩 내키지 않았다. 옛날 친구들이 아닌가. 본 지 오래되어 만나면 서먹할 것이다. 정원도 고향을 파볼까, 하는 고민을 잠깐 했었다. 범인이 다가오길 무한정 기다리느니 그 편이 빠를 것도 같았다. 범인의 윤곽조차 파악되지 않은 시점이어서 구체적인 계획은 세우지 않았지만, 고향에 재종숙 어른이 계시니 거기를 들러보는 것도 좋겠다는 생각만 막연히 하고 있었다.

요즘은 편지를 쓰지 않는다. 편지보다 빠르고 편리한 스마트폰과 이메일을 이용한다. 범인이 정원의 전화번호를 알아내는 건 어렵지만 이메일의 경우는 다르다. 정원의 책을 펴낸 출판사로 전화하면 알 수 있다. 범인이 편지라는 전통적인 양식을 택한 것은 신분을 숨기기 위한 방편일 것이다. 게다가 첫번째 편지에서 알 수 있듯 시골에서 산 경험이 있다. 어떤 식으로든 자신의 고향과 연관이 있다.

벌써 세 통째 편지가 왔다.

범인은 작정하고 덤비는데 안이하게 대응했다. 처음부터 만만히 넘길 사안이 아니었다. 이제 하루하루 마감할 원고도 없고 아이들도 곁에 없다. 이번 기회에 편지 사건을 매듭지어야만 한다. 친구들을 만난다는 핑계로 고향에 내려가면 어떨까? 어차피 갈 곳이라면 친구들과 가는 게 자연스러울 것이다. 같은 동네에서 우연히 만난, 집요할 만큼 고향행을 권하는 주희가 아무래도 수상하다. 동네에서 만난 게 우연이 아니라면?

설마……?

거듭 생각해봐도 주희가 악의를 가질 만한 계기를 제공한 적이 없다. 물론 자신의 옛 가족들도. 남해식당을 팔아넘길 때도 주희 엄마에게 매입 우선권을 주었다. 오래된 세입자인 데다 그간의 정을 생각해서 시세보다 싸게 넘겼다던 엄마의 말을 기억한다. 더욱이 오빠는 주희의 첫사랑이 아닌가.

어느 여자가 첫사랑 가족한테 앙심을 품는단 말인가?

일이 복잡하게 꼬이는 바람에 뇌 속에 가시가 돋는 느낌이다.

정원은 고심 끝에 주희를 의심 대상에 포함시켰다. 그러고 나니 주희뿐 아니라 엄마와 아이들을 제외한 주변의 모든 이들이 의심스러웠다. 두 아이를 혼자 돌보겠다고 자청한 남편마저도.

고향이라…… 거길 가면 뭐든 알게 되겠지.

정원은 친구들과 펜션에서 하룻밤 묵은 뒤 재종숙 어른 댁에서 며칠 유숙하기로 했다. 기별을 넣어달라고 하자 엄마는 대뜸 별일이라는 반응이다. 뒤늦게 철들었느냐는 말도 덧붙였다. 늦가을이 되면 그 댁에서 손수 가꾼 농작물을 올려 보낸다며, 어른의 치아가 부실하니 부드러운 부위로 쇠고기를 넉넉히 끊고 집에 좋은 술이 있으면 가져가라고 부탁했다.

여행을 자주하는 사람이 짐도 빨리 꾸린다. 정원은 가방을 꾸렸다가 풀어 헤친 끝에 배낭으로 바꿨다. 비상시에는 배낭을 메고 뛰어야 빠르다. 무기가 될 만한 게 뭐가 있을까. 공구상자를 연 정원은 망치와 장도리를 만지작거리다 내려놓았다. 이토록 무겁고 큰 무기라니, 잘못 휘둘렀다간 범인에게 빼앗기고 말 것이다. 이것 저것 뒤적이던 정원은 손안에 쏙 들어오는 만능칼을 선택했다. 접 이식 칼을 펴서 칼날을 세심하게 살폈다. 칼과 붙어 있는 깡통따 개도 끝이 날카롭고 뾰족해서 비상시에 쓸 만했다. 선택에 흡족해 진 정원은 주머니가 많이 달린 카고바지로 갈아입은 뒤 만능칼을 주머니 속에 넣었다. 무기는 손 가까이 두는 것이 좋다. 배낭을 메 고 나서던 정원은 신발장 위에 놓인 편지를 집었다.

널 한시도 잊지 않고 있다. 복수할 그날을 위해 난 또 오늘을 산다.

범인이 세번째 보낸 편지였다. 다시 읽어보니 '한시'라는 단어도 요즘 애들이 쓸 법한 말은 아니다. 네가 말한 그날이 언젠지는 모 르지만 나 또한 널 기다렸다. 당신이 누군지 궁금해졌거든. 주희와 만나기로 한 마트의 주차장으로 걸어가는 정원의 얼굴에서 굳은 결의가 느껴졌다.

10

막바지 휴가 차량이 몰린 탓에 경부고속도로 하행선의 정체 구 간이 늘어났다. 차가 두 시간째 가다 서다를 반복하며 서행 중이었다.

"이럴 줄 알았으면 국도로 갈걸."

주희가 손을 뻗어 라디오 볼륨을 높였다. 하나로 묶은 주희의 머리가 흔들렸고 흰 목덜미가 체크무늬 셔츠 깃에 잠깐 파묻혔다가 드러났다. 스피커에서는 나직한 노래가 흘러나왔다. 호수에서 부는 쌉쌀한 가을바람 같은 노래였다.

"저 가수, 누군지 아니?"

"헤커 아닌가? 막시밀리언 헤커."

"오, 목소리 좋은데."

"노래 제목이 '스노우 화이트'인가 그럴걸."

듣기 나쁘지는 않지만 늦가을에나 어울릴 법한 노래였다.

"이 노래 묘하게 가슴을 긁네. 네 얼굴은 아까부터 죽상이고. 한정원, 얼굴 좀 펴라. 응?"

"그 정도야?"

"못 봐주겠어."

"주희야, 모성애에 관해 생각해본 적 있니?"

"나는 애를 낳지 않아서 모르겠는데."

주희가 전방을 주시한 채 대답했다.

"여자들에게 내재된 모성의 힘은 대단하다잖아. 동물원 우리에 아기 머리가 꼈는데 호랑이가 달려오니까 맨손으로 쇠창살을 벌려 아기를 빼냈다고. 굵은 쇠창살을 단번에 휠 정도로 모성애가 강하다는 기사를 신문에서 읽은 적이 있어."

"그거 해외 토픽란에 났던 거지?"

"나는 안 믿어. 모성애도 에너지가 있을 때 생기는 거지."

정원은 지금 자책 중이다. 아이들을 남편에게 맡기고 고향에 가는 게 과연 옳은지, 편지 사건에 휘말려 내려가는데도 홀가분한 기분이 드는 건 뭔지 싶어서다. 오랜만의 나들이여서 설레는 마음이 없지 않았다. 그래서였을까. 오른 다리가 배겼다. 주머니에 넣은 만능칼에 받친 탓이다. 정원은 만능칼을 만지작거리며 풀어지려는 마음을 다잡았다.

휴게소에 도착하자 주희가 화장실로 뛰어갔고, 차에서 내리던 정원은 운전석에 떨어진 주희의 휴대폰을 발견했다. 정원은 자신의 휴대폰과 주희의 휴대폰을 들고 한참 낑낑거리고도 위치 추적 기능을 설정하는 데 실패했다. 불안한 얼굴로 화장실 쪽을 흘깃거리다가 주희의 휴대폰을 운전석에 두고 내렸다. 이럴 줄 알았으면 문자나 확인할걸. 범인과 문자를 주고받았을지도 모르는데. 만약 주희의 단독 범행이 아니라면 독박을 쓰게 된다.

그래 봤자 죽기밖에 더 하겠어.

벼랑으로 몰려서인지 독이 바짝 올랐다. 주희한테 의심을 받을까 봐 차에서 내리자마자 찐감자와 핫바를 샀다. 차 안에서 오래 머물지 않았다는 듯이. 정원은 핫바를 건네며 주희의 손을 유심히 쳐다봤다. 마디가 굵고 거칠어서 오십대를 훌쩍 넘긴 여자의 손

같다. 짧게 잘린 손톱, 그나마 오른 중지의 손톱은 절반 정도 깨져 있었다. 성실한 요리사의 이력을 증명하는 저 손으로 내 뒤통수를 치는 편지를 썼을까? 골똘한 생각에 잠길 무렵 긴 터널이 나타났다. 두 줄로 일정하게 달린 전구가 비추는 불빛을 따라 터널을 빠져나오자 톨게이트 요금소가 보였다.

"대호에게 전화해볼까."

속도를 줄인 주희가 가느다랗게 웃음을 흘리며 휴대폰을 꺼냈다. 뒷좌석에서 배낭을 가져온 정원은 고무줄을 찾아 머리를 묶었다. 이렇게 무더운 날에는 땀에 젖은 머리가 목덜미를 덮지만 않아도 살 것 같았다.

"상협이는 벌써 도착했단다."

고개를 기울이고 통화를 하던 주희가 눈웃음을 쳤다. 톨게이트를 벗어나자 논밭이 드넓게 펼쳐지더니 고향 마을의 버스정류장이 보였다. 승강장의 바람막이 밑에는 허리를 구부린 촌로들이 서 있었다. 유리로 된 곡선형의 바람막이는 새똥과 비바람에 얼룩져 있었다. 연두색 마을버스가 다가와 금속성 마찰음을 내며 멈춰 섰다. 단으로 묶인 마늘을 머리에 인 아낙 두엇이 버스에서 내렸다. 마늘을 팔러 나온 길인 듯했다.

"장날인가."

주희가 혼잣말을 하며 핸들을 꺾었다. 면사무소와 파출소를 지나 상가들이 밀집한 삼거리로 들어섰다. 그늘진 미장원 차양 아래에서 훌라후프를 돌리는 여자애가 보였다. 아이는 훌라후프를 떨어뜨리지 않으려고 입술을 앙다문 채 부리나케 허리를 돌렸다. 그럴 때마다 짧은 치마 밑으로 손바닥만 한 꽃무늬 삼각팬티가 드러났다.

"앙증맞은 저 아이도 언젠간 우리처럼 늙어가겠지."

"우린 겨우 마흔이야, 늙긴."

주희가 눈을 흘겼다.

"저 아이가 미래의 한정원, 김주희가 될 텐데 우리보단 낫겠지."

"아무렴 그래야겠지."

정원이 자신 없이 대꾸하며 창밖을 내다봤다. 하 마담이 운영하던 길모퉁이 다방이 당구장으로 바뀌었다. 1층 약국은 문이 열려 있고 흰 가운을 입은 여자가 조제실 앞에 서 있었다. 문득 목이 긴 새 한 마리가 떠올랐고 하 마담은 왜관에 내려갔을까, 부질없는 생각에 잠기기도 했다.

다리를 건너자 이발소 앞에 나와 앉아 할랑할랑 부채질을 하는 떠버리 아줌마가 보였다. 젊고 활기찼던 떠버리 아줌마는 풍상에 찌든 할머니로 변해 있었다. 도로변에 차를 세운 주희가 반가운 얼굴로 떠버리 아줌마에게 뛰어갔다. 정원은 목례를 건넨 뒤 돌아서서 중학교 담장을 따라 내려갔다. 떠버리 아줌마가 오빠의 안부를 물을까 봐 겁났기 때문이다. 주희와 떠버리 아줌마가 정원을 쳐다보며 뭐라고 얘기하는 소리가 나지막이 들렸다.

아이들이 운동장에서 땀을 뻘뻘 흘리며 뺑축구를 하고 있었다. 정교한 플레이를 펼치기엔 햇살이 뜨거웠다. 커 보였던 운동장이 작다고 느낄 즈음 등 뒤에서 경적음이 울렸다. 승용차에 오르자 주희가 속도를 내기 시작했다. 남해식당으로 들어가려면 골목길로 접어들어야 하는데 차가 계속 직진했다.

"주희야, 남해식당엔 안 가니?"

"엄마도 없는데 거긴 뭐하러."

정원은 남해식당과 야채가게 분순이네, 초등학교 옆에 있던 철공소를 먼빛으로나마 보고 싶었다. 정든 곳은 아니지만 한때 가족이 모여 살았던 옛집의 낮은 처마에 눈도장을 찍고 싶었다. 골목으로 들어가자고 했더니 주희는 들은 체도 하지 않았다.

"여기도 모르는 사람이 많아져서 이젠 고향 같지가 않아."

주희가 쓸쓸하게 말했다. 정원은 옛집으로 들어가는 골목 입구에서 눈을 떼지 못했다. 서울에서는 몰랐는데 고향에 오니 오빠의 부재가 실감 났다. 갈피를 잡지 못하고 허둥대던 정원의 눈가가 뿌예졌다. 오빠, 잘 가. 한기원과 친구들이 수없이 드나들었을 골목의 손때 묻은 담, 여러 갈래의 좁은 길들이 사라졌거나 다른 길이 생겼는지 골목의 형태가 달라졌다. 나른하게 가라앉은 마을은 전반적으로 쇠락의 기운을 풍겼고 오빠의 자취는 어디에도 남아 있지 않았다. 마을을 벗어나 20분가량 달렸을까. 챙이 넓은 꽃무늬 모자를 쓴 아낙들이 국도변에 널린 고추를 뒤적거리는 것이 보였다.

"대호네 양계장은 아직 멀었니?"

줄줄이 널린 고추 무더기를 보며 정원이 물었다.

"양계장에 가려면 저 길로 들어가야 해."

주희가 댐 쪽으로 들어가는 좁은 농로를 가리켰다.

"새로 닦은 길인가 봐."

"4대강 여파가 이곳까지 미쳤어. 댐을 만드느라고 바위산을 깎아서 물길이 많이 달라졌어."

전보다 물이 많아서인지 지형이 달라졌다. 흐르는 강물이 모래를 싣고 내려와 여울을 만들거나 구멍을 깊이 파서 소를 만들었다. 주희는 좁은 농로를 그냥 지나쳤다.

"대호네 양계장은 안 가니?"

"상협이가 펜션에 와 있대. 너를 거기 내려준 뒤에 가려고. 우리도 곧 따라갈게. 너희 먼저 점심 먹고 있어."

"그럴 게 뭐 있니? 양계장에 같이 가면 되지."

"닭 냄새가 얼마나 지독한데. 걷다 보면 발밑에서 구더기가 툭툭 터져."

"윽, 구더기 많은 곳이면 사양할래."

"그럴 줄 알았다."

바위산을 끼고 조금 더 달리자 드문드문 보이던 구멍가게와 집이 사라졌고 높은 산이 이어지면서 강폭이 넓어졌다. 산을 휘감으며 세차게 흐르던 물살도 잔잔해졌다. 주희는 쑥부쟁이가 무성한 강어귀에 차를 세웠다. 버려진 듯한 허름한 집이 한 채 있고 그 옆에 '동동섬 펜션'이라고 적힌 입간판이 서 있었다. 둘러보니 어릴 때 한두 번 왔던 곳이다.

"여긴 폐광된 탄광이 있던 곳이잖아."

"그럼 앞에 보이는 동동섬도 기억하겠네."

동동섬은 강 한가운데에 있는 섬이다. 2차선 도로에서 마주 보이는 바위산에 탄광이 있었고, 동동섬에도 폐광된 굴이 있다는 말을 들었다. 그 굴을 오누이 굴이라고 불렀는데, 상피 붙은 오누이가 마을에서 내쫓기자 굴속으로 들어가 석 달 열흘 동안 지내다 굶어 죽었다는 전설 같은 소문이 나돌았다. 물 위에 동동 뜬 것처럼 보인다고 해서 동동섬이기도 하지만, 발을 동동거릴 만큼 오누이의 죽음이 안타까워 동동섬이라고도 불렀다.

폐광되기 전만 해도 동동섬에 탄광 관계자가 살았으나 지금은 물정 모르는 낚시꾼만 드나드는 버려진 섬과 다름없다. 탄광이 있던 바위산에 낡은 다리가 놓여 있었다. 마을 사람들은 그 다리를 건너 바위산으로 들어가 토종꿀을 따거나 고사리를 채취하기도 했다. 세월이 흐르면서 다리가 삭아서 끊어져버렸다. 이런 외진 곳에 펜션이 들어섰다는 게 믿기지 않았다. 정원은 노송이 들어찬 바위산과 강 한가운데 솟은 동동섬을 감회 어린 눈으로 바라봤다.

"주희야, 탄광이 폐쇄된 게 언제였지?"

"얼핏 들은 것도 같은데…… 오래된 일이라 가물가물해."

"버려진 섬이라 생태계는 보존됐겠네."

"몰라. 가보면 알겠지."

"동동섬 펜션이라…… 굴에 얽힌 전설도 그렇고 어째 으스스하다. 주차장도 없는 곳에 사람들이 올까?"

"걱정 마셔. 경치가 좋아서 알음알음 찾아온단다."

"저길 어떻게 건너지?"

"기다려봐."

주희가 입간판이 서 있는 낡은 집으로 쑥 들어가더니 처마에 달린 종을 흔들었다. 맑은 종소리가 산속으로 우렁차게 퍼져 나갔다.

"조금 있으면 섬에서 나룻배가 나올 거야."

"하, 배를 부르는 방식이 고전적이네."

"전화도 있지만 기왕 달아둔 종이니 써먹어야지."

주희가 종에 달린 줄을 기둥에 묶으며 말했다.

"요즘 세상에 나룻배라니, 최소한 모터보트 정도는 돼야지."

"저 강을 봐라. 보트가 지나다닐 물인가."

강이라고는 하지만 금강 지류여서 물이 깊지 않았고 보트로 건너기엔 너무도 빤히 보이는 곳에 있었다. 그렇다고 다리를 놓기에는 먼 거리였다. 동동섬은 멀지도 가깝지도 않은 거리에 어중간하게 떠 있었다. 섬에서 나룻배가 나오는 걸 본 주희는 먼지바람을 일으키며 차를 후진하더니 산모롱이로 쏜살같이 사라졌다.

정원은 물때가 끼어 검게 변한 널빤지를 밟고 선착장으로 내려
갔다. 뱃사공은 허리를 숙인 자세로 편안히 노를 저으며 다가왔는
데 오랜 노동의 흔적인 양 팔근육이 울근불근 도드라졌다. 근육은
청년 못지않지만 거의 칠십 줄에 들어선 늙은이로 얼굴이 햇볕에
그을렸고 알코올 중독의 여파인지 콧등이 빨갰다. 눈치로 봐선 뱃
사공 겸 펜션의 허드렛일을 하는 잡부 같았다. 정원이 펜션의 운
영자가 누구냐고 묻자 뱃사공이 흐물흐물 웃었다.

"우리 데, 데련님이 하, 하는뎁쇼."

"도련님이라면…… 선대 때부터 이 일을 하셨나 봐요."

"할부지, 그 할부지 때, 때부텀……. 이 부근은 저, 전신만신 타,
탄광집 땅이어라."

"탄광집이라면 광업소를 하시던 분인가요?"

"야. 쩌, 쩌기…… 우리 데, 데련님이…… 아주 멀리 가, 갔다가
도, 돌아왔구만요."

외손질로 노를 젓던 뱃사공이 자랑스럽다는 듯 가슴을 쑥 내밀
었다. 말을 더듬는 것이, 모자라는 사람 같아서 정원은 더 묻지 않
았다. 긴 나무다리가 동동섬 선착장에서 펜션 입구까지 ㄹ자 형태
로 연결되었다. 섬 주변에는 잎이 넓고 키가 큰 신종 갈대가 무성
하게 자라서 나무다리가 갈대밭에 파묻힌 것처럼 보였다. 익숙한
손길로 나룻배를 비끄러맨 뱃사공이 다리 위로 훌쩍 올라섰다.

"따, 따라옵쇼. 남자 손님은 아, 아까 드, 들어왔구만요."

정원은 실팍한 다리를 밟고 섬으로 걸어 들어갔다. 발을 뗄 때마다 빽빽하게 자란 신종 갈대가 가슴께에 닿아 서걱거렸다. 바람이 불자 갈대가 물결치듯 차례차례 드러눕는 게 보리밭을 연상케할 만큼 장관이었다. 나무다리가 끊기면서 잡초가 짓이겨진 흙길이 나왔다. 앞서가던 뱃사공이 뭉툭한 손가락으로 컨테이너 같은 건물을 가리켰다.

"쩌, 쩌기가 펜션인뎁쇼. 어, 얼른 드, 들어가보십쇼."

뱃사공의 검지 끝마디가 잘려 나가고 없었다. 정원은 등골이 오싹했지만 내색하지 않았다. 말을 마친 뱃사공은 고부라지게 상체를 움츠린 채 펜션 반대쪽으로 걸어갔다. 천식을 앓는 사람의 걸음과 흡사한 모양새였다. 갈림길에 선 이정표를 보니 뱃사공이 간곳은 식당 방향이다.

11

펜션은 병풍처럼 이어진 바위산을 배경으로 세워졌는데 자연의 기운을 느낄 수 있도록 배려해서 지은 티가 역력했다. 독특한 풍경과 조화를 이루기 위해 펜션 두 동을 어긋나게 정렬시켰다. 펜션의 동과 동 사이에 열린 마당이 있어 어디서나 강과 바위산이 보이는 구조였다. 컨테이너 같은 외관 역시 주변 경관을 해치지 않고 전체적으로 아우르는 멋을 느끼게 해주었다. 펜션을 지은 이는 안목 있는 사람이 분명했다. 펜션 현관문을 밀자 안경 낀 남자가 안에서 미끄러지듯이 튀어나왔다.

"여어, 한정원!"

"안상협?"

상협은 여전히 피부가 검고 눈썹이 짙었다. 검은색 뿔테 안경을 끼고 있었는데 길에서 만나도 알아볼 것 같았다.

"이게 얼마 만이냐?"

상협이 정원의 손을 쥐고 세게 흔들었다. 성형외과 의사답게 상협의 손은 놀랄 만큼 부드럽고 말랑했다. 딱딱한 손이 민망해진 정원은 가만히 손을 뺐다.

"주희는?"

"대호랑 온다고 했어."

"우리 이럴 게 아니라 우선 좀 앉자."

로비에는 화이트 톤에 블랙과 레드로 포인트를 준 소파가 놓여 있었는데 상협은 프런트 데스크와 마주 보는 곳에 자리를 잡았다. 프런트 너머에는 유리벽으로 막힌 공간이 있었다. 거기가 펜션 사무실인 모양이다. 사무실 벽에는 숫자가 크게 적힌 달력이 걸렸고 책상 옆에는 키가 큰 인도고무나무가 잎사귀를 늘어뜨린 채 서 있었다. 가죽 안락의자에 앉은 남자가 이쪽을 쳐다보았다.

"저 남자는 누구야?"

정원이 소파에 앉으며 물었다.

"몰라. 펜션 직원이겠지. 대호가 방을 잡아놨더라. 필요하면 네 방 키부터 달라고 할까?"

"땀 좀 식힌 후에."

프런트 데스크에는 다양한 종류의 차와 음료수가 비치되어 있었다.

"정원아, 뭐 마실래?"

"시원한 걸로."

상협은 종이컵에 담긴 오렌지주스와 일회용 봉지커피를 가져왔다. 오렌지주스는 밖에 내놓은 지 오래된 듯했다. 미지근한 주스를 마시던 정원이 의자에서 일어나자 워워, 손을 저어 막은 뒤 시원한 냉수를 가져다주었다. 상협은 잠깐 사이에 여러 가지 친절을 베풀었는데 이를테면 문을 손으로 잡아준달지, 의자를 빼준달지, 냅킨을 가만히 밀어서 건네준달지, 하는 동작은 오빠와 아버지처럼 여자만 보면 무턱대고 들이대는 모종의 저의를 가진 흑심 있는 친절이 아니라 사회적으로 잘 훈련된 인간이 타인에게 베푸는 따뜻한 배려로 보였다. 그것이 적당한 선에서 알맞게 조정되어 거북하지 않았다. 그가 베푼 친절을 받아들이고 있으려니 자신이 썩 괜찮은 인간이라는 생각마저 들었다. 상협은 호구조사를 하지 않아서 좋았다. 결혼 유무와 애가 몇인지 따위의 지루한 질문을 하지도, 살아온 여정을 몇 마디로 압축하는 빤한 대답을 요구하지도 않았다. 비 내리는 가을날 오후 3시에 설거지통에 손을 넣고 있으면 미쳐버릴 것 같아, 하는 종류의 내밀한 말도 상협에게는 할 수 있을 것 같았다.

"직원들을 휴가 보내고 나니 휴식이 필요했어. 애가 어려서 가족이 함께 움직이는 건 불가능하거든. 혼자 멀리 가는 것도 집사람 눈치가 보이고. 이럴 땐 만만한 게 고향이더라."

상협은 늦게 결혼했고 처가의 도움으로 병원을 개업한 눈치였다. 상협의 집안 형편으로는 의대 학비를 마련하는 것조차 힘겨웠을 것이다. 정원이 벽에 걸린 판화를 바라보는데 로비에 음악이 깔렸다. 이렇게 쓸쓸한 노래도 있나 싶게 가슴이 눅눅해졌다. 그때 사무실에 있던 남자가 나왔다. 얼굴이 무척 희고 체구가 작은데 반해, 어깨가 넓은 사람이었다. 진초록의 폴로셔츠와 아이보리색 바지가 그의 흰 얼굴과 썩 어울렸다.

"저 노래, 누가 부르는 거니?"

남자를 바라보던 상협이 고개를 돌리고 물었다. 정원의 음악적 소양을 익히 안다는 듯. 엄마는 사실보다 부풀려서 동네방네 떠벌렸을 것이다. 상협의 엄마와 이발소집 남자가 그렇고 그런 사이라는 걸 정원이 알듯 상협도 정원에 관한 정보를 사전에 들었을 것이다.

"데미안 라이스인가……."

정원은 작가로 등단하기 전에 라디오 방송국에서 구성작가로

일한 경력이 있었다. 음악 프로였지만 PD가 선곡했고 멘트만 정원의 담당이어서 음악에 관한 지식이 풍부하지 않아도 되었다. 음악이 나간 뒤 즉흥적으로 치는 애드리브가 DJ 몫이어서 더욱 그랬다.

"맞습니다. 제목은 '나인 크라임스'. 가사는 이렇습니다. 나를 더러운 쓰레기 더미에 버려두고 가세요. 매정해도 좋으니 그냥 버리고 떠나가세요. 변명할 생각은 없어요. 준비가 되면 내 총을 건네줄게요."

발소리도 없이 다가온 사무실 남자가 또박또박 끊어서 말했다. 가사를 읊조리는 남자의 목에서 앵앵거리는 소리가 났는데 변성기를 거치지 않은 미성숙한 목소리 같았고, 또 어찌 들으면 새가 우는 소리처럼 들렸다. 남자가 기척도 없이 다가온 터라 상협이 놀란 눈치였다. 컵과 주스 병이 담긴 쟁반을 받쳐 든 남자의 손목에는 행커치프가 반으로 접힌 채 걸려 있었다. 의례적으로 목례를 건넨 남자가 상협과 정원 앞에 컵을 하나씩 놓았다. 그러고는 행커치프로 감싼 주스를 따라주었다.

"점심은 식당에 준비되어 있습니다. 두 분 먼저 식사하셔도 됩니다."

남자가 새소리로 말했고, 정원은 조심스레 그의 얼굴을 흘깃거렸다.

"정원아, 우리 먼저 먹을까?"

"배고프지 않은데."

"일행이 오면 먹겠습니다."

상협이 말하자 남자가 고개를 숙이더니 주스 병이 담긴 쟁반을 들고 사라졌다. 로비에 남자가 없는 걸 확인한 정원이 실소했다.

"뭐냐? 사람이 크다가 만 것 같아."

"그러게. 나이를 알 수 없는 얼굴이야. 목소리도 그렇고."

"보톡스 시술을 받은 건가?"

"보툴리눔 독소를 보톡스라고 하는데 저 남자의 피부 상태로 봐서는 그걸 주입한 것 같지는 않아. 아무튼 이상하긴 해."

전문의인 상협마저 고개를 갸웃거렸다. 잠시 후 대호일 것 같은, 시골에서 흔히 볼 수 있는 아저씨가 어슬렁거리며 로비로 들어왔다.

"야, 깜상!"

대호는 다짜고짜 상협의 목을 팔로 감아 조르는 시늉을 했다. 상협의 어릴 적 별명이 깜상이다.

"이 자식이……."

대호와 상협은 서로 쳐다보며 낄낄거렸다. 웃음을 띤 대호의 얼굴은 넙데데했고 건강한 구릿빛으로 반짝거렸다.

"하이고, 우리 정원이는 여태도 쪼끄맣구나."

"어릴 적 키가 어딜 가겠니."

"쯧쯧. 못 컸구나, 못 컸어……."

대호가 아버지처럼 혀를 찼다. 그는 무릎 나온 작업바지에 줄무

닉 셔츠를 입고 있었는데, 몸집이 어찌나 큰지 한 마리 불곰 같았다. 정원은 대호가 방앗간집 아들이라 어릴 때 떡을 많이 먹어서 저리도 덩치가 커졌나, 싶었다. 이어서 주희가 수선스레 로비로 들어섰다.

"얘들아, 밥 먹으러 가자!"

주희의 말투가 옛날로 돌아가 있었다. 초등학교와 중학교를 다닐 때 우리는 큰 소리로 서로를 부르곤 했다. 식당은 언덕 밑에 있었다. 달걀노른자를 체로 친 것처럼 포슬포슬한 햇볕이 섬 전체에 쏟아졌고 강에서 불어온 바람이 버드나무 가지를 무겁게 흔들고 갔다. 버드나무에서 매미가 우는 쾌청하고 평화로운 주중의 하루였지만 정원은 느긋할 수가 없었다. 주머니 속 만능칼을 잊지 않은 탓이다. 걸을 때마다 허벅지에 이물감이 느껴져 잊으려 해도 잊히지가 않았다. 대호는 뒷짐을 지고 걸었고 하이힐을 신은 주희는 엉덩이를 내밀고 쫑쫑쫑 걸었으며 상협은 얼굴을 소독하는 것처럼 작열하는 태양을 향해 고개를 든 채 흐느적흐느적 걸었다. 무리에서 뒤처진 정원은 친구들의 뒷모습을 감상하며 따라갔다.

섬에는 각종 식물이 군락을 이루며 자라났다. 작은 해바라기 같고 어찌 보면 국화처럼 생긴 분홍과 흰색 꽃이 지천으로 피어 있었는데 주희가 에키나세아라고 일러주었다. 상협은 흥미가 떨어진 표정으로 단풍나무를 만지작거렸고, 멋모르고 주희 곁을 지키던 대호는 바지에 달라붙은 씨앗을 터느라 부산을 떨었다. 그때부터 대호의 얼굴에 먹구름이 끼기 시작했다. 주희가 감탄사를 연발하며 대호의 바지에 붙은 것은 금계국의 씨앗이고, 상협이 쥐고 있는 것은 공작단풍나무라고 식물의 학명을 일일이 일러주자 대호가 폭발하고 말았다.

"김주희! 그만 좀 해. 배고파 뒤지겠다!"

"뭐든지 대충대충. 그래서 넌 안 되는 거야. 계사에 차단기를 설치하라고 입이 닳도록 얘기했는데. 불나면 책임질래?"

양계장에 관한 일로 둘 사이에 트러블이 있었던 모양이다. 분위기가 험악해질까 봐 걱정했는데 금방 예사로운 얼굴로 시시덕거렸다. 잔디가 깔린 바비큐장을 지나자 일가족으로 보이는 사람들이 흰 건물에서 몰려나왔다. 그 건물의 모퉁이를 돌자 식당이 보였다. 남녀 한 쌍이 창가 자리에서 식사하고 있을 뿐 홀은 비어 있었다. 식당으로 들어선 대호가 주방을 향해 화통 같은 소리를 질렀다.

"아줌마, 버섯전골 대짜 하나요!"

"쟤는 메뉴를 묻지도 않고 마음대로 시키네."

뽀로통해진 주희가 메뉴판을 찾아 두리번거렸다.

"여긴 버섯전골과 올갱이국만 한대. 오늘 점심과 저녁, 내일 아침, 메뉴 두 개를 번갈아 시키면 되잖아."

"난 올갱이국 먹을래."

"주희 얜 먹는 것도 쫀쫀하게 가려."

"대호는 펜션에 자주 오나 봐?"

상협이 물수건을 건네며 물었다.

"자주 오긴. 달구 새끼들과 씨름하다 보면 하루가 어떻게 지나가는지도 몰라. 어쩌다 짬이 나도 읍내로 나가지, 너 같으면 시골에 살면서 이런 산골짝으로 기어들어오고 싶겠냐."

"방을 잡아놔서 단골인 줄 알았어."

"주희가 좀 깐깐해야 말이지. 전화로 예약했다며 일찍 가서 둘러보라고 어찌나 조르던지. 낚시하러 한두 번 오긴 했지만 펜션이 들어선 후로는 처음이지, 아마?"

"어우, 지저분한 인간."

대호가 손 닦은 물수건으로 얼굴과 목을 닦자 주희가 인상을 찡그렸고 상협은 저럴 때가 좋지, 하는 얼굴로 창가 자리에 앉은 남녀를 힐끔거렸다. 뱃사공이 물과 밑반찬을 내왔다. 반찬 접시를 옮길 때 끝마디가 잘린 뭉툭한 검지가 보였다. 굳은살이 박인 뱃사공의 검지는 오자미 끝부분처럼 오글쪼글 오므라들어 있었다. 그걸 보고는 다들 입맛이 가신 눈치인데 대호만 음식을 빨리 달라며 재촉했다.

"으이그, 주문한 지 20분도 안 됐고만."

주희가 핀잔을 주는데 사무실 남자가 쑥 들어왔다. 돌연 식당이 초록으로 환해졌다. 남자가 입은 폴로셔츠의 초록색이 그토록 화려한 색인지 그날 처음 알았다. 대호가 어……? 하며 엉거주춤 일어나더니 남자를 반겼다.

112

"야, 너희들 인사해. 우리 2년 선배 김경훈 씨. 동동섬 펜션의 주인이셔."

정원과 상협은 얄궂은 표정으로 서로를 쳐다본 뒤 남자를 향해 고개를 숙였다. 주희도 덩달아 수인사를 나눴다.

"반갑습니다. 김경훈입니다. 오늘 밤 후배님들을 위해 바비큐 파티를 준비했습니다. 이따 뵙지요."

남자가 웃음 띤 얼굴로 말하고는 창가 자리로 갔다. 약속된 일인 듯 남녀가 김경훈을 따라 나갔고, 뱃사공도 물 묻은 손을 닦으며 밖으로 나가는 품이 창가 자리의 남녀는 오늘 섬을 떠나는 모양이다.

"저 남자가 우리 선배라고? 세월이 비껴갔나, 어떻게 저럴 수가 있지."

"나도 어제 만나보고 놀랐어. 얼굴이 옛날 그대로여서. 오래전에 여길 떴다가 다시 들어와 이 펜션을 지었거든."

"어디 살던 사람이지?"

"광업소 사택에 살았잖아. 니들 모르냐? 탄광집 아들 김경훈. 우리 한 해 후배인 김미경이 저 선배 동생이야. 별명이 아마 백설 공주였을걸."

"아…… 옛날 그 광업소."

그제야 정원은 눈이 똥그랗고 피부가 뽀얀 김미경이 생각났다.

"백설 공주 김미경! 너희도 알지?"

정원이 큰 소리로 말했으나 친구들은 관심 없는 눈치였다. 대호는 배가 고픈지 식탁에 깔린 밑반찬을 이것저것 집어먹었다. 샐러드와 감자조림 접시를 밀어주던 주희가 참, 하고 고개를 들었다.

"저 선배, 얼굴 싹 뜯어고친 것 아냐. 피부이식부터 시작해서……"

"상협이가 그건 아닌 것 같대."

"저 얼굴이 자연산이라니……"

"피부의 적은 자외선이야. 자외선만 피하면 노화의 진행을 얼마간 막을 수 있는데 선배는 심한 케이스야. 햇볕이 차단된 공간에서 살았다고 해도 저런 얼굴이 나올 수가 없거든. 그럴 경우엔 골다공증 같은 합병증과 부작용이 심할 텐데. 아무튼 조사할 가치는 있겠어."

"조사를 한다고…… 그다음엔?"

대호가 흥미로운 얼굴로 상협에게 물었다.

"글쎄…… 거기까진 생각 안 해봤는데. 학회지에 발표하든가 해야지."

"그럼 돈도 받냐?"

"잘되면 돈도 벌고 명예도 생기지. 동안이 대세잖아."

그 말에 주희가 손뼉을 짝, 쳤다.

"대박!"

"상협아, 선배한테 잘 말해서 다리 놔줄 테니까 그 돈 나랑 반으로 나누자. 명예는 전부 네가 갖고. 밤낮으로 달구 새끼 똥구멍만

처다보고 살았더니 하늘이 노란 게 돌겠다."

"우리 회사는? 닭은 어디서 납품 받고."

"네 살길은 네가 도모해야지."

발끈 화를 내는 주희를 보며 대호가 너털웃음을 터뜨리는데 기
다리던 버섯전골이 나왔다. 커다란 모란 무늬가 얼룩덜룩하게 날
염된 몸뻬를 입은 여인이 업소용 3단 수레를 밀며 천천히 다가왔
다. 푸석한 파마머리를 묶어 녹슨 핀으로 꾹 찔러 올린 것이 삶의
윤기라고는 없어 보였다. 전골냄비를 불판에 얹고 서비스로 주는
된장 뚝배기와 공기밥, 올갱이국을 뜨거운 기색도 없이 맨손으로
날랐다. 여인은 그 과정을 기계적으로 묵묵히 이행했는데 수분과
생기가 몽땅 휘발된 사람 같았다. 뚝배기를 건네받던 주희가 손놀
림을 멈췄다.

"저어……."

여인은 꽉 쥐어짠 누런 행주 같은 얼굴로 주희를 내려다봤다.

"혹시…… 삼거리에서 다방을 운영하던…… 그 하 마담은 아니
죠?"

"내가 하 마담이 맞긴 맞소만……."

후두암에 걸린 것처럼 찌걱거리는 목소리로 여인이 대답했다.
그러고는 볼일이 끝났다는 듯 3단 수레를 밀고 주방 쪽으로 느릿
느릿 걸어갔다.

"하 마담이라고?"

상협은 하 마담이 누군지 모르는 눈치였다. 하 마담을 모르면 간첩이라는 말이 나돌 정도로 소문이 무성했는데, 상협은 뜬소문과 담을 쌓고 산 모양이다.

"하 마담 아줌마!"

주희가 조금의 거리낌도 없이 부르자, 수레를 밀고 주방으로 들어가던 하 마담이 천천히 상체를 돌렸다.

"아줌마가 반가워할 사람이 여기 있어요. 로맨스 가이의 딸이 왔다고요!"

주희의 입을 막으려고 했지만 그녀의 손가락이 이미 자신을 가리키고 있었다. 범인은 주희가 아니다. 불길한 예감이 심장을 휘어잡았다. 호흡이 가빠졌고 가슴이 마구 뛰었다. 하 마담은 호기심이라곤 담기지 않은 눈으로 정원을 심드렁하게 쳐다보곤 주방으로 들어갔다.

"반응이 어째 저럴까······."

"왜?"

"하 마담이 정원 아버지 애인이었잖아."

주희가 비밀은 아니라는 투로 상협에게 말했다.

"저분이······?"

"야, 무시하지 마. 한때는 미모로 날렸던 여자야."

"무차별한 폭력에 노출된 사람 같고 희망이라곤 없어 보이는데."

"가히 충격적이다."

대호가 허탈한 얼굴로 말했다. 끓는 전골냄비를 노려보던 정원은 가만히 식탁 밑으로 손을 내렸다. 바지 주머니 위로 불거진 만능칼을 만지작거리며 로비에 두고 온 배낭을 떠올렸다. 배낭 앞주머니에 든 의문의 편지도……. 편지는 바탕체 10포인트로 작성돼 있었다.

널 한시도 잊지 않고 있다. 복수할 그날을 위해 난 또 오늘을 산다.

편지를 출력한 프린터의 잉크 상태가 불량한지 정원에게 배달된 두번째와 세번째 편지에는 '한'과 '복'과 '난' 자만 희미하게 인쇄되었다. 범인의 프린터는 A4 용지를 3등분한 세 지점의 활자만 희미하게 인쇄된다는 계산이 나온다.

정원은 식당을 두리번거렸다. 펜션에서 운영하는 식당이라서 그런지 계산대 위에 있어야 할 컴퓨터가 없었다. 오늘 밤 바비큐 파티를 할 때 사무실의 프린터를 확인하면 된다. 급한 일이 있는 것처럼 말한 뒤 문서를 출력해봐야지. 만약 사무실 프린터가 아니면 하 마담의 숙소에 또 다른 프린터가 있는지 찾아보면 된다. 범인이 한 명 이상일 수도 있다. 혈압이 가파르게 상승하는 것 같아 이마를 짚고 있는데 상협이 앞접시를 밀어주었다. 전골국물이 소태처럼 썼다. 정원이 수저를 내려놓을 즈음, 찌걱거리는 쳇소리가 날아들었다.

"도토리묵 좀 줄까? 멸치국물에 말아서."

하 마담이 주방 배식대 사이로 고개를 빼고 물었다. 줄곧 지켜보고 있었나 보다. 치켜뜬 하 마담의 안광이 기이할 정도로 강렬하게 빛났다. 도토리묵은 정원이 좋아하는 음식이다. 정확하게 말하면 송송 썬 도토리묵과 김치를 멸치육수에 만, 묵말이를 좋아한다. 내가 묵말이를 좋아한다는 걸 어떻게 알았을까. 음식에 관한 호불호는 가족들만 아는 건데.

혹시 아버지가?

아버지는 그런 말을 할 만큼 자상하지도 살갑지도 않았다. 딸에 관한 자질구레한 말을 할 턱이 없고, 그럴 시간도 없었을 것이다. 그 시절 아버지는 하 마담의 꽁무니를 따라다니기 바빴으니까.

"하 마담이 왜 여기 있지? 어떻게 된 일일까?"

"뻔한 것 아니겠어. 인생이 바닥을 친 거겠지."

졸아붙은 버섯전골을 국자로 휘젓던 대호가 무성의하게 대답했다.

"전에는 하 마담 얼굴이 갓 딴 백도 같았는데……."

주희가 소곤거렸지만 아무도 귀 기울이지 않았다. 밟힌 낙엽처럼 추레하게 변한 하 마담을 보면서 빠르고 난폭하게 쳐들어올 노년에 관한 생각에 빠져든 눈치였다. 안전장치가 없는 노년과 맞닥뜨려야 한다는 건 너나없이 곤혹스러운 모양이다. 밖으로 나오니 하늘에는 먹장구름이 깔렸고 선선한 바람이 불어왔다. 춥지도 덥지도 않은 적당한 날씨였으나 누구도 동동섬을 돌아보자고 하지 않았다. 다들 다툰 것처럼 입을 굳게 다물고 펜션을 향해 걸어갔다.

12

대호와 상협의 방은 복도 건너편이었고 정원과 주희의 방은 나란히 붙어 있었다. 문을 열고 들어서니 싱크대와 식탁이 보였다. 창문에 드리워진 커튼을 걷자 섬의 풍경이 한눈에 펼쳐졌다. 침대가 놓인 방 앞에는 타원형의 발코니가 있었는데 옆방과 통하게 되어 있었다. 발코니로 나간 정원은 난간에 몸을 기댄 채 율동적인 주름을 지닌 암벽과 골짜기에서 피어오르는 안개를 바라봤다.

범인이 하 마담일 확률이 높아졌다.

이 일을 어떻게 풀어야 하나? 그녀가 범인이라면 왜 그런 내용의 편지를 보냈을까? 정원으로선 풀 수 없는 의문이었다. 그래도 범인이 그녀라면 일이 복잡하게 꼬이지 않을 거라는 생각, 식당 찬모 처지로 전락한 삶이 아버지와 관련이 있다고 해도 하 마담을 다독일 수 있을 거라는 배짱이 생겼다. 아버지는 모진 일을 계획할 만큼 치밀한 사람이 아니다. 그녀가 고생해서 모은 돈을 들고 튀었더라도, 아버지라면 인정상 어딘가에 돈을 한 뭉치쯤 남겨놓았을

것이다. 무엇보다 사고뭉치 아버지는 오래전에 돌아가셨다. 인간
은 죽은 사람한테는 지나칠 만큼 후하지 않은가. 유리문이 열리는
소리에 돌아보니 옆방의 주희가 발코니로 얼굴을 내밀었다.

"날씨가 심상치 않아."

구름과 안개에 덮인 바위산의 형태가 잠깐 사이 절반 이상 지
워졌다.

"비 온다는 얘기는 없었는데……."

"날씨를 검색하려고 보니 휴대폰이 안 터진다."

"섬이라 전파가 약한가 보지."

주희가 발코니의 유리문을 닫았고, 정원도 방에 들어와 누웠다.
침대에 잠깐 누워 있을 생각이었는데 그만 잠이 들었다. 문 두드리
는 소리에 벌떡 일어나 밖으로 나갔다. 이 와중에 잠이라니. 정원은
낭패한 기분으로 일행의 뒤를 쫓아갔다. 복도를 지난 일행은 막 로
비로 접어들고 있었다. 오후 6시가 지났을 뿐인데 식당으로 내려가
는 길에는 산그늘이 내려앉았고 풀잎이 바람에 사부작거렸다.

"공기가 쏴한 게 달다. 손의 감각이 떨어지면 나도 병원 문 닫고
여기 내려와 살아야겠어."

"감상적인 귀향은 사절일세."

"내가 온다면 오는 거지. 여기가 네 땅이냐, 인마?"

유치한 대화를 이어가는 대호와 상협의 발밑에서 잡풀이 뭉개
졌다. 김경훈은 식당 앞 바비큐장에 나와 있었다. 스탠드형 바비

큐 그릴 앞에 서서 삼겹살을 굽고 있었는데 그때야 자세히 살펴볼 수 있었다. 얼굴선이 곱고 피부가 좋아서 여성적으로 보였으나 수려한 얼굴은 아니었다. 그렇다고 추남이라고 할 수도 없었다. 그의 얼굴은 미추의 개념을 벗어난, 한번 보면 영원히 잊지 못할 정도로 독특했다. 그것은 이목구비의 부조화 때문인 듯했는데 그 점이 오히려 장점으로 작용했다. 피터 팬처럼 작은 키와 넓은 어깨, 얇은 목소리를 얼굴이 많은 부분 커버해주었고 그만이 가진 강렬한 개성으로 느껴졌다.

주희가 냉큼 그의 옆으로 가더니 양념갈비를 보기 좋게 그릴에 펴 널었다. 숯불에 굽기엔 갈비가 두꺼워 보였다. 주희는 왼손으로 양념갈비를 지그시 누른 뒤 고기의 결을 찾아 칼을 밀어 넣었다. 몇 번의 칼질 끝에 갈비가 두 조각으로 분리되었다. 뜨거울 텐데 주희는 별다른 내색 없이 그릴 위의 갈비를 차근차근 조각냈다.

"고기에 불기가 닿으면 오그라드는데 그걸 자르다니, 칼 쓰는 솜씨가 예사롭지 않군요."

김경훈의 목소리가 고기 지글거리는 소리에 묻혀 희미하게 잦아들었다. 이 정도야 뭘, 주희가 어깨를 추켜올렸고 대호는 쉬잇, 하며 잔디밭을 가리켰다. 몸통에 엽전 무늬가 아로새겨진 뱀 한 마리가 대가리를 꼿꼿하게 치켜든 채 잔디를 가로지르고 있었다. 꽤나 굵고 긴 놈인데 움직임이 둔했다.

"누룩뱀인가."

121

느릿느릿 기어가는 뱀을 보며 대호가 중얼거리자 김경훈이 불독사라고 정정해주었다.

"먹이가 근처에 있었나 보군요."

"식후란 말입니까?"

"그렇게 보입니다. 여유가 있는 것이……."

"뱀에 관해 잘 아시나 봅니다."

상협이 의미심장한 눈빛으로 돌아봤다.

"주변에 흔한 편입니다. 뱀들이 쥐를 잡아먹어 편한 점도 있고요."

"불독사가 정력엔 그만이라던데요."

대호가 아쉬운 듯 말했다.

"뱀은 교미 시간이 길고 정액이 많아서 그런 말이 도는 모양입니다만, 저는 잘 모르겠더군요."

"뱀을 먹어봤다는 말처럼 들리는군요. 자주 드시는 편입니까?"

김경훈의 얼굴에서 들뜬 미소가 사라졌다.

"자주는 아닙니다. 몹시 간절할 때만 먹지요."

"간절할 때란 어떤 상태를 말하는 겁니까?"

상협이 김경훈의 말꼬리를 잡아챘다.

"제가 어릴 때 약골이었어요. 성질이 사납고 독이 있는 쇠살모사나 누룩뱀 같은 걸 부모님이 고아 먹이셨지요. 지금은 영양제도 많고 먹을 것이 널렸는데 누가 달게 먹겠습니까만, 이상하죠. 한 번씩 회가 동할 때가 있습니다. 혹독하게 앓고 나면 어릴 때 먹던

122

음식이 당기듯 뱀고기가 그리워져요."

"어떤 맛입니까?"

"고소하죠. 뱀의 종류에 따라 미묘한 차이가 있지만 대체로 꿩고기나 토종오리처럼 깊은 맛이 납니다. 뱀탕은 닭국물 같고요."

그때 쩝, 하고 입맛을 다시는 소리가 들렸다. 소리의 주인은 보나 마나 대호일 것이다.

"놀랄 만큼 동안이십니다."

상협이 김경훈에게 질문 공세를 퍼부었다.

"칭찬인가요?"

"물론이죠."

"저는 이 얼굴이 콤플렉스입니다."

"모든 이들의 소망이 동안이잖습니까. 늙는 게 두려워서 중국의 진시황도 불로초를 찾아 헤맸고요. 선배님의 말씀이 제 귀에는 투정으로 들립니다."

"성형외과 의사라고 하셨나요? 대호 후배에게 그렇게 들은 것 같은데요."

"네. 본래 성형외과는 선천적 기형이나 후천적 변형을 정상적인 상태로 고치는 외과 부서인데 지금은 다른 목적으로 찾아오는 분이 많습니다. 그들의 목적은 단 하나, 젊고 예뻐지고 싶은 욕망 때문이죠. 날마다 병원에서 흐물흐물한 피부조직을 만지고 사는 저도 저지만, 시술자들도 엄청난 금액을 지불하고 말할 수 없는 고통을 참아냅니다. 모두가 동안의 꿈을 이루기 위해서지요."

"제 경우는 다릅니다. 동안이라는 말을 항상 듣는다고 가정해보십시오. 그게 좋을 것 같습니까? 목소리까지 이러니 알게 모르게 스트레스를 받는 편입니다. 한참 어린애들에게 무시를 당하는 경우도 많고요. 사람은 순리대로 늙는 것이 좋습니다."

"동안을 연구하는 제 입장은 다르죠. 선배님이 동안인 것은 뱀과 연관 있는 게 아닐까요? 뱀이 가진 어떤 성분이 노화세포에 영향을 끼친 것은 아닐까요."

"말씀드렸다시피 드물게 먹을 뿐인데요. 모르긴 해도 뱀과는 연관이 없을 겁니다."

"가족 가운데 동안인 분이 또 계신가요?"

"제가 알기로는 없습니다."

김경훈의 현재 모습을 축복이 아닌 질병의 개념으로 본다면, 한 집안에 같은 질병을 앓는 사람이 두 명 이상일 경우 가족력이 있다고 말한다. 가족력이 아니라면 김경훈은 어떻게 저 외모를 유지하는 것일까. 일정한 시기에 늙지 않도록 방부 처리된 모습이 아닌가.

"병원에서 검진을 받아보신 적은 없습니까. 특이체질이랄지⋯⋯ 뭐, 그런 거요."

프라이버시를 침해하는 게 아닐까 싶을 정도로 상협이 집요하게 캐묻는데도 김경훈은 불쾌한 기색이 아니다. 그는 신중한 사람 같다.

"감기 따위의 소소한 잔병치레로 내과와 치과에는 갔습니다. 하지만 특별히 중요한 검진을 받은 기억은 없습니다."

분위기를 띄우려는 듯 주희가 큰 소리로 외쳤다.

"고기가 잘 구워졌어요! 다들 와서 접시 좀 날라줘."

정원은 고기가 담긴 접시를 날랐고 상협과 대호도 분주히 움직였다. 김경훈이 쇠기둥에 설치된 외등의 스위치를 올리자 바비큐장이 환해지더니 피나무에 감긴 색색의 알전구가 사방에 빛을 뿌리며 반짝이기 시작했다. 그제야 파티 장소 같았다.

"접시가 부족해. 식당에 가지러 가자."

주희가 정원의 손을 잡아끌었다. 바람이 옷 속으로 선득하게 파고들었다. 간절기용 카디건을 입은 주희는 몸을 움츠린 채 종종걸음을 쳤다. 식당으로 들어서니 그릇 깨지는 소리, 날카로운 쇳소리가 흘러나왔다. 주방을 들여다보니 하 마담이 뱃사공의 등을 마구 후려치고 있었다.

"병신 꼴값한다더니…… 언제까지…… 해?…… 말어!"

하 마담의 말이 토막토막 끊겼고 뒷말은 들리지 않았다. 뱃사공이 실수를 저질렀고 하 마담이 화가 난 상태라는 것만 짐작할 뿐 자세한 내막은 알 길이 없었다. 하 마담이 사정없이 퍼붓는데도 뱃사공은 벌받는 아이처럼 질책을 고스란히 받아냈다.

"아, 왜들 몰려오고 난리야. 구경났어!"

숨소리조차 내지 않았는데 하 마담이 고개를 홱 돌렸다. 정원은

125

제풀에 움츠려들었고, 주희는 말을 더듬었다.

"저, 저희는 접시가 필요해서……."

"눈 뒀다 어디에 쓰려고. 배식대에 쌓인 건 접시가 아니고 뭐여! 이 인간이 바비큐장에 김치도 내가지 않았을 거여. 온 김에 거기 있는 김치나 가져가."

하 마담의 서슬에 질린 탓에 정원은 김치 접시를 엎지르고 말았다. 시뻘건 고춧물이 쟁반 밑으로 뚝뚝 떨어졌다.

"칠칠찮긴…… 그리고 너!"

하 마담이 정원을 똑바로 노려봤다.

"여긴 네가 있을 곳이 못 돼."

심장이 무섭게 뛰었다. 하 마담이 입은 모란 무늬의 몸뻬와 색 바랜 스웨터가 흐릿하게 보였다. 도망치듯 식당을 빠져나오니 바비큐장에 설치된 화덕에서는 모닥불이 괄하게 타올랐고 남자들은 이미 술을 한 바퀴 돌린 눈치였다. 취기가 오른 얼굴로 연잎에 싼 오곡밥을 한 덩이씩 풀어놓고 나무젓가락으로 헤적이며 먹는 중이었다.

"하 마담 성격 진짜 대단하다. 뱃사공을 쥐 잡듯 하더라."

뒤따라온 주희가 혀를 내둘렀다.

"할아범이 실수를 했겠죠. 많이 부족한 사람이라 주방이 한 번씩 시끄럽습니다. 신경 쓰지 마십시오."

김경훈은 종종 있는 일이라며 웃어넘겼다. 모닥불을 쬐자 쿵쾅

거리던 가슴이 진정되었고, 구운 고기와 김치에 연잎밥을 곁들여 먹었더니 추위도 한풀 가셨다.

"황성옛터에 밤이 되니 월색만 고요해. 폐허에 설운 회포를 말하여주노라."

이런 자리에 노래가 빠지면 섭섭하다며 상협이 일어나 한 소절 불렀다.

"아― 가엾다. 이 내 몸은 그 무엇 찾으려 끝없는 꿈의 거리를 헤매어왔노라. 성은 허물어져 빈터인데 방초만 푸르러 세상이 허무한 것을 말하여주노라."

김경훈이 상협의 노래를 받아 새처럼 앵앵거리는 목소리로 이어서 불렀는데 웃음을 참느라 힘들었다. 노래를 하며 희고 작은 손을 경극배우처럼 아래위로 살랑살랑 뒤집으며 박자를 타는 것도 우스웠지만, 음정이 고음에서 어긋날까 봐 조마조마했다. 정원이 돌아서서 웃음기가 가시길 기다리는데 대호가 어슬렁거리며 다가와 동동주를 따라주었다.

"이거 마시면 뒷골이 당기던데."

"내일 아침에 올갱이국으로 해장하면 되지."

정원은 동동주를 마시는 척하다가 입을 뗐다. 하 마담의 목소리가 뇌리에서 뱅뱅 돌고 있었다. 여긴 네가 있을 곳이 못 돼!

"대호야, 나도 한잔 줘."

어느 틈에 주희가 빈 잔을 내밀었다. 그녀는 벌써 넉 잔째였다.

동동섬의 공기가 맑아서 취하긴 글렀다며 주희가 느긋하게 뇌까
렸다.

"선배님, 밤하늘의 별처럼 반짝이던 사람이 어쩌다 저 꼴이 된
거죠?"

영문을 모르겠다는 듯, 김경훈이 주희를 쳐다봤다.

"누굴 말씀하시는 건지?"

"하 마담 말이에요."

"아, 식당 아주머니요?"

하 마담이 여기서는 식당 아주머니로 불리는 모양이다. 남편의
바람이라면 이골이 난 본처 앞에서, 그 남자의 허벅지인 양 새하얀
레이스 탁자보를 꼬집듯 배배 말아 비틀며 서 있던 어리칙칙한 여
자. 홀랑 까먹은 빠꿈이인지 어리보기인지 헷갈리게 만들던 그 여
자. 이제 하 마담은 어디에도 없다. 정원은 남은 술을 단번에 들이
켰다.

컴퓨터를 쓰겠다는 말을 하려고 기회를 엿봤지만 주희가 껴드
는 바람에 틈을 놓쳤다. 하 마담의 일부터 처리하는 게 빠를 것 같
아 몰래 자리를 빠져나왔다. 내가 있을 곳이 못 된다니. 뭔가 알고
하는 말 같았다. 에두르지 않고 하 마담한테 곧장 물어볼 생각이었
다. 식당 입구를 지난 정원은 불이 켜진 홀로 들어섰다. 홀 안은 고
요했고 주방의 불도 꺼져 있었다. 하 마담은 숙소로 돌아간 것 같

왔다. 배식대로 고개를 들이밀자 주방 뒤쪽에 희끄무레한 쪽문이 보였다. 쪽문을 여니 보도블록이 깔린 좁은 길이 나왔다. 정원은 주방에서 흘러나오는 희미한 불빛에 의지해 그 길을 따라 걸었다. 가건물처럼 생긴 창고를 지나자 모래를 쌓아둔 언덕이 있었고, 그 끝에 방갈로가 보였다.

정원은 발소리를 죽인 채 방갈로의 불 켜진 창문으로 다가갔다. 바깥이 어두운 탓에 반쯤 열린 커튼 사이로 구식 TV와 옆에 쌓인 곡식 자루, 옷가지가 무질서하게 걸린 방 안의 풍경이 환하게 보였다. 싸구려 비닐장판이 깔린 바닥에 남녀가 알몸으로 엉켜 있었다. 자세히 보니 하 마담과 뱃사공이다. 요와 이불을 펼 짬도 없었나 보다. 뱃사공의 허벅지가 하 마담의 사타구니 사이에 껴 있고 뱃사공의 엉덩이 위로 하 마담의 기름진 종아리가 뻗어 나와 건들거렸다. 방 안에 컴퓨터가 있나, 하고 정원이 살피는 사이에 하 마담이 TV 옆에 있던 콩 자루를 찼다. 입구가 벌어진 자루에서 검정콩이 투다닥, 쏟아지는데도 단단히 얽힌 네 개의 다리는 풀리지 않았다. 두 사람은 개의치 않고 흩어진 검정콩 위를 굴러다녔다. 콩 위로 주르륵 미끄러지면서도 서로를 끌어당겼고 빈틈없이 파고들며 좌우로 뒤척거렸다. 허리를 구부린 채 입을 쩍쩍 벌리는 것이 구렁이 두 마리가 콩밭에서 물어뜯고 싸우는 형상이었다. 황혼기로 접어든 두 사람의 교합은 상대에 대한 배려가 일절 배제된, 짐승들이 목숨을 걸고 하는 일생일대의 교미처럼 보였다. 무르고 처진 살 속에 오랜 시간 품어온 폭력과 야만의 민얼굴을 접한 것 같기도 했다.

낯이 뜨거워진 정원은 돌아서려다가 헛발을 딛고 말았다. 비틀거리며 외마디 비명을 질렀고, 동시에 다가온 검은 손이 정원의 입을 왁살스럽게 틀어막았다. 커다란 덩치가 뒤에서 껴안은 상태로 입을 막았기 때문에 호흡이 가빴다. 덩치의 가슴팍에 짓눌린 어깨가 짜부라지는 것만 같았다. 벗어나려고 혼신의 힘을 다해 상체를 비틀었더니 덩치가 조인 팔을 풀며 속삭였다.

"쉿, 나야."

불규칙한 숨소리와 들큼한 입 냄새, 대호였다. 정원은 대호에게 팔목을 잡힌 채 그곳을 빠져나왔다. 대호는 언제부터 내 뒤를 따라온 걸까? 팔을 돌려 뻐근한 어깨의 근육를 풀어준 뒤 불빛이 환한 바비큐장으로 향했다. 상협과 주희만 모닥불 앞에서 서성거릴 뿐 김경훈이 보이지 않았다. 그는 장작을 가지러 펜션에 올라갔다고 했다.

"정원이 뒤를 밟았다가 안 볼 걸 봤다. 어쩜 노인들이 기운도 좋아."

대호가 침을 튀기며 하 마담과 뱃사공의 정사를 낱낱이 고했다. 주방에서 얼굴을 붉히며 다투던 사람들이 그새? 하고 주희가 놀란 표정을 지었다.

"배를 타고 들어올 때 보니까 뱃사공의 힘이 장난 아닌 것 같더라고."

"그래 봤자 노인인데 그게 되나?"

상협이 대호의 말을 받았다.

"만날 간식으로 뱀을 먹나 보지."

"시중에 비아그라도 나와 있잖아."

"하 마담과 뱃사공, 부부는 아니겠지?"

"부부가 저렇게 죽일 듯이 해대면 몸이 견뎌내겠냐. 진작에 골로 갔지."

"인간에게는 착취본능이라는 게 있대. 김경훈은 하 마담의 노동력을 착취하고, 하 마담은 뱃사공의 성을 착취하고, 뱃사공은 저 두 사람에게 붙들려 있는 것 같아. 돌아가는 꼴이 그래. 대체 여기서 무슨 일이 일어나고 있는 걸까?"

음험하고 불길한 기운이 동동섬 도처에 뻗쳐 있는 것 같아 정원은 부르르 진저리를 쳤다.

13

친구들한테 실토한 후 도움을 청할 생각이었다. 범인이 하 마담일 확률이 높은데 우물쭈물할 시간이 없다. 그렇다면? 정원이 주머니에서 편지를 꺼내려는 찰나 대호에게 선수를 빼앗겼다.

"할 말 있어. 다들 앉아봐."

대호가 주머니 속에서 접힌 종이를 꺼냈다.

"이것 좀 읽어볼래?"

정원이 재빠르게 낚아채 펼쳐보니 자신이 받은 두번째 편지와 토씨조차 다르지 않았다. 편지를 쥔 손이 떨렸다. 일이 예기치 않은 방향으로 흐르고 있었다.

"이런 편지를 세 통째 받고 나니 멘붕이 오더라."

대호는 가장 먼저 주희와 정원을 의심했고, 동동섬에 들어와서는 김경훈이 의심스러웠다고 했다. 그러던 차에 정원이 자리를 뜨자 뒤를 밟은 거였다.

"김대호, 웃겨! 나와 한정원을 의심한 이유가 뭐야?"

주희가 발칵, 성을 냈다.

"정원이는 동창 모임에도 안 나오잖아. 그런 애가 느닷없이 고향에 내려온다니까 수상하더라. 넌 큰돈을 우리 양계장에 투자해서 의심스러웠고."

"정원이는 못 온다고 했는데 내가 끌고 왔다. 이런 상종 못할 인간 같으니라고! 배은망덕도 정도가 있지. 내 돈 당장 토해내!"

"성깔머리하고는. 이 편지를 네가 받았다고 생각해봐. 눈에 뵈는 게 있나."

대호가 장작을 집더니 화풀이하듯 화덕으로 던졌다. 모닥불에 마른 장작이 떨어지자 불티가 풀썩 일면서 매캐한 연기가 솟구쳤다.

"뭐가 뭔지 도대체 모르겠다."

대호와 같은 편지를 받았으리라고는 꿈에도 몰랐다. 범인한테 편지를 받고도 시침 뗀 사람이 비단 나뿐일까? 하 마담이 범인이라고 단정하기엔 이르다. 공범이 있을지도 모른다. 현재 수상하지 않은 사람은 같은 편지를 받은 대호뿐이다. 김대호는 나와 주희, 김경훈이 수상하다고 했지만 안상협도 하 마담 못지않게 수상하다. 첫번째 의심 대상인 주희가 말했다. 상협이가 나를 데려오랬다고. 나를 여기로 내려오게 만든 자는 안상협이고, 동동섬 펜션을 예약한 사람은 김주희다. 아무튼 이 점을 잊지 말자.

"대호의 의심을 사지 않은 사람은 상협이가 유일하네."

정원은 편지에 머리를 박고 있는 상협을 노려봤다.

"나를 의심하는 거냐?"

상협이 항의하자 대호가 놀리듯 말했다.

"난 한정원, 얘가 제일 이상해. 묘하게 찝찝한 구석이 있어. 그에 비하면 안상협은 의심할 이유가 없지."

정원은 의심할 만한 이유가 없는 점이 되레 수상했다. 상협은 학교 다닐 때부터 눈에 띄지 않는 아이였다. 교실에서도 있는 듯 없는 듯 지내며 공부를 곧잘 했다. 장르소설에선 안상협 같은 캐릭터를 범인으로 쓰는 법인데. 매운 연기가 가라앉자 모닥불이 활활 타올랐다. 편지를 불빛에 비춰 보던 상협이 고개를 들었다.

"편지를 쓴 범인은 우리 가운데 없어. 우리는 대호한테 앙심을 품을 이유도 없고, 더구나 섬뜩한 편지를 보내고 여긴 뭐하러 내려오겠냐?"

"알게 뭐야. 복수하러 온 건지도……. 대호가 좀 짓궂었어야지."

"우리 가운데 범인이 없다고 가정하면 지금으로선 하 마담이 가장 수상해. 갑자기 나타난 것만 봐도 그렇고."

"그렇게 따지면 김경훈이 더 이상하지."

모닥불에 담뱃불을 붙인 대호가 연기를 내뿜으며 자폭하듯 말했다.

"사실 김경훈이 몇 살인지는 아무도 몰라."

"그게 무슨 말이냐?"

"죽었다가 새로 태어난 사람이야."

"야, 알아듣게 말을 해!"

상협이 사납게 다그치자 대호가 담뱃불을 비벼 껐다. 김경훈에게 형이 있었는데 어릴 때 동동섬에서 놀다가 불어난 강물에 휩쓸려 죽고 말았다. 그러나 면사무소 호적계 직원의 실수로 동생 김경훈이 사망한 것으로 처리됐다. 형의 초등학교 입학통지서가 날아오고 나서야 김경훈네 집에선 사실을 알게 됐다. 김경훈의 부모는 형의 사망신고와 김경훈의 출생신고를 동시에 진행했다. 그땐 어두운 시절이라 그 방법밖에 없었다. 동네 이장이 출생신고와 사망신고를 대신하는 경우가 많았고, 실수한 호적계 직원도 타지로 전근을 간 터라 호적 정정 신청을 낼 엄두조차 내지 못했다. 그러기엔 너무 오래된 일이었다. 대호는 편지 건으로 김경훈의 뒷조사를 하다가 알게 됐다고 말했다.

"김경훈은 자기 형이 죽은 날 새로 태어난 셈이네."

정원은 첫번째 편지를 떠올렸다. 초가집, 흙담, 참새잡이, 호롱불…… 어쩌면 김경훈은 아득한 옛날에 태어난 사람인지도 모른다. 우리가 생각지도 못할 옛날 옛적에.

"김경훈의 실제 나이는 몇 살일까?"

"그걸 내가 알겠냐, 네가 알겠냐? 대대로 종살이를 한 뱃사공이 알 텐데 보다시피 덜떨어진 반편이고."

"마을 어른들한테 물어보지 그랬어. 부모 나이를 알면 답이 나오잖아."

"탄광집이 이곳 토박이가 아니잖아. 뱃사공네 가족을 거느리고 타지에서 흘러들어와 그 집 내막을 아는 사람이 없더라. 사택에 살면서도 주민들과 어울리지 않았대. 뜨내기 주제에 주민들을 아랫것 보듯 했다더라고. 호적을 떼어보니 김경훈의 부모는 육칠십대에 사망한 걸로 되어 있어. 호적이라는 것도 당최 믿을 수가 있어야지. 이제 저 선배 면상만 봐도 무섭다. 파리가 낙상할 정도로 반질반질한 게 영 섬뜩해."

"뱃사공이 김경훈을 도련님이라고 부르던데……."

칠십대로 보이는 뱃사공이 도련님이라 부른다면 육십대? 오십대 후반? 아무리 동안이라도 설마…….

"대호 얘기를 들을수록 김경훈에게 흥미가 생겨. 내가 본 인간 중 최강 동안이야."

안경 너머로 보이는 상협의 눈이 가느스름해지는 게 목적이 분명해 보였다. 상협은 정말로 김경훈을 연구할 작정인 듯했다. 선배의 첫번째 이름이 뭘까? 같은 이름으로 출생신고를 하진 않았을 것 아니냐며, 이름이 두 개인 삶이 궁금하다고 상협이 고개를 갸우뚱거렸다.

"무슨 일이 벌어질지도 모르는데 안상협만 신났구나. 있는 놈이 더 무섭다더니……."

"덩치는 산만 해가지고 겁은? 4대 1인데 할 테면 해보라지."

"씨발아, 4대 1인지 4대 3인지 어떻게 아냐. 아까 보니까 하 마담과 뱃사공도 겁나게 수상해. 저들이 김경훈과 공모했을 수도 있지."

"우리한텐 김대호가 있잖아. 힘으로 널 당할 자는 없어."

"뱃사공의 울룩불룩한 팔근육 안 봤냐?"

대호가 인상을 썼다.

"그래 봤자 반편인 노인네야. 선배는 애어른이고. 거기에 비하면 우리는 팔팔한 청춘이다. 그리고 편지를 쓴 범인이 선배라는 확증도 없잖아."

모닥불로 모여드는 나방을 쫓던 상협이 태평하게 말했다.

"나도 아니면 좋겠다. 그럼에도 촉이 오는데 어쩔 거야?"

대호는 타지로 나갔던 김경훈이 돌아온 것, 해마다 적자인 펜션을 운영하는 점이 수상하다고 했다. 경치가 좋은 곳에 우후죽순 들어선 펜션들이 불경기 여파로 하나같이 적자를 본다는 말을 정원도 들었다.

"빚이 농협, 축협 할 것 없이 연 걸리듯 걸렸다더라."

"이 근방 땅이 전부 김경훈 거라던데."

뱃사공한테 들은 말이 생각나서 정원이 꺼들었다.

"하이고, 시골 땅값이 얼마나 한다고. 게다가 땅을 담보로 빚을 냈더라고. 땅을 팔아도 빚이 해결 안 된대."

"그 많던 재산은 어떡하고?"

"아버지가 사고로 돌아가시면서 폐광이 됐대. 그때부터 광업소는 쭉 내리막길이었고. 그 지경인데도 저 선배는 적자인 동동섬 펜션을 운영해. 이게 정상이냐?"

"넘기고 싶어도 업자가 나타나지 않아서 그런 거겠지."

"부동산에 알아봤는데 펜션을 내놓은 적이 없대."

대호의 말이 끝나자 주희가 벌떡 일어났다.

"선배는 무슨 얼어죽을 선배! 난 동동섬을 빠져나갈래. 정원아 너도 가자!"

"이 밤에? 제정신이냐."

"그냥 넘길 일이 아니잖아. 어쩐지 올가미에 걸린 기분이라고!"

주희가 상기된 얼굴로 상협과 맞섰다.

"침착해. 심증뿐이잖아."

상협이 주희를 달랬다. 머리 위로 비가 한 방울씩 떨어졌지만 아무도 신경 쓰지 않았다. 김경훈이 수상하면 펜션 예약을 취소하지 그랬느냐고 문자 한 번은 부딪쳐봐야 할 것 같았다고 대호가 말했다. 일이 이렇게 된 데에는 동동섬 펜션을 예약한 주희에게도 일정 부분 책임이 있다며 볼멘소리를 했다.

"인터넷에 뜬 펜션 사진이 예뻐서 전화한 것뿐인데 물귀신처럼 왜 나를 끌어들여!"

"네가 이 펜션을 고집하지만 않았어도 애초에 동동섬에 들어오지 않았을 거고, 김경훈도 만나지 않았을 거 아냐. 그럼 내가 뒤를 캘 생각을 했겠냐고! 캐면 캘수록 김경훈이 수상하니까 그렇지."

"제발 조용조용 얘기해라. 펜션에 들리겠다."

상협이 목을 빼고 언덕 위 펜션을 흘끔거렸다. 대호와 주희가 언성을 높였지만 그 소리가 펜션까지 들릴 리가 없었다. 주위를 살피던 상협이 낮은 목소리로 말했다.

"뭐든 수상하게 보면 끝이 없는 법이야. 편지만 해도 그렇다. 소심한 누군가가 장난친 걸 수도 있어. 그 누군가는 김경훈이 아닐 수도 있고…… 지나친 억측으로 불안감을 조성하진 말자."

"그래. 느닷없이 하 마담이 등장하고 환경이 바뀌어서 우리가 예민해진 건지도 몰라."

"김대호, 여자들에게 막 흘리고 다닌 것 아냐. 여자가 한을 품으면 오뉴월에도 서리가 내린다던데. 불쌍한 여자를 울려서 그런 편지를 쓰게 만든 것 아니냐고."

"야, 김주희, 말조심해! 난 백옥처럼 순결한 사람이야."

"하긴, 넌 여자들한테 먹힐 스타일이 아니지."

대호와 주희가 팔꿈치로 서로를 치며 티격태격했다. 그렇게라도 의심과 불안의 싹을 자르려는 모양이다. 정원은 바지 주머니를 만지작거리며 생각에 잠겼다. 모든 것이 원점으로 돌아갔다. 지금 고백해야 되지 않을까. 대호와 같은 편지를 받았다고 털어놓기엔 시간이 너무 흐른 게 아닐까. 지금 고백하면 나마저 수상한 인간이 되고 말 텐데……. 빗방울이 흐드득 떨어졌다. 때마침 펜션 쪽에서 흔들리는 손전등 불빛이 보였고 김경훈이 언덕 위에서 소리쳤다.

"옷이 젖겠어요. 펜션으로 올라오세요!"

빗줄기가 점점 거세졌다. 겉옷을 벗어 머리에 쓴 대호와 상협이 모닥불 앞에서 실랑이를 벌였다. 상협은 불을 끄자는 쪽이고 대호는 비가 오는데 모닥불을 끄는 건 장마 때 논에 물을 대는 것과 다름없는 병신 짓이라는 주장이다. 두 남자가 바비큐장에서 옥신각신하는데 뱃사공이 달려왔다. 그는 어질러진 탁자를 둘러보더니 쓰고 있던 우산을 내던졌다. 그러고는 식당 앞으로 뛰어가 장독에 덮인 고무함지와 소쿠리를 벗겨 왔다. 소쿠리에 빈 그릇과 컵을 휩쓸어 담았고, 음식이 담긴 그릇은 고무함지에 분류해 담는 것이 일머리가 제법이다. 행동은 굼떠 보이지만 일의 속도가 느린 건 아니다. 고무함지를 들고 식당으로 달려가던 뱃사공이 주희에게 턱짓을 했다.

"쩌기, 쩌어…… 저…… 쩌걸……."

잔디밭에 구르는 우산을 쓰고 가라는 말 같았다. 주희와 우산을 쓰고 펜션으로 올라가다가 뒤를 돌아보았다. 어질러진 그릇을 말끔히 치운 그는 화덕의 불을 밟아 끄고 있었다. 비가 오는데도 불티가 풀풀 날아올랐다. 바람이 심해 지나가는 비라면 덜 꺼진 모닥불의 불티가 날려 젖은 나뭇잎에 불이 붙을 수도 있다. 빠른 시간에 바비큐장을 깔끔하게 정리하는 뱃사공을 보며 정원은 고개를 갸우뚱거렸다. 모자란 사람도 학습을 하면 간단한 일쯤은 시원시원하게 처리한다. 하지만 학습된 행동이라고 하기엔 어딘가 치밀한 구석이 있다. 과연 저 뱃사공이 덜떨어진 반편일까?

14

로비에서 젖은 옷과 머리를 닦고 있는데 김경훈이 다가왔다.

"비가 질금질금 내리는군요."

펜션 앞면이 통유리여서 유리창를 타고 흐르는 빗방울들이 기울어진 블라인드 틈새로 보였다.

140

"그러게요."

수건으로 머리를 털던 정원이 유리창을 바라보며 말했다. 김경훈은 진초록 폴로셔츠 위에 헐렁한 검정색 스웨터를 걸치고 있었는데 얼굴이 희다 못해 창백해 보였다. 가까이 다가온 그가 정원에게 속삭였다.

"곧 그칠 비로군요. 한바탕 시원하게 퍼붓길 바랐는데. 세상에 떠도는 죄와 먼지를 충분히 씻어줄 만큼 말이죠."

호림목 같은, 남을 호리려고 일부러 애교를 섞은 듯한 목소리로 작게 웅얼거렸기 때문에 일행은 듣지 못했다. 귓불에 닿는 김경훈의 뜨겁고 축축한 숨결을 걷어내려는 듯 정원이 고개를 흔들었다.

"무슨 말씀이신지⋯⋯."

"혼잣말이니 괘념치 마십시오. 로비에서 와인을 한잔 하면서 몸을 데운 후 룸에 들어가십시오. 섬은 밤이 길거든요. 밖이 캄캄해서 마땅히 갈 데도 없습니다. 룸에 꼼짝없이 갇혀 있기 마련이지요."

김경훈이 천연덕스러운 표정으로 정원의 온몸을 더듬더니 이내 흥미가 사라진 듯 프런트 데스크로 갔다. 그는 와인의 코르크 마개를 딴 뒤 잔에 따라 가볍게 흔든 다음 향을 맡았다.

"으음, 좋군요."

김경훈이 와인과 잔을 들고 일행이 앉은 소파로 건너왔다.

"피노 누아 품종으로 만든 건데 숙녀분들께선 싫어하실지도 모르겠습니다. 향이 거칠게 느껴질 수도 있거든요."

숙녀라, 오랜만에 듣는 단어였다. 새처럼 앵앵거리는 목소리여서 숙녀, 라는 단어가 튀게 들렸는지도 모르겠다. 흔히 이럴 땐 여성이나 여자 혹은 후배라고 하는데. 그게 김경훈의 언어 습관인 듯했다. 깍듯한 경어를 쓰는데도 왠지 깍듯하게 들리지 않았고 사장되었거나 잊힌 단어를 써도 그가 말하면 어색하지 않았다. 그의 외모가 우리와 다르듯 다른 시공간에 존재하는 느낌이었다. 사망신고를 당하고 출생신고를 두 번이나 한 과거사 때문인지는 모르겠지만.

와인을 탁자에 내려놓은 그는 색색의 치즈가 담긴 안주 접시를 가져왔다. 그러고는 보라색 벨벳 스툴을 가져와 소파 옆에 붙였다. 상협이 일어나 자리를 양보하자 그가 사양하며 스툴에 앉았다. 탄탄하게 올라붙은 그의 엉덩이를 보라색 벨벳 스툴이 부드럽게 감쌌고, 몸에 비해 긴 다리가 발목 근처에서 엇갈린 게 탁자 밑으로 보였다. 정원은 폭이 좁은 아이보리색 데님 바지와 네이비블루 컬러의 스니커즈를 보며 그의 패션 감각이 남다르다는 걸 알았다. 벨벳 스툴에 앉은 김경훈은 더없이 편안해 보였고 단연 홀로 빛났다. 반면 대호는 혈당 수치가 급격히 떨어진 사람처럼 조바심을 냈다. 저 인간, 저러다가 일을 치고 말지. 주희가 근심스러운 얼굴로 대호를 곁눈질했다.

"비 때문에 나들이를 망친 건 아닌지 모르겠군요."

김경훈이 대호의 눈치를 살폈다.

"휴대폰이 안 터지니까 섬에 갇힌 것 같네요."

"동동섬은 전파가 약해 자주 먹통이 되죠. 아랫동네에 이동통신 기지국을 세우긴 한다던데. 급하면 사무실에 있는 유선전화를 쓰셔도 됩니다."

"그럴 것까지야…… 급한 일도 아니고요."

젖은 머리를 털던 대호가 기어이 소파에서 몸을 일으켰다. 가르마가 5대 5로 갈라져 머리 모양이 우스웠다. 그것도 모른 채 어슬렁거리며 현관 밖으로 나가는 품이 재떨이를 찾는 모양이다.

"쟤 아까부터 니코틴 부족이야."

주희가 대호를 노려보며 중얼거렸고, 상협은 와인을 한 모금 마신 뒤 좋은 술이라며 치켜세웠다.

"무게감은 약하지만 타닌이 풍부해 마실 만할 겁니다."

"비앤지 리저브는 제가 좋아하는 와인입니다."

"오, 다행이군요. 취향을 몰라 가벼운 느낌의 터닝 리프로 할까 하다가 이걸 골랐는데."

김경훈의 얼굴로 흐뭇한 미소가 번졌다. 그는 와인에 빠진 사람 특유의 내성적이고 까다로운 기질의 소유자로 보였다.

"이런 날 마시기엔 터닝 리프보단 비앤지 리저브가 훨씬 낫죠. 참, 선배님은 결혼하셨나요?"

"보면 모르십니까? 혼자 삽니다."

"이런 섬에서…… 외롭겠군요."

"인간은 어차피 혼자가 아닙니까."

"선배님, 두더지에 관해 잘 아십니까?"

뜬금없이 두더지라니……. 상협이 무슨 말을 하려고 저러나, 정원의 가슴이 콩닥거렸다.

"두더지요? 동동섬에도 있긴 하지요. 애완용으로 키우시게요? 할아범에게 하루나 이틀 정도 시간을 주면 잡을 수 있을 겁니다."

"제가 그럴 만한 나이도 아니고, 시간도 없고요."

"그러면요?"

"설치류인 두더지 중에서도 벌거숭이두더지가 있습니다. 이놈들은 동아프리카에서 서식하는데 평균수명이 자그마치 30년이에요. 일반적인 생쥐는 3년인데 말이죠."

"호오…… 수명이 일반 생쥐에 비해 열 배 가까이 되는군요. 30년이라면 단명하는 인간과 비슷한 세월을 사는가 봅니다."

김경훈의 가늘고 긴 눈이 시시각각 변했다. 어떤 순간에는 눈빛이 면도날처럼 예리하게 빛나기도 했다.

"그런 셈이죠. 벌거숭이두더지는 암에 걸리지 않고 통증도 못 느낀다고 합니다."

"어째서 그런 겁니까?"

"대사율이 지극히 낮아서요. 활성산소로 인한 세포의 노화가 느리게 일어나서 암에 걸리지 않고요. 통증 신호에 관여하는 신경전달물질을 만들지 못해서 통증도 느끼지 않는 겁니다."

"통증을 모르는 두더지라…… 흥미로운데요?"

"인간에게도 아픔의 고통만 없다면 괜찮은 삶 아니겠습니까?"

"글쎄요……. 꼭 그렇기만 할까요? 저는 그것에 대해서 회의적입니다."

김경훈이 수염 없는 턱을 어루만지며 말했다. 그가 한결 깊어진 눈으로 느릿느릿 말을 이었다.

"희로애락을 골고루 느껴야 참다운 인생이죠. 몸살을 심하게 앓고 일어난 새벽, 동트는 하늘을 보며 느끼는 날아갈 듯이 개운한 기분. 통증을 못 느낀다면 이런 감정은 모를 것 아닙니까. 저는 왠지 벌거숭이두더지가 불구 같군요. 한마디로 병신이라는 겁니다. 통증을 느끼지 못한다는 건 말하자면 시각과 촉각 같은 우리가 가진 감각 중 하나를 잃은 감각장애가 아닙니까? 무통증으로 인한 장애는 생각보다 심각할 수도 있습니다. 고통과 슬픔을 담당하는 뇌세포가 죽거나 약화돼 인성이 변할 수도 있고요. 그런 사람이 악의 영역으로 들어선다고 가정해보십시오. 무슨 일을 저지를지 상상하는 것만으로 끔찍하지 않습니까? 이처럼 무통증은 신의 선물이 아니라 경우에 따라서는 엄청난 재앙을 몰고 올 수도 있습니다."

정원도 김경훈의 의견을 전폭적으로 지지하고 나섰다. 오감 중 하나의 감각이 사라진 세상을 사는 게 얼마나 불편한지, 결락의 느낌에 대해 아는 대로 말했다. 그것은 한 단원이 찢긴 수학책을 가지고 공부하는 기분이라고. 실눈을 뜬 김경훈이 정원을 면밀하게 뜯어봤다.

"하필이면 이름이 왜 벌거숭이두더지야?"

주희가 불쑥 껴들었다.

"이놈들은 제 이름처럼 몸에 털이 없어. 꼬물거리는 쥐 새끼가 그대로 커진 것처럼. 사진을 보면 굉장히 징그럽게 생겼다고. 땅속에 여러 갈래의 굴을 파서 100여 마리씩 모여 살아. 그래서 눈은 자연 퇴화가 되었지. 재밌는 건 얘들 중에도 왕이 있어. 개미에게 여왕이 있는 것처럼. 왕의 진두지휘 아래 벌거숭이두더지 떼가 미로 같은 굴속에서 30년을 사는 거야. 저희들끼리. 어때, 재밌지?"

상협은 격정에 휘말리거나 목소리를 높이는 법이 없고 상대의 말을 가로막지도 않는다. 단, 자기가 관심 있는 분야의 얘기를 할 때만은 놀랄 만큼 활기차게 변한다. 그런 점은 김경훈과 닮았다.

"벌거숭이두더지는 통증이 없는 반면 눈을 잃고 털이 없는 흉한 몰골로 살아야 하는군요. 세상이 그렇죠. 하나를 얻으면 반드시 하나를 잃고 말죠."

"대신 암에 걸리지 않아서 수명이 열 배 가까이 연장됩니다. 이거야말로 기적이지요. 저도 동아프리카에서 벌거숭이두더지 한 쌍을 들여와 연구할 생각입니다. 생물학을 하는 친구가 있는데 벌거숭이두더지에 관심이 많거든요. 그 친구와 함께라면 병원 일을 하는 틈틈이 연구할 수 있을 것 같아서요. 제대로 된 항암제를 개발하면…… 국내의 한 중소기업이 순수기술로 항암 신약물질을

146

만들었다곤 하는데, 그걸로는 부족하거든요."

"아, 그 얘기요? 미국 FDA로부터 임상시험 1차 승인을 받았다는 뉴스를 저도 봤습니다. 후배님의 말처럼 제대로 된 항암제가 나오면 자연 생태계에 균열이 일어나지 않을까요?"

김경훈은 상협을 쏘아본 뒤 다시 말을 이었다.

"인간의 수명이 늘어나는 게 비단 좋은 일만은 아닙니다. 그에 따른 부작용이 만만찮을 겁니다. 본격적인 고령화 사회의 도래와 범죄율 급증에 따라 세출은 천정부지로 뛰어오르고 국가재정은 파탄지경에 빠질 수도 있습니다. 질서를 잃어버린 어두운 사회의 그늘 속에서 질 나쁜 범죄자들만 설치고 다닐 겁니다."

"선배님, 왜 비관적으로만 보십니까? 국가와 정부가 있는데요. 인간 사회가 그렇게 어수룩하지는 않습니다. 수명 연장에 따른 부작용을 최소화하는 일련의 작업들이 생겨날 겁니다."

"그래요? 그렇다고 칩시다. 항암제를 맞고 자동차 타이어를 갈듯 낡은 장기를 교체하며 손상된 기관을 새것으로 포맷해서 산다고 생각해보십시오. 물론 그때도 인간들은 수직 사회를 형성하고 있을 테니 엄연히 빈부격차가 존재할 겁니다. 갑은 좀더 신선하고 어린 장기를, 을은 갑이 쓰다 버린 헌 장기나 상태가 좋지 않은 장기를 부착하고 살아가겠지요. 언덕을 오를 때도 을은 갑보다 숨이 차고 헐떡거려 장기를 빈번히 갈게 될 겁니다. 을이 장기 교체에 따른 불편을 상대적으로 많이 감수하며 살겠지요. 그리하여 인간들이 무한정 사는 세상이 도래했다고 가정합시다. 파업이 잇따르고 대대적인 혁명의 바람이 불어 어찌어찌 평등 사회가 됐다고 쳐도 얼마나 따분하고 지루할까요? 그날이 그날 아닐까요? 밤과 낮이 교대로 찾아오는 것이 아니라 밤만 계속되거나 낮만 계속되는 그런 날들 같겠지요. 인간은 희망 없는 노동을 끝없이 되풀이해야만 하고요. 치명적인 원한의 대상은 눈앞에서 죽지도 않습니다. 죽지 않아서 용서할 수 있는 기회조차 없습니다. 이처럼 죽음이 없는 생은 결코 빛나지 않는 법입니다. 죽음이 없는 세상에선 꿈과 희망이라는 단어는 사어(死語)가 될지도 모르겠군요."

그의 목소리가 해금처럼 깡깡 울리며 귓속으로 파고들었다. 귓속을 긁으면 긁을수록 그 말이 매우 합당한 진실처럼 들렸다.

"나도 선배의 말에 일리가 있다고 생각해요. 항암제를 맞고 수명이 연장된 인간들이 변이를 일으켜 제1종족, 제2종족 이렇게 나누어질 가능성도 있다고요."

시무룩한 얼굴로 서성거리던 김경훈이 정원을 쳐다봤다. 그의 눈에는 놀라움인지 호기심인지 읽어내기 어려운 빛이 서려 있었다.

"인간처럼 적응력이 뛰어난 생물도 없어. 미래의 고령 사회에 적응하는 진화된 종족이 나올 수도 있겠지."

"진화된 종족이 나온다고요? 그럼, 그들을 신인류라고 부르나요? 그 후 진화된 종족들은, 인구가 무한정 늘어난 상태에서도 죽지 않는 종족들은 하늘로 솟나요? 땅속으로 꺼지나요? 후배님이,

아…… 안상협 후배님이라고 하셨던가요? 안상협 후배님이 축복이라고 생각하는 다가올 미래에는 하늘과 땅, 저 우주에도 진화된 종족들이 살게 될 겁니다. 온갖 것을 먹이 삼아 악착같이 생명력을 유지하며. 그러면 휴식은요? 진정한 의미의 휴식이 필요한 종족은, 고요한 무의 상태로 돌아가고 싶은 종족은 어찌해야 합니까!"

김경훈의 목소리가 파열음을 내며 갈라지더니 돌연 벽을 향해 팔을 휘둘렀다. 돌발적인 행동이어서 그걸 감지하는 데 몇 분의 시간이 소요되었다. 프런트 데스크의 벽에 걸린 다트 판이 팽그르르 소리를 내며 요란하게 돌쯤에야 그가 다트를 던졌다는 걸 알았다. 다트 판을 쳐다보던 정원은 자기 눈을 의심했다. 과녁에 꽂힌 것이 다트가 아니라 날카롭게 벼린 잭나이프라는 걸 안 뒤 몸이 얼어붙었다. 별안간 실내가 조용해졌고, 누군가 잔기침을 하는데 펜션 현관문이 벌컥 열렸다.

"우씨, 언덕에서 굴렀어. 외등이 꺼져 밖이 깜깜해."

대호가 다리를 절룩거리며 들어왔다. 대호의 바지와 신발은 흙투성이였고 찢긴 이마에서 흐른 피가 오른쪽 뺨을 지나 턱 끝에 맺혀 있었다.

"미쳐! 그렇게 뭐하러 고새 나가서 일을 치고 오냐? 아까부터 불안해 보이더라니!"

주희가 독 오른 암고양이처럼 핏대를 세웠다.

"전화 올 데가 있는데 휴대폰이 안 터지잖아. 먹통 지역에도 어쩌다 터지는 곳이 있거든. 거길 찾아가다가 그만……."

"선배님, 약 좀 주세요!"

주희의 호통에 방전된 것처럼 멍하니 서 있던 김경훈이 사무실로 달려갔다.

"가시덤불에 굴렀나 봐. 쇠갈퀴로 싹싹 긁어놓은 것 같네."

혀를 차던 상협은 김경훈이 가져온 약으로 대호의 상처를 소독하고 발목과 발등에 붕대를 감았다. 그걸 지켜보던 김경훈이 혼잣말처럼 중얼거렸다.

"외등에 불이 나갔다면 전기 배선에 문제가 생긴 것 같군요."

김경훈이 지하실로 내려간 뒤 대호가 소파에서 몸을 일으켰다.

"얘들아, 여기 되게 수상해. 짐승이 사방에서 휙휙 뛰어다니고. 사람인지 동물인지 하여간 뭔가 울부짖는 괴상한 소리가 들려……."

"어떤 소린데?"

"왁, 왁, 대략 이런 소리야."

공포 때문인지 대호의 눈동자가 커다랗게 팽창되었다.

"얜, 잊을 만하면 왜 또 이러냐……. 겁은 많아서. 환청 들은 것 아냐?"

우거지상을 한 주희가 대호를 윽박질렀다.

"깜깜한 곳에서 괴성이 들리니까 다리가 얼마나 후들거리던지……."

휴대폰을 손바닥에 올려놓고 전파가 터지는 지역을 찾아가는데 시커먼 짐승들이 떼를 지어 덤벼들었다고 했다. 팔목과 이마에 긁힌 상처는 그때 생긴 거라며 대호가 질린 얼굴로 말했다.

"멧돼지나 살쾡이가 아닐까?"

"멧돼지는 아니고 노루나 고라니 같은데 이것들이 한꺼번에 덤비는 거야. 그 바람에 휴대폰도 떨어뜨렸어. 완전 깜깜해서 못 찾겠더라."

"노루와 고라니는 사람을 보면 도망가는 짐승인데."

"그러니까 이상하다는 거지."

대호가 목소리를 낮췄다.

"올라오면서 보니까 선착장에 묶인 배도 안 보여."

배가 없다는 말에 일행의 얼굴이 표 나게 어두워졌다.

"뱃사공이 다른 곳에 댔겠지. 대호는 내일 여길 나가면 파상풍 주사부터 맞아야 해."

"지금 주사가 문제냐?"

대호가 화를 내며 드러누웠다. 그가 소파를 점령한 탓에 주희와 상협은 옆 소파로 옮겨 앉았다. 고개를 숙인 주희와 쪼그리고 앉은 상협 주위에는 침울한 기운이 감돌았다. 정원은 신경이 날카로워진 일행에게 달콤한 커피를 한 잔씩 주었다.

선착장에 배가 없다니…… 뱃사공은 어디에 둔 것일까. 강 한가운데 위치한 동동섬에 배를 숨길 만한 곳이 있을까. 정원의 더듬이가 분주히 움직였다. 앞으로 닥칠 위험도 문제지만 우선 뾰족하게 솟구치는 호기심부터 해결하고 싶었다. 글이 현실을 못 쫓아간다더니…… 연재까지 잘린 처지여서 그런지 글로 풀지 못한 열정을 현실에서 풀고 싶었다. 혼자가 아니라는 자신감이 정원을 부추겼다.

15

정원은 종이컵을 쥔 채 사무실을 흘끔거렸다. 책상 위에는 데스크톱 컴퓨터가 있고 프린터도 설치되어 있었다. 일행과 로비로 들어설 때부터 사무실 책상을 눈여겨봤다. 지금이 절호의 기회였다. 김경훈이 내려간 지하계단을 굽어보던 정원은 사무실로 들어섰다. 일행이 자신의 행동을 볼 수도 있기 때문에 조급하게 굴지 않으려고 노력했다. ㄱ자로 놓인 가죽 소파를 지나다가 고무나무 잎사귀에 손등이 쓸려 커피를 절반가량 쏟고 말았다. 책상에 있던 휴지를 뽑아 바닥을 닦은 뒤 로비를 살폈다. 별다른 움직임이 없었다. 정원은 재빨리 데스크톱의 전원 스위치를 켰다. 컴퓨터 내부의 팬이 돌아가는 소리가 대포 소리처럼 크게 들렸다. 인터넷 속도가 느렸다. 깜박거리는 램프를 주시하며 모니터 화면이 뜨길 초조하게 기다리는데 김경훈이 불쑥 들어왔다. 키 큰 고무나무에 가려져 지하계단을 통해 사무실로 들어오는 그의 모습을 보지 못했다.

"내 책상에서 뭐하시는 겁니까?"

김경훈의 목소리가 칠판을 긁는 분필 소리처럼 끼익, 하고 귓속을 파고들었다. 김경훈의 작고 기다란 갈색 눈이 정원의 손 아래에 놓인 키보드 자판을 불안하게 쳐다봤다. 정원은 종이컵을 들고 남은 커피를 홀짝홀짝 마셨다. 자신의 행동에 놀라면서도 애써 태연한 표정을 지었다. 여기서 들키면 계획을 망칠 수도 있다.

"문서 뽑을 게 있어서요."

"오호, 문서라…… 후배님 성함이……?"

"한정원입니다."

김경훈은 뭔가 골똘히 생각하는 듯하더니 금방 싱글거렸다. 그의 웃음 띤 얼굴에는 드디어 한 수 윗자리를 점유했다는 자기만족적인 표정이 감돌았다.

"한정원 후배님은 여러 가지로 흥미로운 분입니다. 처음 뵐 때부터 그렇게 느꼈습니다만."

"……?"

"로비를 보십시오. 대호 후배님이 다쳤어요. 친구들의 우울한 모습이 보이지 않으십니까. 그런데 후배님은 남의 사무실에 도둑처럼 몰래 들어와서 컴퓨터로 작업을 하고 계신다고요? 이게 말이 된다고 생각하십니까!"

김경훈이 경멸스러운 눈빛으로 정원을 쏘아봤다.

"급히 처리해야 될 문서라 실례를 무릅쓰고……."

"저는 실례를 무릅쓰는 인간을 가장 싫어합니다. 아니, 뭐든 참고 무릅쓰는 인간들, 고통을 피하지 않고 고스란히 무릅쓰는 인간을 지긋지긋하게 혐오합니다. 친구들과 한가하게 나들이를 오신 분이 왜 처리할 문서가 생각났을까……요? 더구나 이런 밤에 실례를 무릅쓰며 갑자기 처리할 문서라는 게 과연 뭘까……요?"

조롱하듯 말꼬리를 길게 빼며 야비하게 웃었다. 여태 견지해온 신사다운 기품을 단번에 날려버린 그가 소리를 지르고 있었다. 얇은 고음이 정원의 고막을 울릴 즈음 그의 다리가 힘없이 흔들렸다. 학질에 걸린 것처럼 사지를 떨더니 책상에 머리를 박고 쿵 쓰러졌다. 그 바람에 펜 통이 굴러떨어지고 사무용 의자가 주르륵 밀려났다. 눈에서 검은자위가 사라졌고 벌어진 입으로 흰 거품이 뽀글거리며 흘러나왔다. 정원은 제 성질에 못 이겨 김경훈이 쓰러졌다고 오해한 탓에 제대로 대처하지 못했다. 뛰어오는 일행의 발소리와 상협의 목소리가 귓전을 때렸다.

"뇌전증이야, 간질! 기도부터 확보해야 돼."

상협이 소매를 걷으며 말했다. 여럿이 사지를 뒤트는 김경훈을 반듯하게 뉘였을 때 뱃사공이 뛰어 들어왔다. 이자는 어떻게 알고 때맞춰 왔을까? 뱃사공은 김경훈의 얼굴을 옆으로 돌리고 입에 수건을 물렸다. 서두르는 기색도 없이 구두를 벗기고 벨트를 헐겁게 푸는 걸 보니 자주 겪는 일 같았다. 응급 처치를 끝낸 뱃사공이 일행을 밖으로 몰아냈다.

"여긴 지, 지한테 맡기고…… 손님들은 어, 어여 나, 나가요!"

상협이 컴퓨터 앞에 앉아 있었다. 뱃사공이 일행을 귀찮아하며 마구 몰아내는데도 상협은 끈질기게 의자에 붙어 앉아 자판을 두드렸다.

"상협아, 아무 글이나 프린터로 뽑아줘. 어서!"

뱃사공은 소리치는 정원의 등을 문 쪽으로 밀어붙였다.

"어, 어여 나가욧!"

발이 바닥에 지지직, 끌렸다. 대단한 완력이다. 뱃사공은 발작하는 주인의 모습을 일행에게 보이고 싶지 않은 것 같았다. 상협은 결국 프린터를 사용하지 못했다. 뱃사공한테 쫓겨난 일행은 로비에 우두커니 서서 발작하는 김경훈을 지켜볼 수밖에 없었다. 서로 떨어져 있으면 위험할 것 같아 정원이 자기 방으로 가자고 말했다.

"그래, 오늘 밤은 정원이 방에서 같이 지내기로 하자."

일행은 앞서거니 뒤서거니 복도로 들어섰다. 복도에 둥근 창이 나 있었고, 열린 창문으로 바람이 들이쳤다.

"바람은 왜 이리 부냐. 지랄 맞게."

현관문에 카드키를 꽂는데 대호가 등 뒤에서 툴툴거렸다. 대호와 정원이 먼저 룸으로 들어섰고, 상협과 주희가 들어서는데 쇠문이 세차게 닫쳤다. 그와 동시에 날카로운 비명 소리가 들렸다. 돌아보니 주희가 현관 바닥에 주저앉아 있었다.

"이를 어째!"

문틈에 손가락이 끼었나 보았다. 주희의 가운뎃손가락의 손톱이 빠져 덜렁거리고 벌어진 살에선 선홍색 피가 흘러내렸다. 다친 손가락은 이내 검보라색으로 변했고 소시지처럼 퉁퉁하게 부풀어 올랐다. 하마터면 주희의 손가락이 잘릴 뻔했다. 일행은 주희의 손톱이 빠진 게 실수라고 생각하지만 그게 아니다. 쇠문을 열면 맞바람이 쳐 저절로 닫히도록 누군가 발코니의 유리문을 열어놓았다. 분명히 문을 닫아두었는데. 범인은 내 손가락을 노린 게 틀림없다!

"빠진 손톱은 금방 날 거야. 내일 아침에 병원부터 가자."

주희의 가운뎃손가락을 가제손수건으로 싸매던 상협이 말했다.

"상협아, 과연 우리한테 내일이 올까?"

정원의 말에 방 안의 공기가 무겁게 가라앉았다. 다들 위험이 코앞에 다가왔다는 걸 감지한 눈치였다. 주희는 가제손수건으로 싸맨 가운뎃손가락을 곧게 세운 채 식탁에 앉아 있었다. 그러면 통증이 가라앉는 모양이다. 정원은 붕대로 동여맨 대호의 발과 주희의 다친 손가락을 보며 방향감각이 상실된 사람처럼 낯선 느낌에 사로잡혔다. 계획 없이 행동하고 결정을 회피하고 바보 같은 짓만 골라서 했다. 그 때문에 친구들이 다쳤다.

더 이상 미룰 순 없어!

정원이 부스럭거리며 바지 주머니에서 편지를 꺼냈다. 그걸 바라보던 상협의 얼굴에 불신과 당혹감이 스쳤다.

"너……?"

"내가 얘 처음부터 이상하다고 했지? 우리가 알던 한정원이 아니야."

대호가 거품을 물고 헉헉거렸다. 정원이 쟤는 옛날부터 의뭉한 구석이 있었다며 주희도 다친 손가락을 위로 들고 길길이 날뛰었다.

"나는 한정원 네가 더 무섭다. 간질 발작에, 앵무새 목소리인 김경훈보다 더!"

주희는 정원이 작가라는 걸 숨긴 게 괘씸한 모양이었다.

"무명작가여서 말할 필요를 못 느꼈어."

"하여간 너란 애는……."

몇 분이 몇 시간처럼 느껴지는 지루한 순간이 흐른 뒤, 정원은 편지를 받은 사람이 더 없는지 물었다. 주희와 상협은 받지 않았다고 분명한 어조로 말했다.

"너희들 이 편지 좀 볼래?"

정원은 대호와 자신에게 온 편지 두 장을 식탁에 나란히 펼쳤다. 널 한시도 잊지 않고 있다. 복수할 그날을 위해 난 또 오늘을 산다. 두 편지의 글귀 중 희미하게 인쇄된 부분을 일행에게 짚어 보였다. '한'과 '복'과 '난' 자였다.

"범인이 사용한 프린터는 A4 용지를 3등분한 세 지점의 활자만 희미하게 인쇄된다는 계산이 나오지?"

식탁으로 다가온 상협이 말했다.

"편지와 같은 상태로 인쇄가 되는지 사무실 프린터를 확인하면 되겠네."

"확인할 게 뭐 있니. 딱 봐도 범인은 김경훈인데."

"나도 같은 생각이야. 김경훈이 대호와 정원이에게 왜 편지를 보냈는지, 이런 일을 왜 꾸몄는지 알아내야 해. 너희 둘, 생각나는 것 없냐?"

대호는 원한 살 일은 하지 않았다고 딱 부러지게 대답했다. 정원은 한 해 후배인 김경훈의 여동생은 어렴풋하게 생각나지만 김경훈은 기억 속에 없다. 하 마담이라면 모를까, 그가 무슨 이유로 그런 편지를 보냈는지 정원도 궁금했다.

"상협아, 아까 사무실 컴퓨터로 뭐 했던 거야?"

"음…… 검색할 게 있어서. 김경훈, 아무래도 라론 증후군 환자인 것 같다. 우리나라엔 사례가 없어서 긴가민가했거든."

"라론 증후군…… 그게 뭔데?"

정원의 눈이 휘둥그레졌다.

16

라론 증후군 환자는 성장이 멈춰버린, 늙지 않는 사람들이라고 상협이 말했다. 1966년 라론에 의해 최초로 보고되어 라론 증후군이라고 명명됐으며 성장호르몬 불감성 증후군이라고 부르기도 한다. 이들은 성장호르몬 결핍과 달리 성장장애와 더불어 성장호르몬의 혈중 농도가 정상 범위거나 증가된 수준을 보인다. 일종의 유전자 돌연변이인데 전 세계에 300여 명의 환자들이 있는 것으로 추정되며 이중 100여 명은 에콰도르에 산다고 했다.

"이들은 당뇨병은 물론이고 암에도 걸리지 않아."

"오, 정말?"

"암이란 세포분열이 제멋대로 일어난 결과거든. 세포분열에 밀접하게 관련된 생체물질이 성장호르몬이고. 성장호르몬의 신호가 완벽한 통제 아래 전달되면 세포가 정상적으로 분열해 성장하거나 현 상태를 유지하지만, 통제가 안 될 경우 암 조직으로 자라거든. 라론 증후군을 앓는 사람의 세포는 신호 자체를 감지할 수 없기 때문에 암에 걸릴 가능성이 원천적으로 봉쇄되는 거야. 다만 정상인보다 키가 약간 작고 고지혈증과 골감소증을 보이는 경향이 있는데, 환자에 따라 상태가 다를 수도 있어."

"암과 당뇨병에 걸리지 않고 늙지도 않는다. 이들은 대체 얼마 동안 사는 거냐?"

대호가 눈을 빛내며 물었다.

"1966년도에 나온 연구 결과를 보면 평균수명이 150세인 걸로 되어 있어. 물론 개인차는 있겠지."

"1966년도에 평균수명이 150살? 현재 평균수명이 80세이니까 우리보다 두 배 정도 오래 산다고 보면 되겠네. 수명이 긴 라론 증후군 환자의 경우 190, 200살도 거뜬히 살 테니까. 우와…… 우리 마누라랑 190까지 살아야 한다면 그 잔소리를 듣고 사느니 나는 이따만 한 돌덩이에 대가리 박고 콱 뒈져삐린다."

"마누라를 바꾸면 되지."

"바꿔봐야 그 나물에 그 밥."

"벙어리로 바꾸면 되잖아."

"오라, 그래서 김경훈이 결혼을 안 했구나."

대호가 고개를 끄덕였다.

"김경훈은 정말 가지가지 한다. 간질도 그 병의 일환일까?"

"라론 증후군 환자 몇몇이 간질 같은 신경질환에 취약하다는 보고가 나와 있긴 해."

"그럼 맞네. 목소리도 희한하고. 그런데 에콰도르 같은 외국에만 있는 병이라며?"

상협이 목소리를 한층 낮췄다.

"그래서 장담할 수 없었어. 김경훈이 라론 증후군 환자가 맞는다면 아시아 최초의 사례가 되거든. 우리나라 의학계와 생물학계가 발칵 뒤집힐 사건이야. 그야말로 대박이라고."

상협이 흥분을 감추지 못하자 대호가 불룩한 배를 문지르며 빈정거렸다.

"씨벌놈아, 퍽도 좋겠다. 네 눈엔 주희와 내 꼬락서니가 안 보이냐?"

"미안해. 흥분했더니 표정 관리가 안 되네."

"상협아, 벌거숭이두더지 얘기는 김경훈을 떠보려고 꺼낸 거지?"

"라론 증후군과 비슷한 사례를 들기 위해 의도적으로 한 건데 그렇게 빨리 낚일 줄은 몰랐다."

"김경훈은 라론 증후군 환자라는 게 괴로운가 봐. 내 생각엔 오래 살고 늙지도 않아서 좋을 것 같은데. 완전 로또 맞은 거잖아."

"대호야, 그게 좋기만 할까? 까놓고 말해 하루하루 사는 게 쉬운 일이니."

"휴식이 필요한 인간은 어떻게 하느냐고 소리 지르며 잭나이프 던지는 것 봤지? 섬뜩하더라. 잭나이프가 꽂힌 다트 판이 곡괭이로 찍은 것처럼 폭 파였어. 그걸 봐선 성격이 보통은 넘겠고."

"그간 동안, 동안 노래를 부르며 산 게 왠지 민망해."

주희가 도리질을 하는데 천장에서 삐익, 하는 마이크 소음이 들려왔다. 볼륨이 제대로 조정되지 않았는지 삑삑, 하는 소리가 연이어 들렸다.

"무슨 소리냐?"

정원이 의자에서 일어났다.

"쉿! 조용히 해!"

기계음 같은 소음이 몇 초간 이어진 뒤 비음이 섞인 웃음소리가 방 안에 울려 퍼졌다. 정원의 팔뚝에 소름이 돋은 건 그때부터였다.

"크크크…… 어이, 남해식당 딸! 자네 손가락을 노렸던 게 아니야. 내가 노린 손가락은 따로 있지. 아, 뭘 그리 놀라나……. 설마 이 정도 예상도 하지 않고 동동섬에 들어온 건가? 내가 기억하기로는 자네 아버지 김춘만 씨가 우리 광업소 직원이었던 것 같은데……."

일행이 동시에 주희를 돌아봤다.

"주희야, 아버지가 광부셨어?"

"엄마한테 얼핏 들은 것 같아……."

주희는 새파랗게 질린 얼굴로 어릴 적에 아버지가 돌아가셔서 기억이 희미하다고 했다. 그 말이 끝나기 무섭게 김경훈의 목소리가 이어졌다. 까랑까랑하게 울리던 얇은 목소리가 아니었다. 약을 먹었는지 졸린 듯하면서도 쇠뭉치처럼 무거웠다.

"뭐 좋은 일이라고 동네방네 떠들겠어. 데데한 너희 아버지 굴진부 김 씨가, 아니 김춘만 씨께서 암반층을 잘못 뚫는 바람에 지하갱도가 무너지는 대참사가 발생했지. 김춘만 씨는 물론이거니와 서른세 명의 광부가 지하갱도에 파묻혀 죽고 말았어. 김춘만 씨가 낸 사고만 아니었으면 우리 아버지도 오래 사셨을 거고, 가세가 이토록 기울지는 않았을 거야. 나도 긴긴 삶을 어찌 연명하나, 머리 가죽이 벗겨지도록 골몰하지도 않았을 텐데. 그런데 손톱 좀 빠진 걸 갖고 방방 뛰면 내가 섭섭하지. 손가락 하나 정도는 깔끔하게 잘렸어야 하는데 말이지."

"실시간 감시카메라를 달아놨나 봐. 우릴 지켜보고 있었어!"

대호가 법석을 떨었고 주희는 상협 곁에 붙어 있었다. 검지가 잘린 뱃사공의 손가락이 눈앞에 어른거렸다. 뱃사공의 손가락도 저놈이 자른 게 분명하다.

"얼간이들인 줄 알았는데 보기보단 똘똘하군. 용케도 내 정체를 알아내셨어!"

마이크를 타고 흐르는 김경훈의 목소리가 갑작갑작 전두엽을 긁었고 이어서 박수 치는 소리가 났다.

"이런 씨발 새끼!"

대호가 천장을 향해 엿 먹으라는 손짓을 했다.

"얘들아, 저길 봐."

상협이 발코니 쪽 유리문을 가리켰다. 올빼미 눈처럼 새까맣게 생긴 초소형 감시카메라가 커튼봉 옆, 천장과 면한 구석진 곳에 숨겨져 있었다. 일행이 감시카메라를 떼어낼까 말까 망설이는데 정원의 귀에 익은 음악이 흘러나왔다. 스피커의 볼륨을 최대치로 올린 것 같았다.

"염병, 이젠 음악까지 깔아주시고."

음악을 듣고 있던 정원의 눈이 반짝거렸다. 이 곡은 상협과 만났을 때 펜션 로비에서 들은 것이다. 데미안 라이스의 〈나인 크라임스〉.

"상협아, 저 노래 가사 생각나니? 김경훈이 가르쳐줬잖아. 나를 쓰레기 더미에 버려두고 가세요. 그냥 버리고 떠나가세요. 그 뒤가 뭐지?"

"총, 어쩌고 했던 것 같은데…….”

"가사 속에 해답이 있어! 반드시 기억해내야 해!"

상협을 채근하는데 대호가 다짜고짜 싱크대 옆에 있는 빗자루를 거꾸로 쥐고 나댔다.

"뭐? 총……! 아, 저 간질병 새끼가 발작하는 걸로도 모자라 총으로 우릴 쏘려나 보다.”

공황상태에 빠진 듯 대호는 부숴버려, 다 부숴야 해, 중얼거리며 감시카메라를 향해 빗자루를 마구 흔들었다.

"제발 침착해. 김경훈과 대화를 이어가야 한다고.”

상협이 막아서자 대호가 숨을 몰아쉬며 식탁 의자에 주저앉았다. 주희는 부들부들 떨고 있었고 정원도 떨기 시작했다. 음악이 점점 작아지더니 김경훈의 잠긴 목소리가 흘러나왔다.

"너희가 뭘 안다고 떠들어. 나에 관해 알고는 있나? 죽고 싶어도 죽지 못하는 인간에 대해……. 나는 많은 것을 원하지 않았어. 누구나 가지게 되는 걸 간절하게 원했을 뿐이야. 중후하게 나이 든 노신사가 되고 싶었고 심신이 쇠약해져 자연사하는 게 꿈이었다고. 나에겐 그조차도 쉽지 않아. 이젠 지쳤어. 끝내고 싶어.”

돌연, 상협이 감시카메라를 노려보며 외쳤다.

"선배님, 라론 증후군이 특별한 혜택이라는 생각은 안 해보셨나요?"

"혜택? 아버지도 너와 비슷한 말씀을 하셨지. 하지만 내 삶은 결코 혜택이 아니더라, 이 말씀이야. 안상협, 인간 사회에서는 대략 10퍼센트의 인간만 쓸모가 있어. 그들이 사회를 짊어지고 나가지. 나머지 인간들은 한낱 밥벌레에 불과하다고. 불행히도 나는 10퍼센트의 인간군에 속하질 못해. 게다가 내 삶은 시작은 있으나 끝이 없는 것과 마찬가지이니 하루하루가 설레지 않고 엿가락처럼 늘어져. 그날이 그날이라고. 시간이 무한정 흘러넘치는 삶이 얼마나 공포에 휩싸이게 하는지 네가 그걸 알겠느냐고? 그런데 이런 삶이 혜택이라고?"

"평범한 일상을 폄훼하는 경향이 있으시군요. 소소하게 지내는 하루하루도 소중한 겁니다. 편안하게 사는 삶을 어찌 남루하게만 생각하십니까? 물론 삶을 길게 영위하자면 경제력이 뒷받침되어야만 하겠지요. 선배님, 저희 병원에 내원할 생각은 없으신가요. 약간의 검사에 응해주시면 선배님이 당면한 경제적 어려움은 일시에 해소될 수도 있습니다."

"오호라, 이제야 본색을 드러내는군. 어디서 많이 들어본 소리야. 호랑이를 피하려다가 늑대를 만난 격이라고나 할까. 어이? 안상협. 내가 구린 동전 몇 푼에 넘어갈 거라고 생각했다면 그건 오산이야. 넌 결례를 했어. 감히 나를 실험용 흰쥐로 만들 심산이었다니. 돈과 명예를 위해 나를 하찮게 이용하려고 하다니. 그 덕에 네가 일등으로 계를 탔어. 죽음의 계! 이번엔 가벼운 부상 정도가 아닐걸."

음산한 웃음소리가 울려 퍼지자 상협의 얼굴에 종잡을 수 없는 표정이 떠올랐다. 김경훈의 의도를 파악하려면 신경을 자극하지 말아야 한다. 극도로 흥분해서 마이크를 꺼버리는 불상사가 일어날 테니까. 정원은 감시카메라를 노려보며 신중하게 말을 골랐다.

"선배님, 왜 편지를 보낸 거죠? 제가 잘못한 게 있나요?"

"아직도 모르겠나? 형편없는 너의 실력을 철없이 뽐낸 죄!"

김경훈의 목소리가 갑자기 연극 톤으로 바뀌었다. 원래 이상한 목소리인 데다 일부러 꾸민 듯한 소리를 냈기 때문에 정원의 몸이 오그라들었다.

"……당신의 눈동자는 밤하늘의 별처럼 반짝입니다. 당신의 목소리가 지금도 내 귀를 간질이고 있군요. 밤새 흐르는 여울물 소리처럼……."

별안간 소리가 끊겼고 종이 구기는 소리가 들렸다.

"어이, 한정원! 네가 왜 삼류인 줄 알아? 너는 어려서부터 독창성이라고는 쥐똥만큼도 없었어. 밤하늘의 별처럼 눈동자가 반짝인다느니 하는 빤한 표현 때문에 안 되는 거야. 그리고 중학생인 주제에 당신이 뭐냐, 당신이! 어린 게 발랑 까져서는……."

수치심 때문에 얼굴이 화끈 달아올랐다. 김경훈이 읽은 글은 정원이 중학교 때 쓴 연애편지였다. 편지를 쓴 후 길가에 핀 꽃잎을 따서 그 속에 끼워 넣었다. 그러면 편지지에 꽃물이 들곤 했다. 정원이 쓴 편지와 꽃잎이 서로 어울려 당시엔 인기 폭발이었는데 지

금 들으니 유치하기 짝이 없다. 저 편지는 김경훈의 동생, 김미경
에게 써준 것이다.

"저어…… 정원 언니, 부탁이 있는데요."

학교 운동장에서 김미경이 머뭇머뭇 다가왔다. 교복자율화 시
대였다. 교복에서 해방된 자유를 만끽하고자 아이들은 원색의 옷
을 너절하게 입고 다녔는데 김미경은 달랐다. 체크무늬 스커트에
부드러운 주름이 잡힌 색색의 실크 블라우스를 요일별로 골라 교
복처럼 입었다. 김미경은 얼굴이 희고 이목구비가 큼직큼직해서
멀리서 보면 위엄 있게 키운 중세 시대 귀족의 딸처럼 보였다. 그
시절에도 까진 애들은 담배를 피웠고 본드도 했다. 미경이는 그
런 것은 하지 않았지만 혼자서 좀 놀아본 애 같았다. 친구들은 그
런 김미경을 재수 없어 했다. 그녀의 중세 시대 의상을 볼 때마다
맛이 살짝 간 애처럼 취급했다. 학교에서 늘 혼자 다니고 얼굴에
는 수심이 살얼음처럼 끼어 있는 애가 연애편지 대필을 부탁하다
니…… 들어주지 않을 까닭이 없었다. 정원은 연애편지를 곧잘 써
주곤 했다. 그게 소문났나 보다. 정원이 쓴 편지를 미경이는 다른
편지지에 베껴 썼는데, 원 글의 일부를 삭제하거나 자기가 알아서
문장을 추가하는 눈치였다. 세어보진 않았지만 열 통 가까이 써줬
을 것이다. 정원이 지금껏 그 내용을 기억하는 이유는 다른 아이
들에게도 똑같이 써줬기 때문이다.

"그건 미경이가 부탁해서 쓴 거예요."

"이 편지 때문에 우리 미경이가 죽었어. 모든 파국은 네가 어릴 때 쓴 연애편지 한 통으로 시작됐어. 장난처럼 재미로 쓴 편지로 인해……!"

김경훈이 무슨 얘기를 하고 있는 건지 의미가 제대로 파악되지 않았다. 정원은 일행을 돌아보며 소리 없이 입을 뻥긋거렸다. 저 자가 뭐래? 도대체 무슨 말이야?

"김미경이 죽은 건 맞아."

대호가 훅, 숨을 몰아쉬었다.

"뭐?"

"너는 서울로 전학을 가서 모를 거야. 김미경, 열아홉 살 땐가 약 먹고 죽었어."

"어쩌다가……!"

"걔 사정을 우린들 알겠냐."

그맘때 한 해 후배인 김미경은 고등학교 3학년이었고 친구들은 도시에 나가 있었다. 대호도 명절에 내려왔다가 차례 상을 물린 자리에서 귀동냥으로 들은 게 전부라고 했다.

"형과 동생이 죽어서 회까닥 돈 거 아냐."

"미쳤냐? 그렇다고 케케묵은 일로 협박 편지를 보내게."

일행이 소곤거리는데 김경훈의 목소리가 들려왔다. 이번엔 기계로 음성변조를 한 것처럼 느껴져 더욱 섬뜩했다.

"아, 이걸 어쩌나? 그대들의 호기심을 충족시켜주진 못하겠는 걸. 한정원의 편지글처럼 말해볼까. 저 숲속에 반짝이는 아침 이슬처럼 내 의식은 차갑고 명료하게 깨어 있지. 자아…… 하던 얘길 마저 해야지. 오호, 인상 쓰지 말고 편하게 앉아서 들어. 지금부터 긴 얘기를 시작할 테니……. 나와 같은 반이던 놈은 학교에서도 포기한 양아치였지. 나는 키가 작아서 항상 놈의 밥이었어. 등하교 때마다 놈의 가방이나 들어주는 따까리 신세였다고. 미경이가 그런 놈한테 마음을 빼앗기다니. 정숙한 여자들이 왜 바람둥이에게 홀리는지 모르겠어. 놈을 만나지 말라고 그토록 말렸는데 미경이는 내 말을 귓등으로 흘리더군. 결국 놈의 애를 뱄고, 겁에 질린 놈이 애를 떼어버리라고 족치지만 않았어도 우리 미경인 죽지 않았을 거야."

아…… 씨발. 대호가 식탁 위에 놓인 편지를 갈가리 찢어발기기 시작했다. 왜 이러니? 정원이 말렸지만 소용없었다. 커다란 곰 한 마리가 푸푸거리며 발광하는 것 같았다.

"저 새끼가 왜 저러는지 알겠어. 내가 그 편지 전달책이었어. 한정원, 너희 오빠 때문에 내 인생 조졌다!"

"아둔한 놈, 이제야 생각났냐?"

가소롭다는 듯 김경훈이 킬킬거렸다. 미치겠군. 김미경의 연애 상대가 하필이면 한기원이라니. 대호는 동네 형인 한기원의 협박 때문에 한 마리 튼실한 제비가 되어 두 사람 사이를 부지런히 오

169

가며 편지를 물어 날랐단다. 한기원이 받는 줄도 모르고 볼펜 똥을 닦아가며 그처럼 열심히 편지를 썼다니. 동생이 쓴 연애편지에 꼬박꼬박 답장을 보낸 한기원은 어떻고? 우리 셋 중 가장 이상한 아이는 김미경이다. 한기원에게 보낼 연애편지를 나한테 부탁하다니. 걔는 무슨 마음으로 그런 부탁을 했을까. 참으로 맹랑한 계집애가 아닌가.

이로써 어린 나이에 발랑 까진 애는 내가 아니라 김미경이다. 열아홉 살 때 약을 먹고 죽었다면 한기원은 서울로 올라간 뒤에도 김미경을 만났다는 얘기가 된다. 보나 마나 그때도 김미경만 사귀지는 않았을 것이다. 자타가 공인하는 양다리의 귀재가 아닌가. 주희마저 오빠한테 홀랑 넘어갔으니 말해 무엇할까.

한기원, 그 인간은 끝까지 내 발목을 잡는군. 오빠를 향한 원망이 하늘을 찌를 기세로 덮쳐왔다. 그 순간 사건의 단초가 될 만한 생각이 섬광처럼 머리를 스치고 지나갔다.

"혹시 당신이 우리 오빠의 죽음과 연관돼 있나요?"

"너희 오빠 정말 대책 없는 인간이더군. 편지를 받고 단숨에 강릉까지 달려올 건 뭐야. 고맙게도 증거물이 될 내 편지를 가슴에 고이 품고서 말이지. 일말의 양심은 있었던지 미경이에 대한 죄책감에 사로잡혀 살았다 하더군. 허세 작렬인 인간이라 그 말을 믿은 건 아니지만 듣기 나쁘지는 않았어. 그리고 어떻게 됐느냐고? 너도 알다시피 미경이가 기다리는 곳으로 얌전히 보내줬지. 언덕에서 굴러떨어진 차에 거꾸로 처박힌 놈의 맥박을 확인하느라 나도 고생 좀 했지. 그러고 나니 약간 슬퍼지더라고. 아…… 증거는 남기지 않았어. 뒤처리를 완벽하게 했지. 그게 내 매너이고 방식이야. 하지만 그것으론 충분하지 않아…….”

치직, 하는 전자기기에서 나는 소음이 들리더니 소리가 뚝 끊겼다. 잠시 후 감시카메라와 연결된 스피커에서 김경훈의 목소리가 범람하는 강물처럼 여러 겹으로 흘러나왔다.

“나는 오래전부터 시계를 차지 않았어. 내 방에 시계라곤 없지. 주체하지 못할 만큼 넘쳐나는 시간. 시계를 쳐다보면 시간은 점점 길어지고 간격이 넓어지지. 어떨 땐 시계가 달리의 그림처럼 축 늘어져 보이기도 해. 너 따위가 그걸 알겠냐고? 이런 나를 이해할 수 있겠냐고? 만약 우리 미경이가 살아 있다면, 나와 같은 종족이 단 한 명이라도 이 나라에 있다면 나도 그럭저럭 살았을 거야. 희망 없이 근근이 연명하는 이런 삶은 아니었을 거라고. 그래서 파티를 준비했지. 아주 오래 준비한 파티야. 다 같이 즐기자고. 와인은 조금 전에 마셨으니 됐고…… 코스 요리부터 슬슬 시작해볼까. 만찬은 메뉴가 다양해야 만족스럽지. 안 그래? ……어허, 반응이 왜들 이러실까.”

“입 좀 닥치시지!”

참다못한 대호가 감시카메라를 향해 빗자루를 던졌다. 한 번에 감시카메라를 정통으로 맞췄다. 빗자루의 나무 손잡이로 카메라를 깨다니. 과연 대호는 힘이 세다.

"저놈은 살고 싶은 의욕이 없어! 죽여주길 원하는 거야. 아니면 저놈이 우릴 죽이든가. 너희들 말려들면 안 돼!"

"김대호, 너나 조심해! 넌 걸핏하면 흥분하는 게 탈이야."

김미경마저 라론 증후군 환자였다니……. 김미경은 또래에 비해 피부가 유난히 희었을 뿐 김경훈처럼 이상하게 생기지 않았고 목소리도 정상이었다. 성장 중이어서 김미경에겐 증상이 나타나지 않을 수도 있다고, 늦게 발견되는 경우도 있다고 상협이 말했다.

초침이 달린 것처럼 머리가 빠르게 회전했다. 김미경 역시 우리보다 나이가 많을지도 모른다. 김경훈의 나이가 정확하지 않듯 김미경도 호적에 등재된 것과 실제 나이가 다를 수도 있다. 그러니 남자친구의 여동생에게 연애편지 대필을 부탁하는 맹랑한 짓을 했겠지. 김경훈의 부모는 육칠십대에 병으로 죽었다. 그들은 라론 증후군 환자가 아니다. 어쩌면 그의 형이 라론 증후군 환자일 가능성이 높다며, 상협이 격세유전에 관한 부연 설명을 늘어놓았다. 상협은 죽은 김경훈의 형이 궁금한 모양이다. 대호가 감시카메라를 깨지 않았다면 김경훈에게 묻고도 남을 위인이다. 상협의 머릿속엔 뭐가 들어 있을까? 김경훈이 죽음의 계를 탔다고 협박해도 두려워하지 않는다. 보기보다 독한 구석이 있다.

17

"오늘은 바이오리듬이 좋지 않은 날이야."

피곤한 탓에 머릿속이 몽롱하고 집중력이 떨어진 느낌이다. 불쾌감으로 뒤틀린 감정은 시간을 들여 서서히 회복하는 수밖에. 그럴 시간이 있기나 할지. 대부분의 불상사는 손을 쓰기엔 너무 늦어버린 뒤에 일어난다. 마이크를 책상에 내려놓은 김은 의자를 앞으로 당겼다. 책상에는 고가의 워크스테이션이 설치되어 있었다. 사무용 컴퓨터와 스피커가 내장된 58센티미터 블루 LED 모니터 세 대, 오디오 인터페이스와 USB 마이크 같은 홈레코딩 시스템도 보였다.

"데, 데런님. 가, 감시카메라가 깨, 깨져버렸나 봐유."

옆에서 모니터를 들여다보던 할아범이 말했다.

"내 심장을 뛰게 하는 게 바로 이런 일인데…… 어쩐다? 생각지도 못한 놈이 껴들었어."

오늘 밤이 오기를 얼마나 기다렸던가. 김의 목소리에 아쉬움이 담뿍 배어 있었다.

"에콰도르에서 만난 놈들과 비슷한 부류야. 골치 아프게 생겼군."

"의사라는 야, 양반 마, 말이지라."

할아범의 말에 김의 눈꺼풀이 미세하게 떨렸다.

"할아범 약 좀 갖다줘. 마음을 안정시킬 따뜻한 차도 한잔 주면 좋겠고."

할아범은 근심스러운 눈으로 쳐다본 뒤 계단으로 내려갔다. 김이 있는 곳은 펜션 사무실 위에 자리한 다락방이다. 사무실 캐비닛 옆에 달린 붙박이장이 비밀통로였다. 다락방의 나무계단을 내려오면 일본풍의 여닫이문이 보였고, 그 문을 열면 붙박이장과 통한다. 즉, 나무계단은 붙박이장 뒷면에 숨겨져 있다. 의자에 등을 묻은 김은 계단을 내려가는 할아범의 불규칙한 발소리를 들으며 또 다른 검은 세력이 나타났다고 중얼거렸다.

안상협? 기억을 더듬어봐도 본 적 없는 놈이다. 저들과 같은 동기라면 이 마을에 살았을 텐데…… 그러나 바퀴는 구르기 시작했다. 한 놈이 껴든다고 망칠 일이 아니지.

김은 팔짱을 낀 채 책상 앞에 걸린 코르크 재질의 네모난 메모판으로 눈길을 옮겼다. 한국일보 2012년 6월 16일자 신문이 가위로 오려진 채 당근 모양의 자석으로 고정되어 있었다.

'라론 증후군 환자를 통해 새로운 암 치료법 진행'이라는 헤드라인 밑에 '이를 연구한 내분비학 전문의 구에바라 아귀레'라고 적힌 신문기사가 보였다. '내분비대사 생식 연구소 구에바라 아귀레 박사는 라론 증후군 환자들을 연구해 암과 관련된 흥미로운 사실을 밝혀냈다. 라론 증후군은 성장호르몬의 신호를 받아들이는 수용체에 돌연변이가 생겨 사람의 성장을 멈추게 하는 질병이다. 위는 연구를 시작할 당시 1988년 모습이고 아래는 2008년 모습이다.'라고 적힌 기사 밑에 두 장의 사진이 인쇄되어 있었다.

1988년에 찍은 첫번째 사진은 검은 머리에 뿔테 안경을 낀 아 귀레 박사가 에콰도르에 사는 라론 증후군 환자 아홉 명과 연구소 앞에 나란히 서서 찍은 사진이다. 2008년도에 찍은 두번째 사진은 옷만 다를 뿐 조금도 변하지 않은 라론 증후군 환자 아홉 명과 아 귀레 박사가 같은 건물 앞에서 같은 포즈로 찍은 것인데, 두 장의 사진에서 20년이라는 시간의 흐름을 보여주는 건 아귀레 박사뿐 이다. 두번째 사진 속 아귀레 박사는 흰 수염에 볼이 홀쭉한 노인 이 되어 있었다. 그리고 아귀레 박사 옆에 김이 서 있는 것이, 첫번 째 사진과 다를 뿐이다.

그랬다.

동동섬으로 돌아오기 전에 김은 에콰도르 오타발로에 있었다.

에콰도르는 적도에 자리한 나라였지만 국토의 대부분이 안데스 산맥과 접해 있어 1년 내내 기후가 온화했다. 전체 인구가 우리나 라 남북한 인구를 합친 정도여서 거리가 한산했고 물가가 저렴했 다. 에콰도르 어디든 숯불에 구워 파는 길거리 음식이 흔했다.

트리파(Tripa)는 소곱창이었고, 모예하스 데 포요(Mollejas de Pollo)는 닭똥집, 칼도 데 포요(Caldo de Pollo)는 닭곰탕과 비슷했다. 김은 에콰도르에서 한국 요리와 닮은 걸 하나씩 발견할 때마다 비 명을 질렀다. 김은 끝없이 음식을 탐했다. 1달러만 내면 맛있는 요 리를 배 터지게 먹을 수 있었으니까. 트리파를 먹으며 어머니를

175

잊었고 모예하스 데 포요를 먹으며 미경이를 잊으려고 했다. 뜨끈하고 얼큰한 칼도 데 포요의 국물을 들이키며 아버지를 지우기 위해 노력했다. 하지만 탄광에서 본 아버지의 마지막 모습은 끝내 잊지 못했다.

에콰도르행은 스스로 발목을 자르며 마지막까지 살고자 했던 아버지가 김에게 선물한 여행이었다. 하지만 아버지는 검은 세력이 마태오 신부에게 마수를 뻗쳤으리라곤, 자신이 꿈꾸던 아이들의 장밋빛 미래가 그들의 손아귀에 놓여 있을 거라곤 예상하지 못했다.

작정만 했다면 김은 에콰도르에서 아름다운 여자와 결혼할 수도 있었다. 적어도 그 나라에선 부자였으니까. 산루이스 성당에서 만난 그 애. 눈이 소처럼 맑고 순하게 생긴 여자애였는데 속눈썹이 유난히 까맸다. 그 애가 종알종알 잘도 떠들던 스페인어. 인스탄테(즉시), 임포르탄테(중요한), 우사르(사용하다), 오쿠바도(바쁜)…… 모르는 나라의 친근하지 않은 말이어서 더욱 매혹적으로 들렸다.

피처럼 붉은 노을이 지면 그 애의 손을 잡고 거닐던 수크레 거리.

그 애의 손은 항상 촉촉하게 젖어 있었다. 공원의 숲속에서 딴 재스민 꽃을 귓가에 꽂아주며 보드라운 입술을 훔치기도 했다. 가지런한 치열을 혀끝으로 훑을 때 넘어오던 산딸기 맛의 새콤한 타액. 그 애의 깊고 잦은 숨, 숨소리. 적도 부근에 살아서 몸이 뜨거운 애였다.

삶은 옥수수인 모테를 유난히 좋아하던 애.

재스민 향이 감돌던 풍만한 젖가슴에 얼굴을 묻고 있으면 정신이 몽롱해졌고 세상 나 몰라라 배를 내밀며 살 수도 있을 것 같았다. 아무려면 어때, 까짓 동동섬의 일쯤이야. 김은 에콰도르에서 그 애와 같이 살 꿈을 꾸었다. 토란 같은 감자인 유카 농장을 하면서. 농장의 자투리땅 한쪽에 옥수수 몇 줄만 심어주면 박수를 치며 좋아할 그런 애였다.

하필 그때 마태오 신부가 나타났다.

에콰도르행 비행기에서 함께 내린 마태오 신부는 김을 산루이스 성당에 맡기고 팔말 본당으로 내려갔다. 팔말 본당 인근에 거처가 마련되면 부르겠노라고 했다. 그러고는 7개월 만에 나타나 김을 아귀레 박사 연구소로 데려갔다. 악몽은 그때부터 시작됐다.

마태오 신부는 광업소 사택이 있던 면소재지 중심가의 성당에서 사목(司牧)하고 있었다. 그의 본명은 박규진. 아버지는 성당의 몇 안 되는 후원자였으며 마태오 신부와 흉금을 털어놓고 지내던 사이였다. 한국 천주교회는 1980년도부터 남미 에콰도르에 선교사를 파견했다. 프란치스코회 소속 신부들은 에콰도르 팔말 본당을 거점으로 학교와 병원을 짓는 등 긴급 구호사업을 벌이고 있었다. 우연한 기회에 김과 김의 여동생 같은 부류의 사람들이 에콰도르에 거주한다는 말을 들은 아버지는 마태오 신부를 구원자 보

177

듯 했고, 아이들을 그 나라로 보낼 계획을 은밀히 추진했다.

어머니와 미경이가 살아 있었다면 김이 마태오 신부를 따라 머나먼 남미까지 가지 않았을 것이다. 제아무리 아버지의 당부가 있었다고 해도. 미경이마저 부모님의 뒤를 따라가자 혼자 남은 김의 몰골은 말이 아니었다. 광업소 사택에 널브러진 채 하루하루 간신히 지탱했다.

"김 군, 이런 곳에서 혼자 살기엔 외롭지 않나? 광업소마저 폐쇄된 마당에 무슨 희망이 있겠어. 아버님의 생전 뜻도 나와 다르지 않았네. 내가 팔말 본당으로 들어갈 때 같이 가자고. 에콰도르가 살만 하면 그곳에 정착을 하든가. 정 외로우면 할아범을 데려와도 되고. 구경 삼아 잠시 다녀온다고 생각해. 그들을 만나봐도 나쁘지 않을 거야."

순진하게도 김은 마태오 신부가 말한 그들이 자신과 같은 라론 증후군 환자인 줄 알았다. 그들은 라론 증후군 환자를 돈으로 보고 거래하던 검은 세력이었다. 마태오 신부가 말한 잠시도 그냥 잠깐이 아니었다. 냉정하게 따지면 김의 시간으로선 잠깐일 수도 있었다. 하지만 저들의 마수에서 벗어나기 위해 에콰도르에서 몸부림을 친 16년의 시간은 정말이지 결코 잠깐이 아니었다.

저들의 표적이 되어 에콰도르에 볼모로 잡혀 있던 날들을 생각하면 김은 자다가도 벌떡 일어났다. 아귀레 박사는 신념을 가지고 일했지만 일개 고용인에 불과했다. 연구소에 잡혀 있을 때 근처에

178

있던 임바부라 화산이 폭발해 내분비대사 생식 연구소를 잿더미로 만들어주기를 얼마나 갈망했던가. 자신 또한 그 화산재 속으로 빨려들어가기를, 미경이와 어머니도 아버지의 죽음에 관한 기억도 없어지기를, 한국에서 태어난 흔적조차 사라지게 해달라고 간절하게 기도했다. 당시 김에겐 그런 식의 무자비한 안식밖에는 기대할 게 없었다.

거미줄처럼 전 세계로 뻗은 검은 세력의 조직망은 각국의 의학계, 정치계, 경제계는 물론 종교계까지 파고들었다. 검은 세력의 고리가 어디까지 뻗어 있는지 김으로서는 상상조차 할 수 없었다. 지금은 줄기세포에 미쳐 있느라 감시가 뜸하지만 뚜렷한 성과가 나오지 않으면 다시 촉수를 뻗쳐올 것이다.

김은 라론 증후군 환자이지만 에콰도르 환자들과는 양상이 달랐다. 그들은 다운 증후군 환자를 연상시킬 만큼 큰 얼굴에 왜소증으로 분류될 정도로 키가 작았다. 하지만 김의 키는 정상인에 가깝고 얼굴도 그들에 비해 현저히 작았다. 게다가 미처 예상하지 못했던 동양인이었다.

김과 첫 대면을 한 저들은 진화니 뭐니 수군대더니 샴페인 잔을 부딪치며 와자하게 웃어젖혔다. 돈과 권력, 무한한 삶…… 그때도 저들의 표적이 된 줄은 몰랐다. 저들은 김을 킴이라 부르지 않고 AP-598이라고 불렀다. 코드명 AP-598. 저들은 김에게 자신들의 야망을 신선하리만큼 솔직하게 드러내기도 했고 때로는 교묘한 수법으로 은폐하기도 했다. 저들은 CWO, 즉 민간 싱크탱크의 회원들이라고 했다. CWO라는 단체가 언제 설립됐는지 연도는 알 수 없으나 웬만한 국가의 힘을 능가하는 강력한 민간단체임이 분명했다.

어느 날부터 미국에서 만들고 있는 복제 배아줄기세포의 성공 여부에 촉각을 곤두세우느라 감시가 소홀해졌다. 김은 그 틈에 에 콰도르 국경을 넘어 볼리비아로 탈출했다. 미사를 본다는 구실로 주일마다 산루이스 성당에 나간 것이 탈출을 앞당기는 계기가 되었다. 산루이스 성당을 황급히 빠져나올 때 무언가 발목을 잡아당겼다.

휘황한 전등 빛에 휩싸인 성모 조각상.

항상 보던 조각상인데 그날은 홀린 듯이 올려다봤다. 왜 조각상에 새겨진 성모의 얼굴과 미사보를 쓴 그 애의 얼굴이 겹쳐 보인 것인지……. 하루는 그 애가 면회 수속을 밟느라 한 시간 가까이 연구소 정문에 붙들려 있었다며 투덜거렸다.

"너를 보러 올 때마다 절차가 점점 까다로워져."

지친 얼굴로 방문을 닫는 그 애가 문고리에서 손을 떼기도 전에 김은 달려들어 손바닥과 귀, 쇄골, 닥치는 대로 입술을 가져다 댔다. 몸에 불이 화르륵 붙을 것만 같았다. 뜨거운 손으로 치마 속을 더듬는데 그 애가 말간 얼굴로 물었다.

"연구원도 아니면서 왜 여기 있는 거니? 너는 날 떠나기 위해 이

곳으로 들어왔거나 모종의 밀명을 띠고 숨어든 첩자 같아."

"네 말이 멋지긴 한데 나는 저들에게 치료받는 중이야."

"너는 아프지 않고 열도 없어. 아무래도 꾀병 같은데……."

"진짜 아프다니깐."

"병명이 뭔데?"

"죽지 않는 병."

"에이, 그럴 줄 알았다."

"정말이야. 네가 이따 만하게 허리가 굵은 아줌마가 되어도, 꼬부랑 할머니가 되어도 나는 계속 청년일 거야. 훗날 네가 괴상하게 변해도 놀려먹진 않을게."

"어머, 자기야. 뱀파이어 영화를 너무 많이 봤나 봐. 후진 상상력이라는 것, 너도 알지? 그런데 아몬드 모양의 네 눈이 오늘따라 왜 이리 슬퍼 보이니."

장난으로 오해한 그 애가 배를 잡고 까르륵 웃어댔다. 그 애가 돌아간 뒤 아귀레 박사 밑에서 일하는 조교가 들어와 김의 팔소매를 걷고 다량의 피를 뽑았다. 둥근 무테 안경을 낀, 빼빼 마른 여자 조교는 김에게 호의적이었다. 오늘은 피의 양이 많다고 하자 섹스 후의 전해질 상태, 호르몬 농도를 체크하는 혈청 화학 검사용으로 뽑는 건데 이 정도의 양이 필요하다고 말해주었다. 김이 연구소 안에서 섹스를 한 것은 그날이 처음이었다.

그때야 자신이 코드명 AP-598로 불린다는 것, 저들이 세심하게 관리하는 대상이라는 것도 알게 됐다. 그 애마저 위험해질까 봐 두려웠던 김은 그 후 연구소로 찾아와도 만나주지 않았다. 산루이스 성당에서 마주쳐도 일부러 뜨악한 표정을 지었다. 미리 세운 탈출 계획대로 미사 중간에 성당을 빠져나올 때 그 애가 힐끔 돌아봤다. 여자만의 송곳 같은 직감으로 마지막을 예감했던 것인가……

일이 되느라 그랬는지 볼리비아 버스 안에서 우리나라 배낭족을 만났다. 그들은 페루, 볼리비아, 칠레, 아르헨티나, 브라질 루트를 여행하는 대학생들이었는데 김은 그 무리에 끼어 한국으로 들어왔다. 지금쯤 아귀레 박사는 저들의 발아래 무릎을 꿇은 채 오줌을 지리고 있을 것이다. 그 애는 산루이스 성당에서 바람처럼 사라진 김을 연구소에 숨어든 첩자로 오인할 테고.

악의 무리는 생각보다 가까이 있고 지나치게 평범한 모습을 하고 있다.

검은 세력이 김을 찾아내는 건 시간문제였다. 김을 잡으면 저들은 왜 인슐린에 민감한 특성을 지니게 되었는지, 왜 암에 걸리지 않는 것인지 원인을 밝혀낼 때까지 생체실험을 계속할 것이다. 이미 자신의 행방을 꿰고 있을지도 모른다. 저들이 어떤 자들인데. 지금쯤 CWO 측에서 보낸 요원이 두어 놈 정도는 나타날 법도 하건만. 문제는 왜 지금껏 자신을 봐주고 있는지 저들이 가진 패를 모르기 때문에 김은 요새 부쩍 불안했다.

내 이용가치가 떨어져서?

그럴 리 없다.

숨을 생각이 없기에 연고지로 돌아왔다는 것, 동동섬에서 마지막 볼일이 남았다는 것, 저들에게 잡히느니 이곳에서 끝장을 보고야 말겠다는 내 계획을 벌써 간파한 것일까.

"하여간 귀신같은 놈들이니까…… 그렇다고 마냥 저들을 기다릴 수는 없어. 허락된 시간이 얼마인지 모르지만 그동안 내 계획대로 할 거야."

안상협! 1분 1초가 아까운데 예상치 못한 장애물이 나타났다. 그를 피하느라 시간을 지체할 수는 없다. 정면 돌파를 하는 수밖에. 무한한 삶을 보장받은 자신이 쩨쩨하게 분초를 다투고 있다니. 깍지 낀 손을 앞으로 쭉 뻗은 김은 손등을 젖혀 손가락 관절을 꺾었다.

18

"이제 어떡하지?"

주희의 얼굴이 해쓱해졌다. 남녀 한 쌍이 빠져나간 동동섬에 일행만 남았다. 배도 없는 섬에 꼼짝없이 갇힌 신세였다. 그래도 실낱같은 희망이 있었다. 가장 큰 구멍인 줄 알았던 대호가 알고 보니 구세주였다. 김경훈을 수상하게 여긴 대호는 군청직원인 명건에게 행선지를 가르쳐주었다. 명건은 일행과도 아는 사이였다. 고향에는 초등학교와 중학교가 하나뿐이라 모두 같은 학교를 나왔다. 대호는 명건의 도움으로 김경훈의 호적을 떼어보았고 과거를 추적했다. 동동섬이 위험하면 명건에게 전화하기로 약속했는데 휴대폰이 먹통이 된 것이다. 그래서 캄캄한 밤에 전파가 터지는 곳을 찾아다닌 거였다. 유선전화를 쓰려면 사무실로 가야 하지만 그건 위험했다. 사무실에 김경훈이 있을지도 모른다.

일행은 양쪽 문에 식탁과 침대로 바리케이드를 치고 밤을 보내기로 했다. 감시카메라가 깨진 탓에 저들과 소통할 연결고리가 끊겼다. 김경훈이 이쪽 동태를 파악하지 못하는 반면 저쪽 상황도 알 수 없게 됐다. 가장 무서운 적은 죽음을 두려워하지 않는 인간이다. 최소한의 방어용 무기가 필요했다. 정원이 만능칼을 꺼내놓자 의뭉한 년, 하며 주희가 눈을 흘겼다.

"네 주머니에서 뭐가 하나씩 나올 때마다 심장 떨려 죽겠어. 이제 더 나올 건 없지?"

대호와 상협이 자신들의 가방에도 쓸 만한 무기가 있을 거라고 말했다. 남자들의 방이 코앞에 있지만 문밖에는 어떤 위험이 도사리고 있을지 모른다. 정원은 짐을 가지러 나가는 상협에게 만능칼을 넘겼다.

"이 칼 가지고 가."

칼은 용도에 따라 다르게 보인다. 과일이나 연필을 깎을 땐 순한 도구로 인식되지만 허공으로 치켜들면 무기가 된다. 만능칼을 움켜쥔 상협의 얼굴에 섬뜩한 살기가 서렸다. 상협이 나가자 방 안에 숨 막힐 듯한 긴장감이 흘렀다. 정원과 대호는 김경훈에게 받은 편지로 인해 예습이 됐지만 주희는 충격이 큰 것 같았다. 옥죄이는 기운을 떨치려는 듯 주희가 일어나더니 싱크대 서랍을 차례대로 열었다. 그러고는 식칼을 찾아냈다.

"난 이거면 충분해."

식칼을 왼손으로 잡았지만 자세가 남달랐다. 오른손을 쓸 수 있었다면 아마존의 여전사도 울고 갈 뻔했다. 대호는 식탁 의자를 거꾸로 든 채 화장실로 들어갔다.

"쟤는 왜 저런다니?"

곧이어 욕실에서 빠직, 하는 소리가 들려 달려가 보니 대호가 식탁 의자를 세면기에 내리치고 있었다. 끝이 뾰족한 각목이 의자 다리 수만큼 나왔다. 부러진 다리가 단단한 원목이어서 쓸 만한 무기가 되었다.

"이가 없으면 잇몸으로 사는 거야."

오랜만에 대호의 얼굴로 웃음이 번졌다. 방 안에 감돌던 긴장감이 걷히려던 찰나 주희가 다급하게 불렀다.

"애들아!"

왼손으로 커튼을 모아 쥔 주희가 발코니 유리문을 들여다보고 있었다.

"또 뭐냐?"

정원은 바닥에 널린 각목을 피해 발코니로 갔다.

빨리 도망쳐. 바람의 언덕으로 가. 그 뒤로 흐르는 강은 수심이 얕아.

누군가 유리문에 글을 남겼다. 커튼으로 가려진 탓에 그 글을 보지 못했다. 바깥에서 붉은 펜으로 쓴 글인데, 유리문 안에선 글자가 오른쪽이 아닌 왼쪽으로 쓴 것처럼 보였다. 정원이 손을 밖으로 내밀고는 유리문에 적힌 글자의 자음을 문지르자 손가락에 붉은 립스틱이 묻어났다. 립스틱을 사용한 걸 보면 여자가 쓴 게 분명하다. 일행을 제외하면 섬에 여자라곤 하 마담뿐인데. 그녀가 언제 이 글을 남겼을까. 뱃사공과 정사하기 전? 그 후? 아니면 우리가 바비큐장으로 내려간 뒤?

"대호야, 바람의 언덕이 어디니?"

"폐광된 굴 뒤에 가파른 언덕이 있는데 그게 바람의 언덕이 아닐까? 나도 낚시하러 몇 번 온 것뿐이어서 동동섬의 지형을 자세히 몰라."

대호가 눈을 끔벅거리며 말했다.

"하 마담도 김경훈에게 잡혀 있나 봐."

하 마담이 우리 편이라고 가정하면 이쪽은 다섯, 저쪽은 둘. 결코 불리한 숫자가 아니다. 해볼 만한 게임이다. 다시금 팽팽한 긴장감이 목을 조여왔고 혈액순환이 빨라지는 느낌이다. 신중하게 행동해야 돼. 정원이 숨을 깊게 들이쉬었다.

대호가 발코니 유리문으로 침대를 밀어붙였다. 정원과 주희가 가세해 침대를 옆으로 세우자 드디어 유리문이 막혔다. 손을 털며 돌아서는데 주희가 쉿, 하며 검지를 입술로 가져갔다.

"왜 그래?"

"가만…… 있어봐."

천장이 조금씩 흔들리더니 발코니의 유리문까지 흔들렸다.

"무슨 소리냐?"

"헬리콥터 소리잖아. 우리를 구출하려고 명건이가 보냈나?"

"명건이는 이곳 상황을 모르고 있어. 설령 안다고 해도 걔가 무슨 수로 헬리콥터를 보내겠냐."

"그러네."

"그럼 저 헬리콥터는 뭔데?"

"아, 깜박했네. 앞산에 군부대가 있어. 부대 훈련 기간인 모양이야."

대호의 말에 가슴을 쓸어내렸다. 정원도 여기 살 때 헬리콥터 소리를 자주 들었다. 비행기가 다니는 하늘길이 따로 있는지 인근 군부대를 들락거리던 헬리콥터들이 지금처럼 요란한 소리를 내며 옛집의 지붕 위로 날아가곤 했다. 그러면 통화 중이던 전화도 끊어야 될 만큼 소음이 심했다. 헬리콥터 소리가 점점 작아지더니 이윽고 잠잠해졌다.

"방금 뱃사공이 이 길로 내려갔어."

유리문을 뚫어지게 노려보던 주희가 소곤거렸다. 정원도 유리문에 얼굴을 대고 바깥 동정을 살폈다. 비바람에 흔들리는 나무와 숲, 펜션 건물만 보였다.

"안 보이는데."

"조금 전에 내려갔다니깐."

"침대를 밀고 내다볼까?"

"정원아, 위험해."

"뱃사공이 이리로 내려갔다면 식당으로 갔다는 말인데……."

"그러면 펜션에 김경훈만 있는 거잖아."

대호가 더없이 좋은 기회라고 말했다.

"우리가 힘을 모으면 비리비리한 김경훈을 잡는 건 일도 아니야. 놈을 인질로 잡고 있다가 아침에 동동섬을 빠져나가자."

정원은 대호의 제안이 꺼림칙하게 느껴졌다.

"덫일지도 모르지. 김경훈이 누구냐? 방마다 원격 감시카메라를 설치할 정도로 신중한 인간인데……. 펜션에 뒷길이 있는지도 모르지. 김경훈이 뒷길로 빠져나갔다면 우리는 독 안에 든 쥐가 되는 거야. 대호야, 네 방에서 펜션 뒷길이 보였니?"

"남자들 방엔 발코니가 없어. 내 방 창문으론 식당으로 내려가는 앞길만 보인다고."

"아까 밖에 나갔을 때도 못 봤어?"

"외등이 꺼져 깜깜한데 뒷길이 보일 리 있겠냐."

"뱃사공은 왜 식당으로 내려갔을까. 설마 하 마담이 유리문에 남긴 글 때문에?"

주희가 간이 싱크대 앞에서 중얼거렸다.

"저들이 이 글을 봤을 것 같진 않은데……. 헬리콥터 소리를 듣고 뛰어 내려간 건지도 모르지."

"여기선 잊을 만하면 들리는 게 헬리콥터 소리야."

"하 마담이 김경훈과 한패가 되어 우릴 바람의 언덕으로 유인하기 위해 유리문에 글을 남긴 거라면……."

"김주희, 선의는 선의로 받아야지. 정원이와 인연을 생각해서 하 마담이 목숨을 걸고 한 행동일 수도 있는데 그걸 곡해하면 어떡해."

"모든 게 혼란스러운 상황인데 안 그러게 생겼니?"

일행이 상반된 의견을 내세우며 아웅다웅하고 있을 때 방문이 열렸다. 짐을 두 손으로 모아든 상협이 열에 들뜬 얼굴로 들어왔다.

"어휴, 안상협. 무사해서 다행이다."

"불난 집에 갇힌 표정이네."

상협의 일갈에 주희가 쓴웃음을 지었다.

"네 얼굴은 어떻고?"

복도가 조용해서 방을 들락거리며 짐을 빼오는 일이 쉬웠다고 말했다.

"그럴 수밖에. 행동책인 뱃사공이 방금 식당으로 내려갔거든."

김경훈을 인질로 잡는 게 어떻겠느냐며 대호가 상협에게 물었다.

"뱃사공은 펜션 안에 없고, 발코니 유리문에는 도망치라는 글이 남겨져 있단 말이지."

상협의 말에 한동안 침묵이 흘렀다.

"사무실에 가서 전화로 신고부터 하자. 경찰에 알리는 게 좋겠어."

"이곳은 파출소에 상주하는 경찰이 몇 명 없는 데다 우리가 처한 상황을 구구하게 설명해야 한다고. 그럴 시간이 어딨냐? 반면 명건이는 우리 사정을 알아. 오늘 밤 어디에 손을 쓰면 우리가 안전할지도 걔가 알고 있을 거야."

"그럼 명건이에게 전화부터 하고, 사무실에 김경훈이 있다면 인질로 잡는 게 좋겠다."

"서두르자!"

주희의 성화에 일어서려는데 상협의 바지 주머니에서 무언가 툭 떨어졌다.

"이게 뭐냐?"

대호가 허리를 구부리고 바닥에 떨어진 것을 집었다. 무전기 같았는데 작고 날렵하게 생긴 것이 새로 출시된 모델인 듯했다.

"수술방에서 쓰는 거야."

상협이 당황한 표정으로 무전기를 잡아챘다.

"의사가 웬 무전기? 휴대폰은 어쩌고?"

"이건 무전기가 아니라 호출기야. 받기만 하는 거라고. 휴대폰은 전화가 안 될 때가 많잖아. 바쁘니까 배터리를 충전하는 것도 쉽지 않고."

"의사가 바쁜 직업이긴 하지."

대호는 수긍하는 눈치였으나 정원은 어딘지 미심쩍었다. 신형무전기가 분명한데 호출기라고 우기는 상협의 속내를 모르겠다. 백번 양보해서 호출기라고 해도, 의사가 저런 걸 쓴다는 말을 들어본 적이 없다. 상협은 시간을 다투는 의사가 아니다. 환자가 줄을 서서 기다리는 명의도 아니다. 성형외과 전문의가 호출기를 사용하다니…….

방금 지나간 헬리콥터와 상협의 무전기 사이에 어떤 연결고리가 있는 건 아닐까? 무너지듯 식탁 의자에 주저앉은 정원은 손가락으로 눈 주변을 꾹꾹 눌렀다. 코너에 몰린 탓에 너무 예민하게 반응하고 있다. 엄마는 TV에서 상협을 봤다고 했다. 바쁜 스케줄 때문에 호출기가 필요한 유명 의사인지도 모른다.

"다들 주목!"

주희가 싱크대 앞에서 식칼을 빼 흔들었다. 쌍둥이표 식칼로 알려진 독일제 헹켈 식칼이다.

"김경훈을 잡으러 가려면 무기가 필요해. 각자 하나씩 찾아봐."

대호와 상협은 약속한 듯이 가방에서 야외용 손전등과 만능칼을 꺼냈다.

"애개, 전부 만능칼을 가져왔잖아. 빈곤한 상상력하고는. 찬란한 21세기에 원시적인 무기라니⋯⋯."

"위협용으론 이 정도가 적당해."

"스피커에서 흘러나오던 김경훈 얘기 못 들었니? 놈은 현대식 무기를 가지고 있을지도 몰라. 탄광을 한 집안이잖아. 여긴 폐광이 있던 곳이고. 폭탄이 무진장 쌓여 있을 거라고. 우리가 가진 칼과 각목은 놈의 무기에 비하면 장난감에 불과할 거야."

"정작 너는 아무것도 가져오지 않았잖아."

일행이 빈정거리자 승용차 트렁크에 골프채가 있다고 주희가 우겼지만, 그건 그림의 떡이나 마찬가지였다.

"잠깐, 급한 물부터 빼고."

대호가 화장실 간 틈을 이용해 정원은 긴팔 옷으로, 주희는 편한 바지로 갈아입었다. 방에서 나오니 대호와 상협이 손전등과 만능칼을 쥔 채 기다리고 있었다. 여자들의 손에도 칼이 있는 걸 본 대호는 즉시 칼을 버리고 각목을 선택했다.

"놈을 후려칠 무기가 하나는 있어야지."

함부로 부러뜨린 각목을 보자 눈앞의 위험과 맞닥뜨린 기분이었다. 정원도 만능칼을 가져왔지만 그건 방어용일 뿐 각목이 진정한 무기 같아 보였다. 상협을 선두로 복도에 늘어선 일행을 보니 한숨이 절로 나왔다. 다리를 절룩이는 대호, 오른손을 다친 주희,

운동과는 거리가 먼 자신, 떨거지들의 행렬과 다를 바 없었다. 4대 1. 숫자상으로는 우세했으나 결코 안심할 처지가 아니다. 메탈 램프가 켜진 복도를 따라 걷다 보니 일행 사이에 암묵적인 대열이 만들어졌다. 상협을 선두로 정원과 주희, 각목을 든 대호가 후미를 지켰다. ㄱ자로 꺾인 복도로 접어드니 둥근 복도 창이 보였다. 빗줄기가 실지렁이처럼 창을 타고 흘러내렸다. 이따금 복도 창이 부르르 떨며 피리 소리를 냈다.

"험상궂은 날씨에 음향효과까지 죽이네."

다들 경직된 얼굴로 로비를 향해 재게 발을 놀렸다. 뱃사공이 오기 전에 구조 요청을 하고 김경훈을 인질로 잡아야 된다는 생각이 머릿속을 지배한 탓이다. 로비가 보이자 상협이 수신호를 보냈고 일행은 소리 없이 벽에 붙었다. 상협의 어깨 너머로 어두컴컴한 지하계단이 보였다. 계단 입구를 살피던 상협이 다시 손을 들었다. 일행은 빠르게 계단을 지나쳐 로비로 들어섰다.

놈은 사무실에 있다!

은은한 형광 불빛이 사무실에서 새어 나왔다. 정원은 상협을 따라 프런트 데스크로 숨어들었다. 발소리를 죽인 상협이 사무실 문의 왼편에 붙어서기 무섭게 정원이 달려가 반대쪽 문 옆으로 붙었다. 상협이 열어젖힌 문으로 들어서니 사무실이 텅 비어 있었다. 김경훈이 없는 게 다행인 것 같기도 하고, 아닌 것 같기도 했다.

"쥐새끼 같은 놈, 벌써 토꼈잖아!"

뒤늦게 들어선 대호가 사무실을 훑어보며 게걸거렸다. 사무실에는 감시카메라도 설치되어 있지 않았다.

"여긴 깨끗해."

"그럴 리가 없는데……."

상협이 맥 빠진 얼굴로 유선전화기 앞에 앉았다.

"몇 시냐?"

김경훈의 말처럼 사무실에는 벽시계가 없었다.

"어? 모르겠어."

상협이 낭패한 기색으로 머리를 긁더니 명건의 전화번호를 물었다.

"공일공에 이사오…… 공일공에 이사육…… 어라? 생각이 안 난다."

"휴대폰이 꺼지면 모든 게 정지되는군. 어쩌지?"

"방법은 있어. 군청 당직실에 전화해서 명건이 전화번호를 물으면 돼."

수화기를 쥔 상협이 한순간 멈칫거리더니 탁자 밑에서 잘린 전화선을 꺼내 보였다.

"놈이 끊어놨어."

정원은 책상 위의 컴퓨터를 켰으나 인터넷이 연결되지 않았다.

"통신 수단을 모두 끊었어. 우린 갇히고 만 거야!"

일행의 얼굴이 삽시간에 어두워졌다. 대호는 각목을 늘어뜨린 채 서성거리더니 캐비닛을 열어젖혔다. 그러고는 안에 든 물품을 각목으로 쓸어버렸다. 대호는 어릴 때부터 화가 나면 꼴통 짓을 곧잘 했다.

"대호야, 제발!"

정원이 달랬으나 그것으로는 성에 차지 않았는지 책상과 붙박이장을 닥치는 대로 후려치기 시작했다.

"선배고 뭐고, 잡히기만 해! 요절을 낼 테니깐."

"쟤 좀 말려봐!"

좀체 화를 내지 않던 상협이 폭발하고 말았다. 그러든 말든 대호는 붙박이장을 휘젓는 데 여념이 없었다. 문짝이 떨어져 나갔고 안에 있던 방석과 여러 개의 쿠션이 쏟아져 나왔다. 대호 곁으로 다가간 정원은 붙박이장을 들여다보았다. 긴팔 와이셔츠가 얹힌 사과 박스 뒤로 일본풍의 여닫이문이 보였다. 붙박이장의 뒷면으로 위장된 여닫이문은 문틈이 벌어져 있었다. 대호가 끙끙거리며 내리치자 합판 재질의 얇은 문짝이 부서졌고 여닫이문 너머로 시멘트 벽면이 흉물스러운 모습을 드러냈다. 그곳에 나무계단이 숨겨져 있었다.

"햐, 요놈 봐라!"

대호가 계단으로 올라가며 손짓했다. 대호를 따라 나무계단의 끝에 다다랐을 때 다락방의 세모꼴 천장이 보였다. 득의만만한 기세로 올라왔으나 김경훈은 없었다. 정원은 다락방에 설치된 어마

어마한 규모의 워크스테이션에 압도당했다.

"우와, 대단한데."

뒤따라 올라온 상협이 컴퓨터를 켰으나 먹통이었다. 부팅조차 되지 않았다.

"생각보다 치밀한 놈이야."

"김경훈, 이 새낀 어디로 튄 거야!"

대호가 분통을 터뜨리며 각목을 휘둘렀다.

"대호야, 컴퓨터를 부수면 안 돼! 경찰이 압수할 물건이라고."

상협이 말리자 대호가 기승스레 날뛰었다.

"압수, 좋아하시네!"

깨지고 쓰러지는 요란한 소리와 함께 컴퓨터에서 떨어진 파편이 다락방 곳곳에 튀었다. 정원은 책상 앞에 붙은 메모판으로 고개를 돌렸다. 메모판에 누런 신문이 붙어 있었다. 신문을 쳐다보던 정원이 소리 내어 헤드라인을 읽기 시작했다.

"라론 증후군 환자를 통해 새로운 암 치료법 진행…… 이를 연구한 내분비학 전문의 구에바라 아귀레."

신문을 떼어내 책상에 내려놓자 주희가 다가와 머리를 들이밀었다. 한동안 뚫어지게 보더니 신문 한가운데를 가리켰다.

"…… 여기 있다!"

"뭐가?"

"뭐긴, 토낀 놈이지."

주희가 용케 김경훈을 찾아냈다. 사진 속 김경훈은 지금과 다름없는 얼굴로 흰 가운을 입은 구에바라 아귀레 박사 옆에 서 있었다.

"2008년도에 찍은 거야. 놈은 그동안 라론 증후군 환자들과 에콰도르에 있었네."

"그곳엔 어떻게 갔을까?"

"너 같으면 안 가겠냐? 듣도 보도 못한 병인데……."

"유럽도 미국도 아닌 저 아래 남미 에콰도르란 말이다."

"2008년도에 이 사진이 찍혔다면 김경훈은 오래전부터 에콰도르에 있었다고 봐야겠지?"

"어린 나이에 그곳까지 갔으니, 김경훈이 대단한 놈인 건 맞아."

"아귀레 박사와 찍은 라론 증후군 환자들 사진 좀 봐. 20년 동안 얼굴이 변하지 않았어."

"그러니까 연구 대상이지."

"겁 없이 날뛰는 걸 보면 복수 국적자가 아닐까. 여차하면 에콰도르로 튀려고."

"글쎄올시다."

"에콰도르에서 자기 종족과 살면 될 텐데 한국엔 뭐하러 온 거지. 원한이 골수에 사무쳐서?"

"그게 골수에 사무칠 일인가?"

"간단한 문제가 아냐. 그 사람의 처지가 되어보지 않고는 누구도 내밀한 심정을 모른다고."

"한정원, 누구 편이냐?"

대호가 화등잔만 하게 치켜뜬 눈을 부라렸다. 그 틈에 상협이 신문지를 소중히 접어 지갑 속에 끼워 넣었다. 그걸 바라보던 주희가 혀를 내둘렀다.

"이 판국에 자료 수집하고 있냐."

상협이 머쓱한 표정으로 머리를 쓸어 올렸다. 대호가 소란을 피웠는데도 김경훈과 뱃사공이 잠잠하다. 그들은 지금 무슨 음모를 꾸미고 있는 걸까. 녹초가 된 일행은 사무실로 내려와 대책을 의논했다.

"사면이 막힌 공간에 숨어 있다가 날이 밝으면 움직이자."

"김경훈을 겪어보고도 그런 말이 나오냐? 우리가 숨은 곳에 불을 싸지르고도 남을 인간이야."

상협이 정원을 쳐다봤다.

"정원이 의견은?"

"김경훈의 의도에 말려든 것 같아. 한시바삐 이곳을 벗어나야 해. 할 수만 있다면 가는 길에 하 마담을 만나보고 싶은데. 하 마담의 진심이 뭔지 떠보고, 바람의 언덕 위치도 알아낼 겸."

"뱃사공과 김경훈이 식당에 있을지도 모르는데 거길 가자고? 그건 호랑이굴로 들어가자는 말과 다를 바 없어."

"다른 묘책이 없잖아."

"나는 하 마담한테 뒤통수를 맞더라도 바람의 언덕으로 가야 한

198

다고 봐. 우리는 이곳 지리에 어둡고 통신마저 끊겼어. 지금은 하마담의 말을 믿을 수밖에 없다고. 모 아니면 도야. 신이 우리 편이라면 바람의 언덕으로 가는 길에 휴대폰이 터지는 곳을 지날 수도 있고. 자, 어떡할래?"

상협은 멘탈이 세다. 이런 상황에서도 온화한 목소리로 일행을 설득했다.

"문제는 우리가 바람의 언덕이 어디 있는지 모른다는 거야."

"동동섬에서 가장 가파른 언덕을 찾으면 되겠지. 섬은 땅이 좁잖아."

"그게 좋겠다."

그때 별안간 실내가 암흑에 휩싸였다.

"어?"

"뭐야?"

대호와 상협이 지니고 있던 손전등을 켰다. 두 줄기의 불빛이 칠흑 같은 사무실을 훑었다.

"전기까지 차단하시고. 들입다 악을 쓰누만."

대호가 절반가량 풀린 붕대를 감으며 씹어뱉듯 말했다.

"여길 벗어나자!"

19

로비가 어둠에 잠겨 있었다. 도처에 검은 그림자가 도사리고 있는 것 같았다. 정원은 상협이 비추는 불빛에 의지해 펜션 현관을 벗어났다. 어느새 비가 그쳤고 달이 구름 사이로 고개를 내밀었다.

"그리 어둡진 않네. 빨리 뛰어와."

펜션의 모퉁이로 접어들던 상협이 뒤처진 정원을 재촉했다. 전등 불빛에 가지런히 쌓인 장작더미가 보였다. 벽난로용 장작을 쟁여둔 창고를 지나자 예상대로 뒷길이 있었다.

"너희들, 손전등 꺼! 밤에는 불빛이 10리까지 비친대. 놈이 어둠 속에서 우리를 노려보고 있을지도 몰라."

두 개의 손전등이 꺼지자 밤하늘이 온전한 모습을 드러냈다. 구름은 걷혔고 만월에 가까운 노르스름한 달이 밭둑길을 비추었다. 김경훈이 따라올까 봐 불안해진 정원은 연방 뒤를 돌아봤다.

"왜 이리 조용하지? 전기까지 차단한 걸로 봐선 금세 따라올 줄 알았는데."

"태풍의 눈에 든 거겠지. 태풍이 오기 전엔 고요하다잖아."

"야, 작게 말해. 밤에는 소리가 크게 들린단 말이야."

뒷길인 밭둑길을 따라 한동안 뛰었다. 밭이 끝나는 지점에서 상협이 양팔을 벌리고 허우적거렸다. 풀밭인 줄 알았는데 늪지였다. 대호에게 의지해 늪지를 빠져나온 상협은 운동화를 벗어 털었다.

"흙이 묻었으면 어때. 얼른 뛰어와."

주희의 투덜거리는 소리에 애앵, 하는 모기 소리가 따라붙었다. 처음엔 대수롭지 않게 여겼는데 모기가 엄청나게 많았다. 산모기는 주로 화장을 한 주희와 정원에게 들러붙었다. 팔다리는 물론 옷까지 뚫고 피를 빨았다. 정원은 모기가 붙은 부위를 손바닥으로 찰싹찰싹 내리치며 산기슭을 향해 뛰어갔다. 모기를 피하고 나니 이번에는 벌의 공격이 시작됐다. 정원과 주희는 벌 떼 소리를 듣자마자 패닉 상태에 빠졌고, 상협과 대호도 벌들의 공격에는 두 손 들고 말았다.

"얘들아, 움직이지 마!"

대호가 소리쳤으나 들리지 않았다. 윙윙거리는 벌 떼 소리만 고막을 가득 채웠다. 겉옷을 머리에 뒤집어쓴 정원은 오체투지 하듯 땅바닥에 납신 엎드렸다. 일행도 따라 엎드리자 벌들이 위협하듯 날갯짓 소리를 냈다.

"무슨 이런 일이 있니……. 우리 완전 똥 밟았어."

"언제부터 벌이 야간 활동을 했냐? 벌은 낮에, 모기는 밤에 활동하잖아."

"그러게. 모기와 벌이 영역 다툼을 하나? 이것들이 떼로 뭉쳐서 우리한테 시간 차 공격을 한 거야."

"김경훈이 풀어놓은 것일 수도 있지."

"말이 되는 소릴 해라. 김경훈이 양봉업자냐? 벌을 풀게."

벌들의 날갯짓 소리가 들리지 않자 정원이 덮어쓴 옷을 슬그머니 내렸다.

"벌에 쏘였는데 죽진 않겠지."

"말벌이 아니어서 괜찮아."

가까운 곳에 둥지가 있는 벌은 야간에도 활동하니 조심하라며 대호가 팽개친 각목을 그러쥐었다. 일행은 서둘러 산속으로 들어섰다. 산길을 둘러본 대호는 전파가 터지는 곳을 찾아 헤맬 때 이 길로 왔었다며, 식당 쪽에서도 올라오는 샛길이 있다고 말했다.

이틀 전이 보름이라 달이 밝았다. 숲속은 먹물을 푼 듯 시커멓고 산길은 달빛으로 희게 빛났다. 가르마처럼 뻗은 산길을 걷는 일행의 발소리가 고요한 산중을 울렸다. 다급하게 따라오는 소리에 뒤돌아보면 대호의 뜀박질 소리였고, 사람인 것 같아서 노려보면 바람에 흔들리는 나뭇가지였다.

"밤에 산길을 갈 땐 나무와 덤불을 쳐다보지 마. 환시에 빠지기 쉬워. 머리 푼 여자가 나무 뒤에 서 있는 것처럼 보인다고. 사실 귀신보다 무서운 건 산짐승인데."

대호가 손전등으로 숲을 비추며 말했다.

"불 꺼. 불빛이 새면 놈들한테 노출된단 말이야."

상협이 질린 소리로 말했다.

"우리를 잡을 생각이었으면 벌써 따라왔지. 벌과 모기 때문에 그 난리를 쳤는데. 간간이 돌아봤는데 기척이 없어."

"포기할 놈들이 아니라니깐."

"아무튼 불은 켜도 돼. 펜션에서 멀리 왔으니 불빛이 새어 나가도 우리가 가는 방향만 짐작할 뿐, 거리 측정이 쉽지 않거든."

산속에 들어선 후 대호가 변했다. 한 번 와본 길인 데다 해병대를 만기제대해서 그런지 물 만난 고기 같았다. 봉침에 쏘인 게 결린 다리에 약이 된 모양이라며 농담까지 곁들였다. 대호는 고향에서 밀렵감시단 활동도 한다.

"인간이 얼마나 악랄한 줄 아냐. 사냥철도 아닌데 밤중에 야생동물을 싹쓸이해가는 놈들도 있어. 우리가 몇 년째 얘네 뒤를 쫓는데 꼬리가 잡히질 않네. 개머리판을 떼어낸 총에 적외선 조준경을 달아가지고 다니는 모양이야. 동에서 번쩍, 서에서 번쩍 하는 통에……."

반면 상협은 함구하고 있었다. 책상물림이라 야전에 어두운 탓이다. 리더의 역할이 자연스레 대호에게 넘어갔다. 어둠에 시력이 맞춰지자 불빛에 의지하지 않고도 물체를 식별할 수 있었다. 정원은 검은색에도 명암이 있고 면과 선이 엄연히 존재한다는 사실을 그날 처음 알았다. 상협마저 손전등을 켜자 산길이 환해졌다.

"저게 뭐지? 한번 가볼까."

비탈길 옆 움푹하게 들어간 곳에 검은 천이 씌워진 비닐하우스가 보였다.

"그럴 시간이 어디 있냐? 바람의 언덕부터 찾아야지."

"이렇게 가다가 언제 찾겠냐. 지름길이 있을지도 몰라."

대호가 산길을 버리고 숲속으로 들어섰다. 상협이 손전등을 조준해 대호의 발밑을 비춰주었다. 대호 앞으로 촘촘하게 늘어선 나무와 덤불이 보였고, 흔들리는 불빛 아래 샛길이 드러났다. 그 길로 올라가자 옴팡한 땅에 은폐된 듯 보이는 비닐하우스와 움막이 보였다.

"저곳이 폐광이야."

대호가 손전등으로 먼 숲을 비추며 말했다.

"어디? 안 보이는데."

"움막 위에 시커먼 동굴 같은 거 있잖아. 상협아, 위쪽으로 비춰봐. 저 옆에 컴컴한 것, 저게 폐광이라고. 상피 붙은 오누이가 폐광 속에 숨어서 석 달 열홀간 살다가 굶어 죽은 곳이래."

"김경훈의 고모하고 삼촌이 그랬다는 거야?"

대호가 볼멘소리로 주희에게 말했다.

"광업소가 폐광된 뒤 버려진 굴속에서 일어난 일이라니깐. 김경훈이 에콰도르로 떠난 후에 생긴 일이라고. 마을에 살던 오누이가 은신처를 찾아 저 굴속으로 들어갔었나 봐."

"아무것도 안 먹고 석 달 열홀씩이나 살 수 있을까? 폐광 속엔 석탄밖에 없을 텐데……."

"굴 부근에서 자라는 쑥이나 고사리, 나무열매 따위를 따 먹고 살았겠지. 운수 좋은 날엔 더러 산삼도 캐 먹고."

"그걸 믿냐? 한낱 소문을."

상협이 껴들었다.

"저 굴을 봐라. 입구가 음침한 게 혼령의 기운이 스멀거리는 것 같지 않냐."

"주희 얘는 또 왜 이러냐. 한쪽 눈은 팅팅 부어가지고."

대호가 들이댄 손전등 불빛에 주희의 얼굴이 고스란히 드러났다. 벌에 쏘였는지 눈언저리에 커다란 혹이 불거졌다. 정원은 자기도 모르게 뒷걸음질 치며 손으로 얼굴을 감쌌다.

"어쨌든 가보자. 폐광 뒤에 높은 언덕이 있네. 저길 가면 뭐든 보이겠지."

일행과 앞서거니 뒤서거니 올라가니 움푹 꺼진 땅에 방치된 비닐하우스가 나왔다. 거기를 지나쳐 폐광 쪽으로 올라가는데 뒤따르던 대호의 발소리가 들리지 않았다.

"김대호, 거기서 뭐 하나?"

"뭘 이렇게 싸매놨나 궁금해서……."

대호가 비닐하우스에 덧씌워진 천을 잡아당기고 있었다. 검은 천을 벗겨내자 은박 돗자리로 입구를 막은 비닐하우스가 보였다. 돗자리마저 뜯어낸 대호가 비닐하우스로 들어갔고 잠시 뒤 환한 불빛이 뿜어져 나왔다. 안에 발전기가 있는 모양이다. 비닐하우스로 들어선 정원은 벌린 입을 다물지 못했다. 내부가 놀랄 만큼 럭셔리했다.

"장관이네. 이게 다 뭐냐?"

"보다시피 대마야. 새끼, 어쩐지 냄새가 폴폴 나더라니."

"나는 단풍나무인 줄 알았네."

비닐하우스는 대마 재배용 온실이었는데 정기적으로 세심하게 관리한 티가 났다. 섭씨 23도에 맞춰진 온도계며 여러 대의 선풍기, 천장에 달린 조명등, 원예용 스프링클러, 그리고 한 포기씩 심긴 대마 화분이 빽빽하게 놓여 있었다. 상협과 주희까지 들어오자 비닐하우스 내부가 열기로 후끈 달아올랐다.

"우와, 전부 내다 팔면 얼마나 받을까?"

"계산 불가, 천문학적 액수겠지."

"김경훈이 적자 상태인 펜션을 계속 운영하는 이유가 이거였군. 대마 재배로 돈을 벌었어."

"그래서 모기와 벌을 풀어놨구나. 손님들이 접근을 못 하게. 펜션 운영은 일종의 위장술인 셈이고."

"모기와 벌을 풀어놓는다고 그게 계획대로 될까?"

"길들였을지도 모르지. 뱃사공의 얼굴을 봐라. 요상하게 생긴 것이 그 방면에 유능할 것 같잖아."

주희는 화분마다 심겨진 무성한 대마 잎을 살펴보더니 꽃을 피우기 직전인 것 같다고 했다.

"이 많은 대마를 어디서 구한 걸까? 부근엔 베 짜는 할머니도 없을 텐데."

비닐하우스 구석에 켜켜이 쟁여진 포대를 만지던 주희가 졌다, 는 표시로 두 손을 번쩍 들었다.

"대호야, 한국산이 아냐. 내가 원예에 관심이 있어서 아는데 이 대마 종자와 비료는 캐나다에서 수입한 거야."

"새끼가 국제적으로 노네."

"여기서 얼쩡거릴 시간 없어."

재촉하는 상협을 따라 비닐하우스를 나왔다. 대마가 노출된 이상 김경훈은 일행을 순순히 놔주지 않을 것이다. 일이 커졌다는 생각이 들 무렵 난데없이 투두두두, 하는 소리가 들려왔다. 내려다보니 스쿠터 한 대가 무서운 속도로 산길을 달려오고 있었다.

"허, 스쿠터씩이나!"

상협이 산 아래 길 쪽으로 손전등을 비추었고, 헬멧을 쓴 사람 뒤로 머리통 하나가 달랑거리는 게 흐릿하게 보였다. 곧이어 날카로운 총소리가 동동섬을 뒤흔들었다. 그날 정원은 난생 처음 총소리를 들었다. 바람을 잔뜩 넣은 비닐봉지를 한 번에 팟, 하고 터뜨리는 소리 같기도 하고, 볶은 콩이 프라이팬에서 튀는 소리 같기도 했다. 사정거리가 짧은 탓인지 스쿠터가 흔들린 탓인지 쏘는 대로 총알이 빗나갔다. 대호는 그걸 바나나샷이라고 했다.

"놈이 가진 총은 중장거리용 M4로 보여. 총알이 오른쪽이나 왼쪽으로 새는 현상이 심해. 고수가 아니고선 우리 가운데 한 명을 맞히려면 서른 발 정도는 쏴야 할 만큼 매가리 없는 총이야. 겁먹을 것 없어!"

각목을 치켜든 대호가 빠르게 말했다. 미국 코네티컷 총기 난
사사건 이후 프라이빗 마켓에서 불티나게 팔렸다던 그 총인 모양
이다. M4는 저격용이라기보다는 저격을 견제하는 총이라고 대호
가 덧붙였다. 그래도 총은 총이다. 호흡이 거칠어지고 무릎이 떨
렸다. 젖 먹던 힘까지 짜내어 도망치려고 했지만 다리가 움직이지
않았다.

"얘들아, 피해!"

대호가 산길로 뛰어 내려가며 소리쳤다. 대호보다는 상협이 한
발 빨랐다. 나뭇가지를 흔들며 풀숲으로 달려간 상협이 스쿠터 뒤
로 달려들었다. 그 바람에 핑그르르 돌던 스쿠터가 산길 아래로
굴러떨어졌다. 덤불숲에서 네 명이 육탄전을 벌이는 소리가 들릴
즈음, 주희가 삽을 치켜들고 나왔다.

"이게 비닐하우스 안에 세워져 있었어."

잘 벼린 삽날이 달빛에 퍼렇게 빛났다. 잇달아 와닥닥거리는 뜀
박질 소리가 났고 대호와 상협이 달려오는 게 보였다. 그 뒤로 스
쿠터를 버린 뱃사공이 빠른 속도로 따라붙었다.

"정원아, 삽을 던져줘!"

주희의 지시대로 앞서 달려오던 상협에게 삽을 던졌으나 그만
땅바닥에 떨어지고 말았다. 그 순간 몸을 돌린 대호가 뒤따르던
뱃사공한테 덤벼들었고 두 사람은 드잡이하듯 얽힌 채로 넘어져

208

바닥을 굴렀다.

"대호야, 비켜!"

벼락같은 소리와 함께 퍽, 하고 수박 터지는 소리가 들렸다. 뱃사공이 땅바닥에 길게 엎어져 있었다. 상협이 삽으로 뱃사공의 머리를 후려친 모양이다. 바닥을 짚고 일어난 대호가 손전등을 켰다. 뱃사공의 가랑이 틈으로 피인지 오줌인지 알 수 없는 물이 흘러나와 바닥을 검게 적셨다.

가까이 다가온 주희가 정원의 손을 꽉 쥐고 말했다.

"뱃사공이 죽은 것 같아."

주희의 손바닥이 뜨겁고 축축했다.

"이 일을 어쩌면 좋으니!"

"뱃사공이 죽자 살자 덤벼드는 바람에 나도 어쩔 수가 없었어."

상협이 풀 죽은 소리로 말했다.

"정말 죽었을까……?"

"오줌을 싼 거 보니 죽었어."

비닐하우스에서 흘러나오는 불빛에 대호와 상협의 얼굴이 드러났다. 그들의 눈에는 불안, 안도, 초조함 같은 감정이 서려 있었는데 그중 으뜸은 살의였다.

"정당방위니까 괜찮을 거야."

"우리나라 법정은 정당방위로 인정하는 데는 야박하단 말이야. 그리고 김경훈이 남았어."

"상협아, 걱정 마. 김경훈은 덤불숲에서 일자로 뻗었어. 내 훅이 제대로 들어갔거든."

"그래도 여기를 빨리 떠야 해."

상협이 뱃사공의 시신 앞에서 단호하게 등을 돌렸다. 상협은 한 치의 망설임도 없었다. 숲을 질러갈 때는 노루처럼 달렸고 뱃사공에게도 서슴없이 삽을 휘둘렀다. 병원에 갇혀 사는 의사가 저렇게 날랠 수 있나. 아니지, 바쁜 중에도 피트니스에서 꾸준히 운동하는 의사도 많을 거야. 몸을 연구하는 직업인데 건강 관리는 기본이겠지…… 그렇게 넘기려던 순간 상협이 가지고 있던 무전기가 떠올랐다.

애는 왜 여길 들어왔을까? 우리는 김경훈이 악의를 가질 만한 이유가 충분하지만 상협은 다르다. 김경훈과 엮일 이유가 없는 상협이 왜 동동섬에 고립되어 우리와 함께 고통을 나눌까? 직원들을 휴가 보내고 나니 휴식이 필요해서 동동섬에 들어왔다던 말이 진실일까? 상협에게도 동동섬에 가자고 주희가 통사정을 했을까…… 미심쩍은 눈으로 보면 모든 인간은 수상하기 마련이다. 세상에는 우연히 일어나는 일이 얼마나 많은가. 불순한 생각을 털어버리려는 듯 정원이 고개를 내흔들며 일행을 따라갔다.

"저게 뭐지? 아까 못 봤는데."

비닐하우스를 지나던 대호가 손전등을 비췄다. 비닐하우스의 반대쪽 입구에 넓적한 나무 발판 같은 것이 보였다. 나뭇가지로 얼기설기 덮인 것으로 봐선 아무래도 덫 같았다. 대호가 그쪽으로 다가가자 상협이 만류했다.

"김경훈이 쫓아온단 말이야."

"놈은 맛탱이가 갔을 거라고. 내일쯤 정신이 들 거야."

기어이 비닐하우스 반대편 입구로 다가간 대호가 나뭇가지에 덮인 발판을 살펴보더니 모두 물러나라고 소리쳤다. 상협마저 멀찍이 쫓아버린 뒤 나무 발판을 향해 돌덩이를 던졌다. 폭죽 다발이 한꺼번에 터지는 듯한 굉음이 울렸다.

"부비트랩이닷!"

상협이 외치는 소리가 아득히 들렸다.

"새끼, 나름 머리를 썼는데. 이건 사제품이고 빡세게 만든 것도 아니야. 어떤 놈들은 LPG 가스통으로 부비트랩을 만들기도 해. 거기에 걸리면 자동차도 폭발한다고. 아까 저리로 들어가지 않은 게 천만다행이다. 꼼짝없이 다리가 찢길 뻔했어. 짐승이든 사람이든 온실에 들어오면 잡으려고 설치했나 봐."

해병대 출신이자 밀렵감시단원인 김대호가 빛나는 순간이다. 지진이 난 듯 부비트랩이 터졌고 비닐하우스까지 폭삭 주저앉았으니 김경훈이 움직일지도 모른다. 일행은 뛰듯이 빠르게 걷기 시작했다. 비닐하우스를 지나 언덕으로 올라서니 작은 움막이 보였다. 그 너머 산등성이에 뭔가 삐쭉 솟아 있었다.

"저게 뭐지?"

희끗한 게 바위 같았다.

"바람의 언덕이 아닐까?"

"아니면 어떡해."

다들 묵묵부답이었다.

"수영 못하는 사람은 없겠지?"

"여기서 나고 자랐는데 그럴 리가……. 개헤엄 정도는 칠 수 있을 거야."

상협의 말에 정원과 주희가 고개를 끄떡였다. 대호가 가리킨 바위가 바람의 언덕이 아니라고 해도 지금은 거길 올라가는 수밖에 없다. 부비트랩까지 설치한 걸 보면 김경훈은 장난하고 있는 게 아니다. 무슨 수를 써서라도 오늘 밤 동동섬을 탈출해야만 한다.

20

대호가 먼저 비탈길로 올라갔고, 정원이 움막의 모퉁이를 도는데 총소리가 동동섬을 흔들었다. 움막의 시멘트 벽이 파이고 발밑에선 흙이 튀었다. 허리를 숙인 채 달려오던 상협이 엎드리라고 외쳤다. 내일쯤 정신이 든다던 김경훈이 길 아래 숨어서 총을 쏘고 있었다. 어어어, 비명을 지르던 정원은 움막으로 뛰어들어 바닥에 주저앉았다. 비탈길로 급히 내려오는 대호의 발소리가 들렸다.

몸이 무거운 사람은 발소리도 크고 무겁다. 움막 밖에서는 총소리와 날카로운 비명 소리가 연달아 들렸다. 밖을 내다보니 상협이 주희를 부축한 채 올라오고 있었다. 주희는 달려오다 넘어진 것 같았다.

"너희들, 꼼짝 말고 여기 있어!"

정원에게 주희를 맡긴 상협이 움막 밖으로 뛰쳐나갔다. 상협의 발소리가 점점 멀어졌고 총소리는 가까이에서 들렸다. 주희가 벽에 기댄 채 무릎을 세우고 앉아 있었는데, 바지 위로 거무스름한 것이 번지고 있었다. 만져보니 피였다. 손수건으로 무릎을 싸매주는데, 주희가 식칼을 건넸다.

"이 칼을 왜 나한테 주는데?"

"나는 한 손을 못 쓰고 무릎도 다쳤잖아. 지니고 있어 봤자 내겐 무용지물이야."

정원은 모기 떼에게 공격당할 때 만능칼을 잃어버렸다. 식칼을 받으며 이런 상황에서 무기를 넘기는 것이 무슨 의미인지 생각했다. 그러나 깊이 생각할 틈이 없었다. 연이어 들리던 총소리가 그쳤다. 상협의 날랜 발소리와 대호의 무거운 발소리도 들리지 않았다. 간간이 들리던 풀벌레 소리마저 끊겼고 희미하게 비치던 달조차 구름 속에 숨었는지 움막이 무섭도록 깜깜해졌다. 축축한 습기와 기분 나쁜 고요함. 마지막 순간은 한 걸음씩 다가오는데 이상하게도 죽음에 대한 공포가 생겨나지 않았다.

무슨 냄새일까?

공기 중에 이질적인 냄새가 섞여 있는 게 느껴졌다. 내 코는 모두가 알아주는 개코인데……. 조용히 일어서자 곁에 앉은 주희가 정원의 다리를 붙잡았다. 정원은 무성영화의 한 장면처럼 주희의 손을 소리 없이 밀쳐냈다. 등으로 식은땀이 흘렀다. 정원은 식칼을 움켜쥔 채 움막 문을 향해 한 발 한 발 나아갔다. 어금니를 너무 세게 악물어서 턱이 아플 지경이다. 몇 발짝이나 갔을까? 물렁한 공기가 코끝에 느껴졌고 날콩 비린내가 훅 끼쳤다. 동시에 미지근한 물체가 정원의 팔꿈치에 닿았다. 뒤미처 소녀들의 목에서 나올 법한, 날카롭고 가느다란 외마디 소리가 움막을 휘저었다.

김경훈이닷!

격렬한 공격충동 때문에 명치가 뜨겁게 달구어졌고, 안개가 낀 것처럼 눈앞이 뿌옜다. 정원은 어둠을 향해 미친 듯이 식칼을 휘둘렀다. 사람을 찌를 때 생각이 먼저 오고 행동이 나중에 나오는 것인 줄 알았다. 당면해보니 그게 아니다. 질기면서도 물컹한 것이 식칼 끝에 걸리는 느낌이 손으로 전해졌다. 다시 한 번 칼을 휘두르는 찰나, 턱에 불이 붙는 것 같았다. 그리고 숨이 쉬어지지 않았다.

정원이 눈을 떴을 때 두 사람이 엉켜 있었다. 두 사람 중 한 사람의 손에 붕대가 감긴 걸 보니 주희 같았다. 그렇다면 앞에 있는 사람은 김경훈이다! 움막을 떠도는 끈끈한 숨결, 간간이 터지는 날카로운 신음. 놀랍게도 주희는 김경훈의 옆구리에 식칼을 꽂아 넣고 있었다. 정원이 떨어뜨린 식칼을 주운 모양이다. 정원이 몸을 일으키던 순간, 김경훈의 품속에 있던 총구에서 불이 뿜어져 나왔다. 주희가 김경훈의 등 뒤로 미끄러지듯 흘러내렸다. 정원이 비명을 지르는데 누가 움막으로 뛰어들었다.

"이 새끼!"

무자비한 발길질에 날아간 총이 어딘가에 부딪히는 소리, 신음 소리가 같이 들렸다. 대호가 삽으로 김경훈을 여러 차례 내리찍었다.

"정신 차려! 이러다간 김경훈마저 죽이겠어!"

뒤늦게 들어온 상협이 손전등을 비췄다. 김경훈은 입을 커다랗게 벌린 채 단발마의 신음을 토해냈다. 벌어진 입으로 피가 쿨럭쿨럭 쏟아져 나왔다. 으으…… 아랫배를 부여잡은 김경훈이 움막 문을 향해 비칠거리며 걸어갔다. 대호가 치켜든 삽을 팽개치며 물었다.

"주희는?"

"주희가 움직이질 않아……."

"뭐? ……이런 씹새!"

그 일은 눈 깜짝할 사이에 벌어졌다. 곰 같은 대호가 뒤쪽에서 덮치다시피 김경훈에게 달려들었다. 그 순간 움막 안에 있는 모든 것들이 쩡, 하고 얼어붙었다. 엎어진 김경훈에게 다가간 상협이 겁먹은 소리로 말했다.

"놈은 죽었어!"

상협이 비추는 불빛에 김경훈의 모습이 드러났다. 그의 뒷목에 커다란 포크 같은 것이 박혀 있었다. 포크에 찍힌 김경훈은 입을 벌리고 눈을 번히 뜬 채 죽어 있었다. 그때까지 씩씩거리며 서 있던 대호가 바닥에 털썩 주저앉았다.

"으으…… 이건 너무 잔인하잖아!"

상협이 손전등을 휘두르며 절규했다. 김경훈의 뒷목에 박힌 것은 무쇠로 만든 벽난로용 부젓가락이다. 흔히 파이어 포크라고 부르는 것으로 삼지창처럼 생겼는데 날이 네 개이니 사지창이라고 해야 옳을 것이다. 생산된 지 오래된 것이어서 손잡이가 길고 묵직한 것이, 한눈에 봐도 튼튼하게 생겼다.

"아…… 저 무식한 새끼……."

상협이 주저앉으며 노인처럼 중얼거렸는데 잇새로 발음이 술술 샜다.

"주희가 저놈 총에 맞았다고, 그러니 눈에 뵈는 게 있겠냐!"

"그렇다고…… 부젓가락으로 찍냐, 찍길!"

"나는 벽난로용 부젓가락인지도 몰랐어. 구석에 세워져 있기에 아무 생각 없이 잡고 보니 길쭉한 쇠붙이더라. 그걸로 놈의 뒤통수를 찍는다는 게 그만 빗나가서 뒷목에 박힌 거야."

대호가 뭐라고 발뺌을 했건, 이것은 명백한 살인이다. 뱃사공은 정상참작의 여지라도 있지만 김경훈은 다르다. 우리의 행동에는 분명히 살인의지가 담겨 있었다. 내가 어둠 속에 숨은 김경훈을 향해 식칼을 휘두를 때부터……. 사람이 이렇게 죽을 수도 있다니. 쇠로 된 부젓가락이라고는 해도 저것이 어떻게 뒷목에 박힐 수 있는 것인지. 그러나 김대호는 빗자루로 통유리를 깬 인간이다.

번히 뜬 김경훈의 눈을 보고 있으려니 정원의 속이 뒤틀렸다. 배 속이 울렁거리더니 소화가 덜 된 음식이 목으로 치받고 올라왔다. 버섯전골의 퉁퉁 분 사리가 가장 먼저 쏟아져 나왔고, 바비큐장에서 먹은 오곡밥의 퍼진 곡식 알갱이와 고기 조각들이 정원의 손가락 틈새로 줄줄 흘러내렸다. 상협이 다가와 등을 두드려주었다. 토사물이 상협의 운동화와 바지를 적셨으나 개의치 않았다. 시큼한 위액과 한 방울의 물까지 전부 게워낸 정원이 끅끅 속울음을 삼켰다.

"울고 싶으면 큰 소리로 울어."

정작 울음소리는 다른 곳에서 들렸다. 컴컴한 움막, 구석진 곳에서 쥐어짜는 듯한 소리가 났다.

"우린…… 사람을…… 둘이나…… 죽였어……."

주희였다. 때마침 구름을 벗어난 달빛이 움막 안으로 흘러들었고, 이쪽으로 고개를 돌린 주희가 바닥에 널브러져 있었다. 피가 묻은 손으로 쓸었는지 얼굴이 온통 피범벅이었다. 세상에서 가장 기괴한 자세로 죽음을 맞이한 김경훈보다 주희의 얼굴이 더 무서웠다.

"상협아, 주희 좀 봐줘. 다리에서 피가 나."

"바닥에 누이고 바지를 벗겨. 대호야, 안 벗겨지면 그냥 찢어도 괜찮아."

정원이 일어나서 손전등을 비춰주었다.

"우측 대퇴부에 총상을 입었어."

주희의 허벅지를 살펴본 상협은 그나마 다행이라고 말했다. 김경훈이 팔과 옆구리를 칼에 찔린 상태로 쐈기 때문에 총알이 빗나간 거라고 설명해주었다. 정원은 겉에 입은 면 셔츠를 대호에게 벗어주었다. 대호는 셔츠의 한쪽 자락을 입에 문 채 반대쪽 자락을 힘껏 잡아당겼다. 북, 하고 얇은 천이 찢기는 소리가 났다. 상협은 대호가 건넨 천 조각으로 상처를 싸맨 후 찢어진 셔츠로 주희의 허벅지를 단단히 묶었다.

"주희야, 업혀."

대호가 등을 내밀자 주희가 도리질했다.

"지혈은 됐지만 움직이는 건 안 좋아. 어서 업혀!"

상협이 종용했으나 주희는 걸을 수 있을 때까지 자신의 힘으로 걷겠다고 했다.

"그러시든가……."

대호가 툴툴거리며 움막으로 들어가더니 피 묻은 삽을 가지고 나왔다. 상협이 치를 떨며 말했다.

"야, 저리 치워! 김경훈과 뱃사공도 죽었는데 삽은 왜 가지고 나오냐?"

"아직 남은 게 있다고! 나한테 덤빈 짐승들이 피 냄새를 맡고 달려들지도 몰라.”

“그게 걱정되면 김경훈의 총을 들고 오지.”

“놈의 총은 재수가 없어!”

대호가 바닥에 침을 뱉었다. 정원은 대호가 인간처럼 보이지 않고 야차와 짐승, 그 중간급에 해당되는 동물처럼 느껴졌다. 피 묻은 삽을 어깨에 둘러멘 대호가 주희의 팔짱을 꼈다. 주희는 쓰다 달다 군말이 없었다. 정원은 대호와 간격을 두고 걸었다. 다리가 허공에서 겉노는 것 같았다. 김경훈의 마지막 모습이 잊힐 것 같지 않았다. 어떻게 잊을 수 있겠는가. 그가 절명할 때 움막 안의 모든 것이 쩡, 하고 얼어붙었는데…….

폐광된 굴을 지나자 굴속에서 서늘한 바람이 불어오고 풀벌레가 시끄럽게 울었다. 흐트러진 머리카락을 쓸어 넘기는데 나뭇가지 흔들리는 소리가 들렸다. 바람이 흔드는 소리가 아니었다. 섬뜩해 돌아보니 저 아랫길로 뱃사공이 달려오고 있었다. 상협이 분명 삽으로 후려쳤는데. 이젠 헛것이 보이나?

“상협아, 저길 봐! 저 아랫길.”

“어라? 뱃사공이 안 죽었네!”

대호가 삽을 휘두르며 고래고래 소리를 질렀다.

“뱃사공 저 새끼는 왜 또 살아났어. 어우, 좀비 같은 놈! 징글징글한 벙어리 새끼!”

뇌진탕으로 죽은 줄 알았던 뱃사공은 기절했었나 보다. 대호가 종주먹을 을러대며 뱃사공의 시선을 빼앗은 틈에 상협이 폐광된 굴속으로 주희를 데려갔다. 사전에 짜고 하는 일 같았다. 조금 뒤 상협이 혼자 굴 밖으로 나왔다. 주희를 굴속에 두고 나오다니? 쟤들은 뭘 어쩌겠다는 것인지. 지겨운 총소리가 또 동동섬을 흔들었다. 뱃사공이 김경훈의 총을 손에 넣은 모양이다.

"이따 바람의 언덕에서 만나자."

상협이 경중거리며 앞으로 달려가자 콩을 볶는 듯한 총소리가 따라붙었다. 정원은 이제 총소리가 무섭거나 더 이상 놀랍지도 않았다. 뱃사공이 주인의 원수를 갚기 위해 숨이 붙어 있을 때까지 따라온다고 해도. 정원은 대호와 어깨를 나란히 하고 달렸다.

"대호야, 주희를 데려와야지."

"걔를 데리고 도망치긴 힘들어."

"어떡하려고?"

"우리가 뱃사공을 유인해야 돼. 너도 바람의 언덕으로 곧장 가면 안 돼. 이 부근을 한 바퀴 돌다 가."

"발 빠른 상협이 뱃사공을 유인하는 게 아니고?"

"상협이는 조금 있다 뒤로 빠질 거야. 주희를 바람의 언덕에 데려오기로 했거든."

"이러다 우리 둘만 죽는 거 아니냐?"

"왜, 상협이 미덥지 못해서?"

"느낌이 좋지 않아."

"나는 그 반대야."

대호가 달리는 속도를 차츰 높이더니 앞으로 치고 나갔다.

"한정원, 우리도 찢어지자!"

대호와 헤어진 정원은 숲속으로 뛰어들었다. 헉헉, 자신이 내쉬는 숨소리가 땅바닥이 갈라지거나 부비트랩이 터지는 소리처럼 들리기도 했다. 잠시 뒤를 돌아보던 찰나 나무둥치에 얼굴을 부딪혔다. 정신이 아득해지면서 눈앞에서 검보라색 폭죽이 터졌다. 얼굴이 남아나기나 할는지. 상협이 주희를 데려올 시간을 벌어줘야 한다. 숨을 헐떡이며 뛰어가는데 누군가 머리카락을 잡아당겼다.

"뱃사공이닷!"

놀란 사슴처럼 정원이 펄쩍 뛰어올랐다. 머리 가죽이 벗겨질 듯 아팠다. 만져보니 가시덤불에 머리카락이 감겼다. 가슴이 두방망이질 치는 통에 머리를 풀 시간조차 없었다. 머리채를 힘껏 잡아당기자 그 기세에 머리카락이 풀리면서 휘어진 덤불이 이마를 세게 쳤다. 찢긴 이마에서 흐르는 핏물이 정원의 시야를 가렸다.

21

산속의 밤은 빠르게 깊어졌다. 점점 거칠어지는 바람이 검은 나무들을 와락와락 흔들었다. 그림자를 길게 드리운 산짐승이 사방에서 으르렁거리며 서 있는 것 같았다. 몇 차례 숲을 돌던 정원은 산비탈을 오르기 시작했다. 방심한 사이 비탈 아래로 미끄러져 흙과 자갈이 무릎에 쏟아졌다. 무릎을 털 겨를도 없이 정원은 다시 비탈을 기어올랐다. 놈으로부터 조금이라도 빨리 그리고 멀리 도망가야 한다. 비탈을 오르자 병풍처럼 늘어선 희끄무레한 바위가 보였고 뒤편에서 첨벙거리는 물소리가 들렸다. 정원은 앞에 보이는 바위를 향해 필사적으로 달렸다. 초가을 산속의 밤기운이 냉랭한데도 등으로 구슬땀이 괴어들었다.

깎아지른 듯한 바위 뒤로 강물이 흘렀고, 강을 건너는 사람이 어슴푸레 보였다. 상협인 것 같았다. 몸집이 큰 대호는 행동이 느린 편이다. 한 손에 삽을 든 채 막 강으로 들어서고 있었다. 언제 따라왔는지 뱃사공이 악귀처럼 달라붙어 발목을 잡아당겼다. 엎어진 정원은 사지를 버르적거렸다. 꺼져가는 의식을 간신히 되살린 정원은 앞에 보이는 작은 바위를 부여잡고 뱃사공에게 잡힌 발을 미친 듯이 털었다.

"살려줘…… 대호야!"

"아, 빨리 내려오라니깐."

바위를 잡은 손에 힘이 풀리자 정원이 악을 썼다.

"뱃사공이 왔어! 놈이…… 내 발목을 잡고 있어."

"씨발, 되게 질긴 놈이네."

이상한 생각이 들어 돌아보니 발목이 칡넝쿨에 감겨져 있었다.

칡넝쿨을 걷어내자 바위를 붙잡았던 손가락이 욱신거렸다.

"대호야! 발목이 칡넝쿨에 감겼어."

"지랄을 가지가지로 하네!"

대호는 강가로 나와 삽을 흔들고 있었다. 여차하면 강으로 뛰어들 태세는 아니었다. 대호는 뒤처진 정원의 안위 정도는 살필 마음이 있는 것이다. 저 멀리 상협이 보였다. 이미 강을 건넌 상협은 2차선 도로 위로 올라가는 중이다.

정원은 헐떡거리며 밭은 숨을 내쉬었다. 바위를 지나 강으로 가는 내리막길에서 구두가 헛돌았다. 발등을 감싼 구두의 고리가 벗겨진 것 같았다. 헐렁거리는 구두를 끌고 강으로 내려갔다. 살아서 여기를 벗어날 수 있을까. 정원은 몸을 떨며 강물을 쳐다보았다. 검푸른 강은 빠른 유속 때문인지 거친 소리를 내며 흘렀다.

"이걸 잡고 따라와."

대호가 삽을 내밀었다.

"피, 피가 묻었잖아."

"어? 그러네. 잠깐만."

대호는 강물에 씻은 삽을 재차 내밀었지만 정원은 퍼렇게 빛나는 삽날을 보고는 질겁했다. 차라리 혼자 건너는 편이 나았다. 강물은 차가웠다. 모공이 수축되는 느낌이었고 등에 소름이 돋았다. 기어이 헐거운 구두 한 짝이 벗겨져 강물로 떠내려갔다. 정원은 구두 한쪽만 신은 채 물살을 헤치며 나아갔다. 물속 바위를 밟자

미끄러운 이끼에 맨발이 밀렸고 균형을 잃은 정원은 또다시 자빠졌다. 풍덩, 하는 물소리가 고요한 밤하늘로 퍼져 나갔지만 대호는 돌아보지 않았다. 넘어질 때 바위에 찧었는지 악, 소리가 나게 무릎이 쓰라렸다.

"그러게 삽을 잡고 건너라니깐."

대호가 투덜거렸다.

"혼자 건널 수 있어."

놈을 찍은 삽을 잡고 따라오라고? 삽날에 손이나 다치기 쉽지. 정원은 물살에 휩쓸리지 않도록 안간힘을 썼다. 강의 중심에 들어서면 물이 가슴까지 차오를 것이다. 기왕에 젖은 몸. 강물에 몸을 담근 정원은 개헤엄을 치며 앞으로 나아갔다. 강바닥의 자갈이 물살에 휩쓸리는 소리, 바람 소리, 살갗을 얼릴 듯한 물의 냉기.

"김경훈은 주, 죽었겠지?"

"당연히 죽었지. 제까짓 게 예수도 아닌데 무슨 수로 살아나겠냐?"

대호는 삽을 쥔 채 죽을 둥 살 둥 강물을 헤치며 나아갔다.

"삽은 왜 여태 들고 있는 거야. 물속에 버려."

"뱃사공은 질긴 놈이잖아. 무기는 가지고 있어야 안심이 되지."

사실 그들 일행을 구한 것은 비닐하우스에 세워져 있던 한 자루의 삽이다.

"증거물인 그 삽은 버려야 해. 강에 버리면 감쪽같을 거야. 강바닥을 뒤져보거나 강물이 마르지 않는 한 발견되지 않을 거라고.

대호야, 어서 버려!"

"하여간 너희 먹물들의 발상이란…… 증거물 같은 개소리 하지
마! 지금은 살고 봐야 하는 거야."

대호는 우리가 저지른 불미스러운 행위를 증명할 삽을 마지막
희망인 양 끈덕지게 쥐고 있었다. 개헤엄을 치며 강의 중심부를
지나는데 헬리콥터 소리가 들렸다.

"여기요! 여기!"

대호가 헬리콥터를 향해 삽을 흔들었다. 강을 건넌 상협도 2차
선 도로에서 옷을 벗어 흔드는 게 보였다. 헬리콥터가 강으로 내
려오는가 싶더니 수평을 유지한 채 곧장 동동섬으로 날아갔다. 강
을 건넌 대호와 정원은 자갈 톱을 지나 2차선 도로로 올라갔다. 젖
은 옷에서 물이 뚝뚝 떨어졌다.

대형 탑차가 나타난 것은 그로부터 20분가량 흐른 뒤였다. 구
급차나 경찰차가 아닌 대형 탑차가 들어온 게 이상했으나 그런 걸
따질 겨를이 없었다. 한기가 뼛속 깊이 느껴졌다. 이를 딱딱 마주
치며 떨자 대형 탑차에서 나온 간호사가 담요를 어깨에 둘러주었
다. 대호는 걸어서 탑차로 들어갔고 정원은 들것에 실려 옮겨졌다.
대형 탑차의 내부는 구급차와 다르지 않았다.

"우리 말고 먼저 강을 건넌 남자는 어디 있습니까? 이 도로에 서
있었는데……."

대호가 정원을 진찰하던 의사에게 물었다. 안상협은 약속을 지

키지 않았다. 정원과 대호가 뱃사공의 표적이 되는 동안 주희를 데려오기로 했는데 상협 혼자 바람의 언덕에 도착했다. 그러고는 일행 중 가장 먼저 동동섬을 빠져나왔다. 그 치사하고 얍삽한 안상협의 행방을 대호가 묻고 있는 거였다.

"아, 그분요. 저기 앞차에 탔습니다."

의사가 턱짓으로 검은색 승용차를 가리켰다.

"선생님…… 동동섬 폐광에…… 부상을 입은 친구가…… 홀로…… 남아…….."

정원은 대호의 쉰 목소리를 들으며 어둠 속으로 아득히 빨려들어갔다. 기억나는 건 그뿐이었다.

22

타타타, 요란한 소음과 함께 몸이 규칙적으로 흔들렸다. 적어도 탑차는 아닌 게 분명했다. 대형 탑차의 내부는 흰색인데 이곳은 검정과 회색으로 도색되어 있다. 손등에는 주삿바늘이 꽂혔고 정원이 누운 간이침대 옆으로 반투명 호스가 주렁주렁 늘어져 있었다. 놀랍게도 주희가 옆에서 수혈받고 있었다.

폐광에 갇혀 있느라 얼마나 힘들었니.

정원이 손을 뻗었으나 주희에게 닿지 못했다. 주희는 깊게 잠이

든 모양이다. 군용 천으로 감싼 방탄벽 옆에도 한 남자가 산소호흡기를 낀 채 누워 있었다.

여긴 어딜까?

사다리꼴 모양의 PVC 연료관이 천장을 가로지르며 지나가고, 그 옆으로는 전류가 흐르는 선과 크고 작은 색색의 회로들, 어떤 용도인지는 모르겠으나 연탄난로의 연통처럼 생긴 둥근 양철통도 보였다. 그제야 정원은 자신이 누운 곳이 비행기 안이라는 걸 깨달았다. 천장의 부속이 드러난 걸 보면 여객기는 아니다. 내부의 공간이 큰 것으로 봐선 헬리콥터 같지도 않았다. 특수한 목적으로 제작된 전용 비행기나 공군 수송기가 아닐까. 요란한 소음과 함께 두런거리는 목소리가 가까이에서 들려왔다.

"신종 독감 바이러스가 특별한 건 안전 기간이 있기 때문이야."

"뱃사공의 몸에 증상이 나타나기 시작했어요. 그런데도 괜찮은 겁니까?"

저 목소리는? 정수리 부근의 머리카락이 쭈뼛 곤두섰다.

"닥터 안, 보기보단 소심하군. 내가 보장하네. 뱃사공? 저 노인의 본명이…… 아, 그래 김규식이었어. 김규식 씨와 접촉해도 안전해. 몸에 증상이 나타나기 시작해도 엿새 동안은 괜찮다고."

목소리의 행방을 쫓아 고개를 돌렸다. 정원이 누운 침대 옆에는 빨간 구명줄로 그물망처럼 엮인 네모 모양의 등받이가 있었고, 두 명의 남자가 그물망 등받이에 기댄 채 앉아 있었다. 남자들의 등

227

뒤에 누운 정원은 그들의 대화를 자세히 엿들을 수 있었다.

"내 미국인 친구가 원하던 게 바로 이런 거였어. 그 친구가 작업을 끝낼 때까지 안전을 보장받을 수 있는 바이러스. 물론 내 친구는 엿새 안에 작업을 끝내야 되겠지만. 신종 독감 바이러스를 사용하면 보균자를 먼 곳까지 안전하게 이송할 수가 있어서 전쟁 중에 쓰기에 딱 좋아. 엿새면 전 세계 어디든 보균자를 퍼뜨릴 수 있으니까. 이 바이러스는 시한폭탄과 마찬가지라고 보면 돼. 우리 목적에도 완벽하게 부합되고 말이야."

"조류독감 종류인가요?"

저 목소리는, 놀랍게도 안상협이다.

"아니, 전혀 새로운 거야. 최근에 발견된 신종인데 아주 인상적이지. 얼마 뒤 이라크에 있는 내 시아파 친구에게 건네줘야 할 물건이기도 하고. 자네도 알다시피 지금 세계를 움직이는 건 석유가 아냐, 바이러스지. 사스나 조류독감도 핫하지만 이건 그것보다 훨씬 훌륭해. 이젠 우리도 북한 눈치를 볼 필요가 없다고. 이 주사 한 대면 북한을 와해시키는 건 일도 아냐. 문제는 북한 뒤에 버티고 있는 중국 때문이지. 언제나 중국이 문제야. 벌써 중국 애들이 눈치를 챈 것 같아."

"이 바이러스가 그렇게 치명적입니까?"

"물론 사스와 비교도 안 될 정도로. 닥터 안, 궁금한가? 전염성이 어느 정도인지 직접 시험해보겠나. 그럼, 자네가 우리나라에서는 두번째 실험 대상이 되겠구먼."

"아, 전 빼주십시오. 그런데 선배님, 김경훈의 사체는 언제 미국으로 옮기실 겁니까?"

"냉동실에 보관 중인데 곧 옮겨야겠지. 김경훈 그 친구는 퍽 아까워. 좀더 살아줬으면 좋았을 텐데…… 불로장생이 눈앞의 현실로 다가오나 했더니 도로아미타불이 되어버렸어. 인간 게놈 프로젝트라고 들어봤나? 그 때문에 우리는 김경훈의 유전자가 필요했어. 김경훈의 유전자 정보는 확보했지만 장기 내부에서 일어난 세포변이에 관해 조사할 게 남았었다고? 그걸 파악해야만 프로젝트가 완성되거든. 김경훈의 사망 소식을 듣고 내 미국인 친구가 펄쩍 뛰더라고. 항암 연구팀도 병한 표정이고. 김경훈, 그 친구는 특이한 케이스라 미국 애들이 신주단지 모시듯 했다던데 결국 이 꼴이 되고 말았지 뭐야."

"……"

"우린 김경훈을 해외로 빼돌릴 예정이었지 죽일 생각은 없었다고! 어떻게 사람을 그 모양으로 만들었나? 우리 애들이 수습한 사체를 보니 자네들 해도 너무했더군. 하긴 이게 다 내 부덕의 소치겠지만."

"선배님, 죄송합니다. 저도 손을 쓸 틈이 없었습니다."

"죄송은 무슨…… 생각해보면 닥터 안도 우리와 연락이 끊긴상태에서 그 정도 했으면 할 만큼 한 거야. 이제 와서 되돌리긴 늦은 일이고. 김경훈의 사체라도 가져가서 조사해봐야지. 변이세포의 활동은 멈췄겠지만, 사체가 부패하지 않은 상태에서 냉동실에 넣었으니 불행 중 다행이야. 자네들이 친 사고 덕분에 신종 바이러스 실험 대상자는 쉽게 찾을 수가 있었어. 인간적으로 김규식 씨가 좀 안됐긴 해. 하지만 후회는 없을걸. 그 늙은 한 몸 던져서 애국한 것과 다를 바 없으니…….”

정원은 상협의 무전기를 떠올렸다. 안상협은 그 무전기로 저들과 연락을 취했을 것이다. 이불을 움켜쥐는 정원의 손등에 새파란 정맥이 불거졌다.

“선배님은 대체 어느 분야까지 손을 뻗치신 겁니까?”

“나야 뭐 크게 하는 게 있나. 그저 이곳저곳 떠돌아다니며 내 친구들이 벌인 잡다한 일을 옆에서 조금 거들어주는 정도지. 오늘따라 이 사람 왜 이리 군말이 많아.”

“거듭 부탁드리는데 제 친구들은 아무것도 모릅니다. 다치지 않게 신경 써주십시오.”

“아, 그 점은 염려하지 말래도. 이 사건이 드러나면 우리까지 곤란해져. 보스가 벌써 윗선에 손을 써놨다니깐 그래…….”

*

서쪽 병동 앞에 단풍나무가 한 그루 서 있다. 우듬지까지 곱게

230

물든 단풍나무 아래 벤치에서 상협이 기다리고 있었다. 동쪽과 남쪽 병동은 햇볕이 잘 드는 반면 서쪽 병동만 그늘이 깊었다. 그늘 진 단풍나무 벤치는 인기가 좋아서 사람들로 항상 붐볐다. 정원은 환자복 틈으로 스며드는 한기에 진저리를 치면서도 바깥 공기를 깊이 들이마셨다. 한 10년쯤 시간이 흐른 것도 같았고 또 그만큼 빨리 늙어버린 기분이다. 마뜩찮은 표정으로 상협의 뒷모습을 겨눠보던 정원은 짧은 숨을 토해내더니 이내 단풍나무를 향해 똑바로 걸어갔다. 다가오는 정원을 보곤 벤치에서 일어선 상협이 손에 쥐고 있던 커피를 건넸다.

"도로변에 있는 커피숍을 지나는데 커피 향이 좋기에 샀어. 자, 아메리카노야."

휠체어를 탄 노인이 이쪽으로 고개를 돌린 채 커피 향을 느끼는 듯 코를 벌름거렸다. 뒤에 서 있던 침울한 표정의 중년 여자가 노인한테 속삭였다.

"아버지, 커피는 안 된다고 말씀드렸잖아요. 위를 절반이나 자른 분이 커피라면 사족을 못 쓰시니……."

차츰 멀어지는 휠체어에서 시선을 뗀 정원은 생각난 듯 커피를 한 모금 마셨다. 거부할 수 없는 향기와 목 안의 점막을 짜릿하게 훑고 내려가는 뜨거운 느낌이 나쁘지 않았다.

"나는 아메리카노보다 라테나 요거트가 좋은데……."

소심하긴. 이것도 복수라고 하냐? 안상협, 너는 여름 휴가차 동동섬에 내려온 게 아니야. 네 목적은 다른 데 있었어! 이 정도는 쏘아붙여야 속이 시원한데.

"다음에 올 때는 그걸로 사다줄게."

상협은 물정 모르는 아이처럼 흰 이를 드러내며 사심 없이 웃었다.

"바쁠 텐데 그만 와. 참, 대호와 주희는 어떻게 지내니?"

정말 꼴도 보기 싫지만 친구들의 안부를 물을 곳이 상협뿐이다. 정원은 자신의 처지가 서글퍼져 입술을 깨물었다. 주희와 대호는 각각 다른 병원에 입원해 있다. 병명은 외상 후 스트레스 장애. 저들은 정원 일행을 떼어놓아야 담합할 수 없을 거라고 생각한 모양이다. 일행의 휴대폰도 실시간 도청당하고 있다. 정원은 가족과 연락할 때를 제외하곤 휴대폰을 꺼놓았다. 새로 바꿔도 그것 역시 도청될 게 분명했기에.

"대호는 며칠 전에 퇴원했어. 제수씨가 지극정성으로 간호하나 보더라."

"잘된 일이네. 주희는?"

"걔도 많이 좋아졌지. 곧 퇴원할 거야."

네 말을 어떻게 믿겠니? 쌀쌀해진 정원의 눈빛을 간파한 상협이 스마트폰에 저장된 사진을 보여주었다. 부인과 소파에 나란히 앉은 대호가 한 손으로 V자를 만들어 보이는 사진이 액정화면에 나타났다. 웃고 있지만 대호의 얼굴이 일그러진 걸 보면 억지웃음 같았다. 주희는 부숭부숭하게 부은 얼굴이었으나 상태가 나빠 보이지는 않았다. 사진을 뚫어지게 쳐다보던 정원은 코끝이 시큰해지는 걸 느꼈다.

주희야, 우리한테 무슨 일이 일어난 거니?

정원의 눈에 눈물이 맺히자 상협이 헛기침을 하며 또 오겠노라고 말했다. 환자복 주머니에 손을 넣은 정원은 불이 붙을 것 같은 단풍나무를, 그 나무를 돌아서 언덕 밑으로 사라지는 상협의 뒤통수를 초점 없는 눈으로 멀거니 바라봤다. 정원에겐 상협을 노려볼 기운조차 남아 있지 않았다.

*

병원 출입구 앞을 지나던 정원은 대여섯 살가량 된 여자아이와 부딪칠 뻔했다. 숨을 헐떡이며 잇달아 출입구로 들어선 뚱뚱한 할머니가 여자아이를 데리고 입퇴원 수속 창구 쪽으로 갔다. 그들의 뒷모습을 멍하니 지켜보던 정원은 로비의 벽에 걸린 TV를 향해 고개를 돌렸다.

일일 연속극을 재방송하던 TV에서 속보를 내보내고 있었다. 동동섬 일대에서 신종 바이러스 감염 환자 두 명이 발생했다는 굵은 자막이 화면의 하단을 장식했다. 곧이어 남자 아나운서의 얼굴이 클로즈업되더니 동동섬에 거주하던 김규식(68세) 씨가 신종 독감 바이러스에 감염되었다고 빠르게 말했다. 김규식 씨는 현재 중태로 알려졌으며 펜션에 함께 투숙한 미국 시민권자인 남자 한 명이 오늘 오전에 사망했다고 전했다. 정원은 침침한 얼굴로 남자 아나운서의 등 뒤로 지나가는 동동섬의 풍경을 바라봤다. 갈대가 우거진 선착장과 두 동의 펜션 건물, 식당으로 내려가는 길과 바비큐 장이 보였다.

퇴원 수속을 하고 오던 길이어서 장지갑과 진료비 계산서를 손에 쥐고 있었다. 정원이 장지갑을 떨어뜨리자 지나가던 남자가 주워 건네주었다. 정원은 고맙다는 말도 없이 장지갑을 받아들고 나사가 풀린 여자처럼 흐느적거리며 TV 앞으로 걸어갔다.

오늘 발견된 신종 독감 바이러스는 2003년 아시아에서 발생해 전 세계 8천 273명이 감염돼 775명이 숨진 사스 바이러스의 사촌 격으로, 사스 바이러스는 치사율 9퍼센트인데 반해 신종 바이러스는 64퍼센트에 이른다고 했다. 오늘부터 펜션은 물론이거니와 동동섬 일대가 폐쇄될 예정이라고 남자 아나운서가 말했다.

동동섬에서 발생해 동동 바이러스라고 불리는 이것은 생장 속도가 사스보다 350배쯤 빠른데 감염 초기에는 기침과 두통, 구토 등 일반적인 감기 증상과 흡사해 주의를 요한다고 전했다. 보건부 관계자는 인천국제공항에 여행자들의 바이러스 감염 여부를 체크할 수 있는 의료 부스를 수일 내 설치할 예정이라고 밝혔다.

다리의 힘이 풀린 정원은 채혈실 앞 간이의자에 털썩 주저앉았다. 어두운 움막에서 부지불식간에 느꼈던 김경훈의 미지근한 체온. 그를 향해 미친 듯이 휘두르던 식칼. 김경훈의 살 속으로 파고 들어간 식칼이 물컹한 진피층을 지날 때 미세하게 떨리던 칼날의 느낌이 생생하게 되살아나자 정원의 얼굴은 너무 오래 사용한 베개처럼 쭈그러져 어두운 잿빛으로 변했다.

*

동동섬을 빠져나온 정원은 대형 탑차에 오른 뒤 정신을 잃었다. 의식불명 상태에서 미 공군 수송기로 옮겨졌다. 정원이 수송기 안에 누워 있을 때 주희 옆에서 산소호흡기를 달고 있던 남자는 뱃사공이었다. 그 후 뱃사공은 어디로 보내졌는지 모른다.

그렇다면 하 마담은? 그녀는 안전한 걸까?

산속에서 본 뾰족한 바위는 바람의 언덕이 틀림없었고, 그 뒤로 흐르는 강물은 수심이 얕아서 일행이 무사히 강을 건넜다. 대호의 말대로 하 마담은 목숨을 걸고 발코니 유리문에 글을 남겼던 것이다. 그런데 우리는 눈앞에 닥친 위험 때문에 하 마담의 안전 따위는 까맣게 잊고 있었다. 동동섬에 혼자 남겨졌을 하 마담이 떠오르자 입속이 마르고 눈 안의 실핏줄이 하나둘 터지는 느낌이었다.

정원 일행은 미군부대로 옮겨져 응급 치료를 받은 뒤 대전국군통합병원으로 이송되었다. 그곳에서 격리 치료를 받고 있을 때 키작은 남자가 찾아왔다. 카키색 사파리를 입은 남자는 일행 앞에 두 장의 서류를 내밀었다.

"이 서류에 사인만 하면 당신들은 자유다. 믿기지 않겠지만 사실이야."

키 작은 남자가 으스대며 제시한 조건은 간단했다. 그날 밤 동동섬에서 일어난 사건을 평생토록 함구하는 거였다. 비밀을 발설하면 그날이 숨을 쉬는 마지막 날이 될 거라고 경고했다.

"동동섬에 하 마담이라는 주방 여자가 남아 있었어요. 그녀는 어찌 됐나요?"

정원이 기죽은 목소리로 말하자 남자가 야비하게 웃었다.

"보기보다 오지랖이 넓군. 당신 앞날이나 걱정하시지."

남자의 경고가 장난이 아니라는 것쯤은 돌아가는 상황으로도 파악할 수 있었다. 정원 일행과 하 마담의 안위 따위는 저들의 안중에 없다는 것도. 일행은 키 작은 남자가 들이민 두 장의 서류에 떨리는 손으로 사인했다. 서류는 한글과 영어로 타이핑되어 있었다. 한글로 된 서류에는 '보안 유지'라고 적힌 붉은 도장이 찍혀 있었다. 서류에 사인한 다음 날 상협을 제외한 일행은 서울로 옮겨졌다. 그리고 각기 다른 병원에 입원하게 되었다.

내가 무슨 일을 저질렀나?

우리는 어떤 사건에 휘말린 것인가?

저들에게 수차례 진술했다시피 살인은 불가항력적인 일이었다. 외부와 단절된 섬, 심장을 조여오던 끈끈한 공포와 어둠, 김경훈이 가진 총 앞에서 다른 선택의 여지는 없었다. 죽거나 죽이거나, 일행 앞에 놓인 상황은 아쉽게도 그 둘뿐이었다. 대학병원 특실에 갇혀 있는 동안 정원은 미군부대에서 대전국군통합병원으로 이송되던 전 과정을 떠올려보곤 했다. 동동섬을 빠져나온 일행은 누군가에 의해 미군 관할 구역으로 넘겨졌다가 한국으로 되넘겨졌다. 자국의 민간인을 타국의 군인들에게 대여한 것이다. 설마 우리 정부가 그 일을 했을 것 같지는 않았다. 정부도 건드리지 못하는 막강한 힘을 가졌거나 국가와 국가 간의 이해관계가 복잡하게 얽혀 있을 때만 가능한 일이라는 생각이 들었다.

미 공군 수송기와 탑차와의 관계, 수송기에서 나누던 상협과 상협 선배의 섬뜩한 대화. 오늘 병원에서 본 방송. 거기까지 파고들자 머리에 쥐가 날 것 같았다. 알아보려고 해도 도무지 알 수 없는 수수께끼 같은 일들……. 그 엄청난 일을 능수능란하게 처리하는 거대한 세력.

"아, 그 점은 염려하지 말래도. 이 사건이 드러나면 우리도 곤란해져. 보스가 벌써 윗선에 손을 써놨다니깐 그래."

상협 선배가 말하던 윗선은 어디일까? 혹시 청와대를 가리키는 것은 아닐까. 수송기 안에서 들은 상협 선배의 말이 머릿속에서 내내 떠나지 않았다. 이 사건은 정원이 가늠할 수 없는 저 너머 세상의 일이었고, 그들이 벌인 수상한 일에 자신도 한몫 단단히 한 가담자라는 사실만은 명백했다. 동동섬에서 사건이 발생한 후 한

참이 지났는데도 국내 언론은 어제 일어난 일인 양 쉴 새 없이 떠들었다. 정원 일행이 저지른 살인사건과 동동섬에서 대량 재배되던 대마 관련 보도는 어느 매체에서도 다루지 않았다. 온통 한국에서 최초로 발견된 동동 바이러스에 관한 속보와 기사뿐이었다.

23

안전벨트 해제를 알리는 기내방송이 나오자 남편이 일어나 쇼핑백을 끄집어냈고 정원은 단잠에 빠진 아이들을 깨웠다. 여객기에 설치된 탑승교를 빠져나오니 베이지색 상의에 검은 바지를 입은 남자 직원이 문가에 서 있었다. 그 직원은 여행객들이 공항 안으로 들어설 때까지 감시자처럼 자리를 지켜야 되는 모양이다. 인천국제공항 유리 돔으로 눈부신 햇빛이 쏟아지고 있었다. 무슨 이유인지는 모르겠으나 입국장이 한 곳만 열려 있어서 여행객의 줄이 길게 이어졌다. 정원 가족은 간단한 입국 심사를 마친 뒤 에스컬레이터를 타고 배기지 클레임으로 향했다. 짐이 나오기를 기다리는 동안 남편은 아이들이 메고 있던 배낭을 벗겨 카트에 실었다.

캄보디아 여행은 나쁘지 않았다.

비포장 도로변에 투명한 이슬을 매달고 있던 연둣빛 풀들. 화분

속의 뿌리처럼 악착스레 엉켜 있던 나뭇가지들. 둥치 굵은 나무들이 줄줄이 늘어선 연못의 수면 위로 갑자기 부풀어 오르던 황혼의 붉은빛 그림자. 적요한 연못 속에 거꾸로 투신한 붉은 황혼은 키 작은 남자가 정원에게 보내는 경고등이자 죄의식을 자극하는 감시자의 충혈된 눈 같기도 했다.

　여행하는 내내 정원은 자수가 놓인 흰 양산을 쓰고 다녔다. 해를 가리기보다는 자신의 창백한 얼굴과 심장 뛰는 소리를 숨기기 위해서였다. 정원은 그때까지도 다른 사람의 얼굴을 똑바로 쳐다보지 못했고 모르는 사람과 말도 섞지 않았다. 정원의 일가족은 여행사에서 모집한 패키지 여행을 떠났는데 같은 팀 여행객들이 정원을 공작부인이라고 불렀다. 그런 별명이 붙은 것은 정원이 밥 먹을 때를 제외하곤 손에서 놓지 않았던 흰 양산 때문인 듯도 했고, 빼어난 경치 앞에서 무표정으로 일관하는 데다 움직임이 적어서 그렇게 부르는 것 같기도 했다.

　이번 여행은 가족의 입장에서 보자면 정원을 위로하기 위해 떠난 것이고, 정원은 일이 마무리될 때까지 저들이 나라 밖에 나가 있으라고 해서 단행한 여행이었다. 캄보디아에 도착한 첫날, 호텔 벽에 붙은 도마뱀을 본 딸아이가 비명을 질러댔다. 그러던 아이는 3일째 되던 날부터 보이는 족족, 이름을 지어줄 정도로 도마뱀과 친해졌다. 아들 녀석은 호텔에서 아르바이트하는 현지인 여자애와 서툰 영어로 노닥거리느라 밤이 이슥해진 뒤에야 콧노래를 흥얼거리며 들어왔다. 남편은 어느새 다 컸다고 대견해하면서도 늦게 들어올 때마다 아들을 놀려먹었다.

"여보, 잘못하다간 캄보디아 며느리를 얻게 생겼어."

"에이 그만하래두요, 아빠!"

두 남자가 씨름하듯 뒤엉켜 있는 걸 본 게 몇 달 만인지 모른다. 정원이 속한 팀은 일출과 일몰 시간에 맞춰 앙코르와트를 두 번이나 다녀왔다. 앙코르와트의 일출과 일몰을 보았으니 행운을 타고난 사람들이라고 가이드가 너스레를 떨었다. 정원은 흰 양산으로 얼굴을 가리며 탄식하듯 나지막하게 중얼거렸다. 사람을 죽이고도 경찰서는커녕 법정에 서지도 않았으니 행운을 타고나긴 했죠. 정원이 양산 아래서 쓰디쓰게 웃는데 속없는 남편은 오랜만에 보는 웃음이라며 좋아했다.

게이트로 나오자 여행객들 사이로 수십 개의 카트를 한꺼번에 밀고 가는 공항직원들이 보였다. 환한 조명 아래 여객터미널은 분주히 움직이고 있었다. 남편이 미는 카트를 따라 맥도날드 매장을 지나는데 음악 소리가 들려왔다. 여객터미널 1층 중앙에 위치한 밀레니엄 홀에서 콘서트가 열리고 있었다.

"아빠, 우리도 저거 보고 가요."

딸아이의 응석에 남편이 벌쭉 웃으며 밀레니엄 홀 쪽으로 카트의 방향을 돌렸다. 아이들과 자리를 잡고 앉자 남편이 매장에서 사온 생과일 주스를 하나씩 나눠주었다. 무대 위에선 베르디의 오페라 〈라 트라비아타〉 중 〈축배의 노래〉가 흘러나왔다. 알프레드와 비올레타가 부르는 아리아.

이 세상 모든 일은 어리석은 것이오. 기쁜 꿈을 제하면 허무할 뿐이오. 사랑의 기쁨은 한순간에 사라지고 꽃들도 피고 지면 다시는 피지 않소.

요의를 느낀 정원은 마시던 주스를 남편한테 넘기고 밀레니엄 홀을 빠져나왔다. 화장실이 제법 멀어서 뛰다시피 여자 화장실 입구로 들어서는데 하늘색 상의를 입은 청소부가 각종 세제가 담긴 수레를 밀고 나왔다. 청소부가 나가기 쉽게 비켜준 뒤 비어 있는 화장실로 들어갔다. 막 변기에 앉으려는데 옆 칸에서 휴대폰 신호음이 흘러나왔다.

"기쁜 소식입니다. 중국에서 여성 한 명을 선보고 오는 길입니다. 코드명 AP-598보다 상태가 양호했어요."

어디서 많이 듣던 목소리였다. 정원은 옆 칸에서 나는 소리에 집중하기 위해 오줌을 참았다.

"필요한 검사는 모두 마쳤습니다. 그 중국 여성은 코드명 AP-598-1로 하죠. AP-598-1 옆에 조선족 도우미 한 명을 붙여뒀습니다. 그래야 언어 소통에 지장이 없을 것 같아서요."

방광이 터질 것 같았다. 정원은 아랫배에 힘을 준 채 변기 속으로 오줌을 조금씩 흘려보냈다.

"아, 네. 도착하는 대로 다시 보고 드리겠습니다."

옆 칸의 문이 열리는 소리가 들리자 황급히 물을 내린 뒤 옷을 추슬렀다. 그러곤 화장실 문틈으로 얼굴을 빼끔히 내밀었다. 세면기가 화장실 양쪽에 설치되어 있었다. 정원은 반대쪽 세면기에서 손을 씻으며 거울을 통해 그녀를 살폈다. 여자는 흰 실크 블라우스에 고가 브랜드의 갈색 재킷을 입고 있었다. 프레젠테이션을 할 때 입으면 딱 좋을 콘셉트이다. 티슈로 손을 닦은 여자가 어깨에 멘 핸드백을 앞으로 돌려 열었다. 핸드백에서 파우치를 꺼낼 때 정교하게 커트한 단발머리가 마른 국수 다발처럼 차르르 흩어졌다. 거울로 얼굴을 바싹 들이댄 여자는 익숙한 손길로 화장을 고쳤다. 정원은 고개를 숙인 채 밖으로 나왔다. 말투와 외모가 다르긴 하지만 여자는 하 마담이 분명했다.

사람이 어떻게 저리 변할 수 있지? 대마를 처분한 돈으로 깜짝 변신을 한 건가? 중국에서 선보고 오는 길이라는데 코드명 AP-598은 뭘까? 하 마담이 중국 단체와 손잡고 농촌 총각 장가보내기 사업을 하나? 코드명 AP-598이라는 하 마담의 말이 자두 씨처럼 걸렸다. 아무리 생각해도 농촌 총각 장가보내기 사업과 코드명 AP-598은 서로 연관이 없을 듯했다. 무슨 암호 같긴 한데……. 요즘은 중매시장이 번창해 코드번호 같은 걸 붙여서 고객을 분류하는지도 모르지. 꺼림칙한 예감에 휩싸인 정원은 가족이 기다리는 밀레니엄 홀로 바삐 걸어갔다. 콘서트가 끝났는지 사람들이 삼삼오오 흩어졌고 남편과 아이들은 제과점 앞에서 서성거리고 있었다.

"엄마, 어디 갔었어? 한참 찾았잖아."

떼를 쓰듯 매달리는 딸아이의 얼굴에 피곤한 기색이 어려 있었다.

"우리 빵 사가지고 갈까?"

딸아이와 제과점으로 들어서는데 저만치 떨어진 곳에 캐리어를 끌고 가는 하 마담의 뒷모습이 보였다. 또각또각, 하 마담이 발을 뗄 때마다 넓지도 좁지도 않은 바짓부리가 금색 하이힐의 날렵한 굽에 살짝 닿았다가 떨어지곤 했다.

"빵은 싫어. 집에 가서 된장찌개 먹을래. 아우, 김치찌개도 먹고 싶다. 근데 저 아줌마 누구야? 엄마가 아는 사람이야?"

옆에서 칭얼거리던 딸아이가 하 마담을 가리키며 누구냐고 물었다.

"으응…… 아무도 아냐."

여전히 하 마담에게 눈길을 던진 정원은 무성의하게 대꾸했다. 공항 9번 출구로 햇빛이 무진장 쏟아져 들어왔다. 하 마담이 캐리어를 끌고 그 빛 속으로 들어서자, 투명하게 반짝이던 빛무리가 삽시간에 베일처럼 늘어져 그녀를 휘감았다. 갈색 재킷의 밑단이 바람에 휘날리고 휘움하게 굽은 등에는 무수한 빛의 입자가 은갈치 비늘처럼 파닥거렸다. 하 마담이 사라진 뒤에도 그녀의 등에서 반짝이던 빛의 파장과 진동이 정원의 눈 속에 한동안 남아 있었다.

"엄마 빨리 와, 쫌!"

채근하는 아들 녀석의 뚝뚝한 목소리가 쨍하게 귓속을 파고들었다. 정원은 화들짝 놀란 얼굴로 남편과 아이들이 미는 카트를 쫓아갔다. 불길한 느낌을 떨쳐내려는 듯 정원의 걸음이 한층 더 빨라졌다.

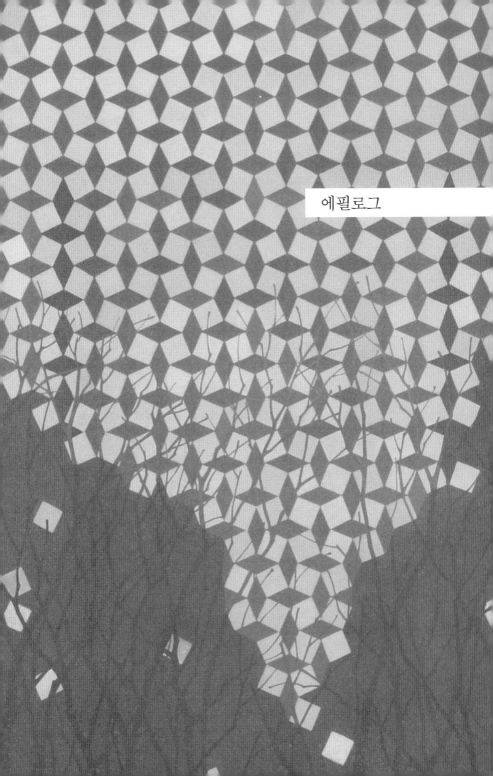

에필로그

2013년 6월 27일

정원 선배의 메모를 토대로 소설을 쓰는 것보다 출간 날짜를 잡는 일이 더 어려웠다. 책이 묻히지 않으려면 유명 작가의 소설과 같은 날에 나와서는 안 된다. 비슷한 시기에 나올 소설의 출간 일을 알아내려고 출판사 직원들은 스마트폰에서 눈을 떼지 않았다. 대형 출판사마다 스파이를 심어두지 않은 걸 통탄하며 인쇄소를 여러 군데 헤집고 다닌 끝에 날짜를 교묘히 조정할 수가 있었다.

책이 나오자 주요 일간지에서 인터뷰 요청이 이어졌다. 라디오는 물론 신인으로는 드물게 호평을 받은 첫 소설을 펴냈을 때도 불러주지 않던 지상파 TV의 책 프로그램 PD도 전화를 걸어왔다. 나는 언론 매체의 출연 요청을 정중하게 거절했다. 물론 평계는 사전에 만들어두었다. 내 말이 핑계라는 걸 저쪽에서도 충분히 알아챌 수 있도록.

사전에 정보를 공유하지 못한 편집부 직원들은 "우리가 열심히 물밑 작업한 걸 한 큐에 엿 먹이네." "죽 쒀서 개 준 꼴." 하며 내 뒤통수에 눈을 흘겨댔다. 책이 워낙 안 팔리는 시기였다. 팔리지도 않을 책에 돈을 들여 광고할 출판사는 없다. 죽으나 사나 일간지 리뷰를 받아야만 독자들의 시선을 끌 수 있다. 그러니 말해 무엇하랴.

하지만 우리의 작전은 멋지게 성공했다. 주요 일간지는 일제히 리뷰 기사를 쏟아냈다. "문단에 혜성처럼 나타난 작가, 8년 만에 장편으로 돌아오다." 따위의 해묵은 제목부터 "글을 쓰지 못한 8년, 그에겐 무슨 일이 있었나?" 하는 낚시성 제목을 붙인 기사와 "작가의 전언, 사실인가 거짓인가?" 같은 독자의 호기심을 자극하는 문구까지 각 신문의 헤드라인은 천차만별이었다. 그 주에 나온 신간이 드물기도 했거니와 새파란 신인 작가가 책을 낸 후 인터뷰를 거절한 것이 문학 담당 기자들 입장에서는 수상하고 괘씸했던 모양이다. 신간이 나오면 건성으로 훑어보던 기자들도 소설을 주의 깊게 읽는 눈치였다.

우리는 곧바로 2차 작전에 돌입했다. 나는 출판사에 나가 말과 글을 다루는 모든 기관과 파워 블로거에게 보낼 증정본에 사인하느라 팔이 떨어져 나가는 줄 알았다. 3차 작전은 보다 센 것으로 준비했다. 출판사 직원들을 찌라시 최초 유포자로 만들었다. 정원 선배가 겪은 일을 찌라시처럼 만들어 여기저기 뿌려두고 누리꾼이 여론 재판을 열게끔 몰아갈 생각이었다. 저들의 호기심을 자극해서 뒷담화가 생성되면 안상협의 실명이 추가된 찌라시도 단계적으로 뿌릴 예정이었다. 그 외에도 명예훼손 등을 이유로 안상협과 그 배후 세력이 걸어올 소송에 대비해 국내의 쟁쟁한 로펌을 알아보느라 눈코 뜰 새 없이 분주했다. 하루는 볼일이 있어서 출판사에 들렀더니 편집장이 껄껄 웃으며 말했다.

"김대호 씨가 가족들과 내몽골 자치구로 달아난 뒤에 찌라시를 뿌려달라더군요."

정원 선배와 주희 씨는 김경훈에게 칼침만 놨기 때문에 죄가 가볍지만 자기는 잡히면 끝장이라며 대호 씨가 우는소리를 했다는 거였다.

"내몽골 자치구요? 거기서 뭐 하며 살 작정이래요?"

"안 그래도 호구지책은 어떻게 할 거냐고 물었죠. 그랬더니 먹고 살려면 거기서도 닭을 키울 수밖에 없지 않느냐 반문하더라고요."

"대호 씨는 닭이 지겹지도 않은가 봐요."

"그러게 말입니다. 책이 많이 팔리면 내몽골 자치구로 생활비를 송금해달라던데요. 아무튼 재밌는 분이에요."

책이 나올 때까지 조언을 멈추지 않았던 북 에디터 두 명과 함께 식당으로 자리를 옮겼다. 식사 중에 그들이 하는 이야기를 듣고 너무나 긴장한 나머지 밥이 코로 들어오는지 입으로 들어오는지도 몰랐다. 그동안 원고에 집중하느라 내가 뭘 하고 있는지도 알지 못했다. 책이 나온 후에야 상황을 알아차렸다. 정원 선배의 일이라 순간적으로 욱, 해서 저질렀지만 판이 이렇게 커질 줄 몰랐다. 내가 앞에서 총대를 멘 형국이라 겁이 났고 괜히 선배의 일에 끼어든 건 아닌가, 비겁한 후회가 밀려왔다. 한편으론 이런 생각을 하는 게 얌통머리 없다는 것, 자신에 대한 실망과 혐오감이 슬슬 똬리를 틀 즈음, 아니 어쩌면…… 정원 선배가 보내준 택배 상자를 품에 안았을 때부터, 상자 속에 든 장물에 젖어 글자가 번진 포스트잇을 펼쳐 읽던 순간부터 나는 선배의 삶에 필사적으로 끼어들 준비를 하고 있었던 게 아닐까. 에이, 까짓것…… 그래, 가자…… 한번 가보자. 눈이 오면 눈을 맞고 비가 오면 비에 젖고 북풍한설이 몰아치면 외투 깃을 세운 채라도…… 나는 끝까지 갈 작정이었다.

"최상진 작가, 뭔 생각을 그렇게 해요?"

"아뇨…… 아닙니다."

"그리고 이번 책 말인데요."

이 소설은 정원 선배의 메모를 토대로 썼기 때문에 엄밀히 말하면 내 책이 아니다. 원작자가 따로 있는 일종의 기획물이어서 내 소설을 쓸 때처럼 힘을 주지 않았다. 그런데도 책은 나오자마자 입소문을 탔고, 안상협의 실명이 담긴 찌라시를 누리꾼들이 인터넷과 SNS, 메신저 앱 등으로 열심히 퍼 나른 덕분에 우리는 기대 이상의 효과를 얻게 되었다. 책이 화제가 되어가는 동안에 정원 선배와 간간이 연락하고 지냈다.

"큰 기대는 하지 마."

정원 선배는 기대 따위는 안 한다고, 오직 바라는 게 있다면 하루속히 지은 죄를 달게 받고 과거의 한정원으로 돌아가고 싶다고 말했다.

"일이 잘못돼서 실형을 살면 어쩌려고 그래?"

"감옥에 가면 되지. 가슴 졸이고 사는 것보다 그 편이 나아."

"선배가 들어가면 애들은?"

"엄마가 키워준댔어."

선배의 어머님을 뵌 적이 있다. 한눈에도 만만찮은 어른이었다.

"어머니께 털어놓은 거야?"

"별수 있니? 이실직고했지. 오빠의 죽음이 사고사가 아니라는 말만 빼고 사실대로 말씀드렸어. 내가 측은해서 우실 줄 알았는데 외려 입에 거품을 물고 덤비시더라. 오냐, 너 그럴 줄 알았다. 하나뿐인 오빠를 한기원 그 인간이라고 꼬박꼬박 부르며 야죽거릴 때부터 이 사달이 날 줄 알고 있었다. 고소하다고 악담을 퍼붓더니 한숨을 내쉬며 애들 걱정은 하지 말라고 하더라. 그날은 우리 엄마가 정서불안으로 보였어."

정원 선배는 동동섬 사건이 공개되어 하루빨리 처벌을 받고 저들에게 쫓기는 신세가 되지 않기를 바랐다. 그러나 우리 입장은 다르다. 이 일에 선배 일행의 목숨이 걸려 있었다. 도덕률이나 공명심 따위를 내세울 계제가 아니었다. 우리는 어떤 대가를 치르더라도 방관하지 않겠다는 입장이었다. 그 대가가 무엇일지, 얼마만한 무게일지, 가늠할 새도 없었고 가늠할 성질도 아니었다. 바람결만 살짝 바꾸면 될 거라고 생각했다. 이를테면 북동풍을 북서풍쯤으로. 하여 책이 나오기가 무섭게 찌라시를 유포해 판을 키웠던 것이다.

책은 30만 부 가까이 팔렸다.

지금의 출판시장에선 이 정도도 대박이지만 화제성을 감안하면 많이 팔린 것은 아니다. 인터넷 도서 갤러리에 단독 코너가 생길 정도로 우리 책은 유명세를 톡톡히 치르고 있었다. 누리꾼들은 갤러리에서 온종일 죽치며 각종 음모론을 확대 재생산했다. 그들은 동동섬 사건을 '워싱턴 커넥션'이라 명명했고 여기에 연루된 것으로 예상되는 몇몇 정치인의 이니셜을 공공연히 흘렸다. 인터넷상에 존재하던 워싱턴 커넥션에 관한 루머는 얼마 지나지 않아 직장인들의 퇴근길 술자리의 안줏감이 되었다.

워싱턴 커넥션은 종북 세력이 퍼뜨린 음모론이다. 아니다. 사건의 배후에 미모의 무기 브로커와 전 육군참모총장이 개입됐다더라. 누가 먼저 입을 열 것인가. 워싱턴 커넥션의 봉인이 풀리는 것은 한순간이다 등등. 확인되지 않은 각종 설이 일파만파 퍼져 나갔고 급기야 종편에서도 연일 동동섬 사건을 다뤘다. 각계 전문가가 나와서 특검을 요구하며 자기들끼리 물어뜯고 싸웠다.

우리는 단단히 믿는 구석이 있었다.

특검이 열려 안상협을 법정에 세운다 해도, 그는 대호 씨가 김경훈을 죽인 범인이라고 발설하지 못할 것이다. 우정 때문이 아니라 상부의 명령 때문에. 검은 세력은 김경훈의 존재가 세상에 알려지는 걸 원하지 않는다. 동동섬에서 김경훈이 살해된 사실이 밝혀지면 자신들의 실체가 드러날 가능성이 크다. 정원 선배 일행은 선수가 아니다. 잡히면 순순히 자복하고도 남을 위인들이다. 저들은 정원 선배 일행이 저지른 살인은 물론 김경훈의 존재를 필사적으로 은폐하려고 들 것이다. 경찰이 동동섬 사건의 낌새를 알아챈다 해도 김경훈의 사체가 쥐도 새도 모르게 사라졌으니 소송은 증거 불충분으로 기각될 확률이 높다. 그리고 우리는 이 계획이 수포로 돌아갈 경우의 수도 대비해야 했다.

그러나 걱정은 기우에 불과했다.

때가 되니 바람이 스스로 방향을 틀었다. 정상회담차 미국 방문길에 오른 대통령을 수행한 청와대 대변인이 인턴 여성을 성희롱한 사건이 발생했다. 대변인은 방미 도중 전격 경질되었고 국제적 망신 운운하며 인터넷이 후끈 달아올랐다. 세인들은 도발적이고 원초적인 소문에 관심을 기울이게 마련이다. 언론은 정치와 섹스가 맞물린 사건에 집중했고 집단 토론화 과정을 거쳤다. 동동섬 사건은 청와대 대변인이 가져다준 선정적인 흥밋거리에 덮여 세상 사람들의 기억 속에서 금방 잊혀졌다.

　대호 씨는 지금 고향에서 닭을 키우고 있다. 큰소리를 치고 가더니 그가 내몽골 자치구에서 머무른 날은 40여 일에 불과했다. 주희 씨는 가맹점 일곱 군데가 문을 닫게 되어 그 원인을 분석하느라 개발실에 박혀 있다고 정원 선배가 근황을 전해주었다. 안상협과는 연락하지 않고 지내는 듯했다. 정원 선배는 커피에 얹힌 우유 거품을 티스푼으로 휘저으며 자기가 처한 형편이 볼일을 본 뒤 밑을 닦지 않은 것처럼 찝찝하다고 말했다.

　"냄비근성인 거 몰랐어? 다들 쉽게 잊잖아. 선배도 잊어."

　"당사자인 내가 어떻게 잊겠어."

　"이제는 누구도 동동섬 사건을 입에 올리지 않아. 책도 안 팔린대. 서점 진열대에서도 우리 책이 빠진 지 오래됐다고."

　"청와대 대변인 사건 말이야. 저들이 동동섬 사건을 덮기 위해 일부러 터뜨린 건 아닐까?"

　"에이, 그러기엔 사안이 너무 커. 한미정상회담 일정 중에 발생한 거잖아."

　"그래…… 그렇겠지."

　고개를 끄덕이던 선배가 요즘 아이들의 말수가 줄었다며, 감정 기복이 심한 엄마 때문에 그런 모양이라고 걱정스레 말했다.

　"딸아이의 표정이 사라졌어. 캄보디아 여행 갔을 때만 해도 이 정도까진 아니었거든. 그런데 이젠 내게 뭘 요구하지도 않아. 방 청소도 혼자서 척척 하고. 어제는 딸의 눈을 들여다봤더니 아이의 눈이 아닌 거야. 산전수전 다 겪은 어른의 눈이더라고. 그 어린 게 정말이지……."

선배가 마른세수 하듯 얼굴을 쓱쓱 문질렀다. 오만상을 찡그린 선배의 얼굴 위로 눈물이 흐를까 봐 더럭 겁이 났다. 슬픔에도 깊이가 있다면, 나는 가장 깊은 슬픔과 대면하고 있는 셈이다.

"우리는 한낱 휴지였을 뿐이야. 저들이 쓰다 버린 일회용 휴지. 안상협과 그 배후 세력은 자신들이 가진 돈과 권력을 이용해 일을 계속 저지를 것 같아. 대체 저들의 배포는 얼마나 큰 걸까?"

"선배, 어차피 세상은 선과 악이 공존한 채로 굴러가는 거야. 그러다 어느 순간 균형이 맞기도 하고."

"악화가 양화를 구축한다. 그레셤의 법칙?"

"어…… 회의적이긴 하지만."

그때 카페 출입문이 열리자 문 위에 달린 풍경이 뒤집어지면서 쟁그르르, 하는 경쾌한 소리가 났고 이십대로 보이는 한 무리의 남녀가 신선한 바깥 공기를 몰고 들어왔다. 갈색 에이프론을 입은 종업원이 탁자 두 개를 붙여 자리를 만드느라 부산하게 움직였다.

그들은 절개선이 날렵하게 떨어지는 옷을 입었고 눈코입이 비슷하게 생겨서 흡사 쌍둥이처럼 보였다. 여기는 ○○클리닉, ○○성형외과가 즐비한 강남구 도산대로, 신사역 1번 출구가 지척에 있다. 눈 트임을 하고 콧대를 세우고 턱을 깎는 성형외과가 즐비하게 늘어선 곳이자 아빠가 어느 병원 원장이냐는 말이 아무렇지도 않게 통용되는 곳이다.

우리 앞에는 나이를 알 수 없는 여자 두 명이 한담을 나누고 있었다. 마주 보는 자리에 앉은 여자가 두 손으로 턱을 고인 채 쿡쿡 웃었다. 웃는데도 눈언저리와 입 주변의 근육이 움직이지 않아서 마치 얼굴이 뒤틀린 것처럼 보인다. 정원 선배와 대화를 나누다가 무심코 여자의 손을 보게 되었다. 손이 늙은 걸 보니 나이가 많은 사람이다. 저 여자는 늙지 않기 위해 피부시술을 받고 얼굴에 실리콘을 주입하고 비행기로 이웃 나라까지 날아가 줄기세포 주사를 맞고 왔을지도 모른다.

카페가 이토록 부산한데도 정원 선배는 고개를 들지 않았다. 선배의 숙인 머리 위로 김경훈의 얼굴이 겹쳐 보였다. 그의 슬픈 눈이, 늙지 않는 그만의 고통이, 제때 죽지 못하는 인간의 목울음 소리 같은 것이, 자신은 절대로 노신사가 될 수 없다던 앙칼진 항변이 내 심장을 예리하게 후벼 팠다.

"나에 관해 알고는 있나? 죽고 싶어도 죽지 못하는 인간에 대해……. 나는 많은 것을 원하지 않았어. 시간이 흐르면 누구나 가지게 되는 걸 간절히 원했을 뿐이야. 중후하게 나이 든 노신사가 되고 싶었고 심신이 쇠약해져 자연사하는 게 꿈이었어. 내겐 그조차도 쉽지 않아. 정말이지 이젠 지쳤어. 끝내고 싶어."

김경훈의 최종 목표는 평화로운 죽음이었을까? 아니면 복수였을까? 정원 선배 일행을 향한, 안상협과 그 배후 세력을 겨냥한 이중의 복수……. 어쩌면 김경훈은 동동섬 사건이 이렇게 끝날 줄 미리 예측하고 있었던 건 아닐까.

정원 선배의 노트를 읽어 내려가면서 내 마음을 빼앗긴 것은 다른 누구도 아닌 김경훈이었다. 그의 명복을 비는 의미로 눈을 감았다 뜨는데 선배가 자리에서 일어났다. 카페 문을 열고 나오자 기다렸다는 듯 골목에서 불어온 바람이 우리들의 얼굴을 잔잔히 어루만졌다. 현재 바람의 진로는 북북서 방향, 풍속 3.6m/s, 습도는 46%.

작가의 말

이 소설은 몸에 관한 이야기이자 삶과 죽음에 관한 것이기도 하다. 나는 머지않아 100세 시대가 다가온다는 뉴스가 들을 때마다 심란했다. 인간은 존엄한 죽음을 맞이해야 되는데, 왜 사랑하는 사람들한테 둘러싸여 볼 꼴 못 볼 꼴 다 보이며 눈을 감아야 하나? 우리는 그것을 왜 행복한 죽음이라고 말하는가? 자신이 가장 편안하게 여기는 곳에서 혼자 조용히 자연사하면 안 되는 것인가? 그리고 그것이 어떻게 슬픈 일인가? 죽을 때조차 고요함이 허락되지 않는다면? 이런 질문으로부터 소설이 시작됐다. 2013년 『자음과모음』 겨울호에 '용의자 김과 나'라는 제목으로 연재를 시작해 2014년 가을호에 끝내고, 3년의 퇴고 과정을 거쳤다. 퇴고에 시간을 많이 쏟은 것은 악 속에 숨은 선, 선 속에 숨은 악에 관한 판단과 결정을 내리는 일이 쉽지 않아서였다.

책의 프로필 사진은 공군 수송기 탑승 전에 찍은 것이다. 까다로운 절차와 여러 번의 미팅 끝에 공군 측의 허락을 간신히 받은 터라 나는 이미 탑승 전부터 지쳐 있었다. 왜 그랬을까? 수송기를 굳이 타지 않아도 책의 말미에 등장하는 수송기 묘사쯤은 할 수 있었을 텐데. 이런 식으로 꾸역꾸역, 미련하게 쓰느라 출간이 늦어졌다.

부실한 원고를 들고 눈먼 당나귀처럼 여러 곳을 전전할 때 늘 뒤축이 접힌 운동화를 끌고 다녔다. 토지문화관과 글 낳는 집에서 연재했고, 객주문학관에서 퇴고했다. 내게 따뜻한 방을 내어주신 분들과 원고를 다섯 번이나 뒤집어도 싫은 소리를 하지 않았던 김정은 편집자에게도 감사 인사를 전한다.

2017년 가을

이현수

사라진 요일

ⓒ 이현수, 2017

초판 1쇄 인쇄일   2017년 10월 13일
초판 1쇄 발행일   2017년 10월 25일

지은이   이현수
펴낸이   정은영
주간   배주영
편집   김정은
디자인   서은영 김혜원
마케팅   이경훈 한승훈 윤혜은
제작   이재욱 박규태

펴낸곳   (주)자음과모음
출판등록   2001년 11월 28일 제2001-000259호
주소   04083 서울시 마포구 성지길 54
전화   편집부 (02)324-2347 경영지원부 (02)325-6047
팩스   편집부 (02)324-2348 경영지원부 (02)2648-1311
이메일   munhak@jamobook.com

ISBN 978-89-544-3809-4 (03810)

이 도서의 국립중앙도서관 출판시도서목록(CIP)은 서지정보유통지원시스템 홈페이지
(http://seoji.nl.go.kr)와 국가자료공동목록시스템(http://www.nl.go.kr/kolisnet)에서
이용하실 수 있습니다.(CIP제어번호: CIP2017026003)